我想做讲故事的人。

遊戲規則

THE GAME CHANGER

高希希·作品

中国致公出版社
China Zhigong Press

图书在版编目（CIP）数据

游戏规则 / 高希希著.
-- 北京：中国致公出版社，2017

ISBN 978-7-5145-0952-6

Ⅰ．①游… Ⅱ．①高… Ⅲ．①长篇小说—中国—当代
Ⅳ．①I247.5

中国版本图书馆CIP数据核字(2016)第326194号

游戏规则

高希希　著

责任编辑：何江鸿
责任印制：岳　珍

出版发行：　中国致公出版社

地　　址：北京市朝阳区八里庄西里100号住邦2000商务中心1号楼
　　　　　东区15层
邮　　编：100025
电　　话：010-85869872（发行部）
经　　销：全国新华书店
印　　刷：北京文昌阁彩色印刷有限责任公司
开　　本：880mm×1230mm　　1/32
印　　张：11.25
字　　数：310千字
版　　次：2017年2月第1版　　　2017年2月第1次印刷

定　　价：46.80元

序　言

这是个战火纷飞、满目苍夷的年代，历史的车轮在紊乱不定的轨道上行进，谁也不知道下一站会开向哪里，以至于人们还没反应过来，延续了二百七十五年的大清帝国就轰然崩塌了，接踵而来的饥荒、洪水、瘟疫和战争更是将这古老的国度推向了种族毁灭的边缘。

神权陨落，道统崩毁，残阳如血。

这是一个残酷的时代，军阀和列强犹如巨人般挑起无休止的战争，蝼蚁般的人们被肆意地践踏蹂躏，血腥和暴虐像融进骨子里般在大地上生根发芽，开出的名为死亡的花朵在这浩瀚却枯朽的土地上灿烂地绽放着。

频发的战争和无处不在的天灾，使得每年都有上千万的难民颠沛流离，赤地千里皆是饿殍。

人们为了活下去，吃完了牛羊牲畜，啃光了树皮杂草，最后挖墓掘尸烹煮，易妻儿为食。

孩童几以斤两贩卖，一斤仅仅百文铜钱，甚至于有的因年纪太小，只有骨头没有肉卖不出去，便索性被人丢进了河里。道德沦丧，人性中最阴暗最凶残的一面赤裸裸地呈现出来。

这是一个悲情的时代，无论平民还是权贵都被卷入乱世的洪流中，身不由己地前行着。而那洪流里有着无数巨大的旋涡，它们无情、蛮横而不可阻挡地撕裂着每一个接近的人。

三次登上皇帝宝座的宣统帝溥仪，仓皇登位又被赶下台的窃国大盗袁世凯……一个个站在民国顶尖的人物却多有坎坷悲惨的一生。

而诸如萧红、张爱玲这样的绝世才女也都是时代沉沦中的悲剧。他们尚且如此，更何况区区升斗小民呢？

于是，洪流中有着写不尽的凄凉事、看不完的悲恸梦。那一件件催人泪下的故事，一首首扼腕叹息的悲歌，日夜不停地上演着，三十多年里分分秒秒都是撕裂人心的凄惨。

但这又是一个血性的时代，文人有风骨，江湖有血色。

民风浩浩而起间，在死亡和绝境中诞生出了希望的花朵，唤醒了血性的青年们去寻找国家的前途。

作为民国缩影的上海滩，在短短几十年时间，从荒芜的芦苇荡变成了最繁荣的东方都市，土生土长的帮派势力也随之茁壮成长，像杜月笙、黄金荣和张啸林这样的大佬权势倾天，却又随着日本人占领上海滩而仓皇落下帷幕。

和他们一样，大大小小的帮派大佬们夹杂在政府和外国势力中，各自演绎着悲欢离合的人生。

但无论是那残酷的人、悲情的人还是血性的人，很多很多都没有在史册长卷上留下名字、墓碑甚至哪怕是支言片语，但他们却又是那般真真切切地存在过。

你倾耳去听，用心去看，在我们生活的时代地基下，埋着他们的尸骨血肉，沉淀着他们的呐喊与抗争。

这里要写的便是这些人的故事，是在别处史书上不会出现的名字和他们真实存在的残酷、悲情和血性的时代。

谨以此文追忆那个悲歌般的年代，纪念那些生活在那个年代的人。

目录

9

第一章

血染白渡桥

四月的雨总是轻轻缓缓、淅淅沥沥，惟独今日这乌云来得又急又快，顷刻间便笼罩了整个上海滩。

铅石般厚重的阴霾犹如一座无边而直抵天际的大山，压得人喘不过气，一道道银色的光电携带着隐隐的咆哮声在云层中穿梭。窒息般的压抑感在城市里滋长，不安的氛围如瘟疫般蔓延。

巨大的白渡桥横跨在苏州河和黄浦江的交汇处，一个个混凝土的桥墩和一根根粗壮的钢筋撑起它硬朗的身躯。

此时江河湍急，大量水漩涡冒出来又转瞬不见了踪迹。岸边的法国梧桐被大风吹得哗哗直响，桥头前聚集着三四十号人马。

一半是些高壮汉子，他们穿着黑色警服，别着军棍配枪，大檐帽上金色丝线编织的帽徽很是醒目。

一半是些凶神恶煞的地痞，一个个满脸横肉，拳头上长满着老茧，穿着清一色的黑马褂。

维持治安的军警和游离在法律之外的黑帮分子本该势不两立，可是这两伙人却掺杂在一起，互相递着烟，搭着背有说有笑的，这场面正如上海滩的缩影——黑白交织在一起，化作浑浊不清的灰色地界。

军警头子张子良靠在桥头冰冷的钢铁栏杆上，点了一根烟，随手将洋火丢到电车轨道上，烟圈腾腾间坑坑洼洼的马脸显得越发阴沉："他妈的这鬼天气还得出来执行任务，老子还真是跑腿的命。"

一旁的黑帮头目孙四海咧嘴发笑，露出两排大黄牙："张哥莫生气，今日若镇压得力，唐先生那边一高兴，张哥你做上局长也就一句话的功夫。"

张子良脸上这才多了几分笑意，扭头朝他说道："那还得请孙老弟在唐先生面前多美言几句了。"

"嘿，咱哥俩谁跟谁啊，你升官我不也跟着发财嘛？"

孙四海拍拍胸口，胸前两块大肥肉一抖一抖的。二人互望着，发出低沉的笑声，让这阴暗的天色越发显得毛骨悚然。

不多时，远处声响渐起，对面的青石大道上出现了一群青年学生，前排高举的白布上浓墨大写着一行标语：要种族不灭，惟抗战到底！

近百人的队伍犹如一条蛟龙拖得长长的，男的穿着长衫马褂，女的穿着蓝衣旗袍，间杂着些学生装，一张张尚且稚气的脸上带着高亢的激昂和愤怒。

李子豪走在队伍前排，二十四岁的年纪风华正茂，方正的面孔上剑眉斜挑、目光炯炯，再搭配上一身笔挺的灰色中山装，显得成熟而冷静。

蓝若芸踩着小步跟着他，青衣蓝裙衬托着虽娇小却饱满的身段，玉雕般精致的小脸上还有几分粉扑扑的，如山上那一朵春日里绽放的小白花儿纯洁无暇。

“要种族不灭，惟抗战到底！”

“要种族不灭，惟抗战到底！”

“……”

人流大步而来，声声如浪潮，字字似铿锵，似响应般天空上那滚滚云层，也发出更宏亮的奔雷声。

望见桥头前的军警，李子豪偏过头和队伍中的几个人对了下眼色。分散开来的几人会意地点着头，年轻的面容上眼神坚定如磐石。

对于队伍中绝大多数的普通学生而言，这只是一场抗日示威游行，但对于李子豪他们这些爱国组织的成员来说，却是一场刺杀日本奸商的秘密行动。

在东三省被日军占领的当下，上海滩的学生游行越发频繁起来，虽然屡屡有军警挡道会起冲突，但是学生数量众多再加上舆论影响，军警一般也就做做样子。

二三十个军警并不足以阻拦游行的队伍，只要突破他们的防线再越过白渡河大桥，就能抵达对面的商业区，在那里有一家日本奸商的商铺，到时候他们趁着游行引发的混乱冲进去干掉奸商，再混在队伍里离开就行了。

这时手上传来温度，是蓝若芸的小手轻轻握了上来。低头看着她担忧的表情，李子豪微微一笑，示意她不必担心。相比起之前各种条件苛刻的刺杀活动，这一次的行动相当简单。

桥面上，张子良丢掉烟头拿着扩音喇叭大喊道："聚众游行乃有违国法之行为，你们若立刻回去，今日之事可既往不咎，若再敢前进，定受国法处置！"

学生队伍置若罔闻地前进着，而且口号喊得越发高亢嘹亮，似要穿透这阴霾天际般，如此一会儿工夫便快到桥头。

"打！"

张子良陡地一声暴喝，刺耳又粗暴的声音从扩音喇叭中蹦出来，紧接着一道闪亮的雷电带着炸响声划破长空，倾盆大雨疯狂地砸落下来。

军警和黑帮混混手持器械冲来，李子豪等人也毫无畏惧地迎了上去，准备利用人数优势强行突破封锁。

就在前方队伍接触之时，突然间后方惨叫声四起，一队队早早埋伏的打手们从四周的巷道里冲了出来，二话不说抡起军棍器械就狠狠地砸向学生。

那些军警虽然不是每一个都训练有素，但都体格强壮，人高马大。黑帮混混更不消说，无论高矮胖瘦打架都有自己的一套，手腕更是极狠，更致命的是，他们加起来的数量足有百人！

一下子学生队伍数量优势全无，被四面围困成了待宰的羔羊。他们都是细皮嫩肉的，在同等数量又赤手空拳的情况下只有挨打的份。一时队伍溃散，悲嚎声此起彼伏，陆续有学生被打倒在地。

"不好！"

一看这景况，李子豪直呼不妙，要么是组织的计划泄露了，要么就是军方刻意打压最近越发凶猛的学生运动，要拿今日这游行立威。

"快走！我来断后！"

他当机立断地低喝下令，让组织成员从后方突破逃跑。

几个组织成员都是参加了多次刺杀活动的老骨干，对情况的判断也非常老练。一听李子豪的话立刻朝后撤退，其中一人得了李子豪的吩咐拉着蓝若芸就跑。

对于李子豪而言，蓝若芸的安全当然是最重要的。二人青梅竹马，从北平逃难过来也是历经生死，如今更是有着相同理想的革命同伴，虽无一纸婚约但双方都把对方当成了这一生的伴侣。

然而军警们的攻势实在太强太强，下手也太狠太狠，学生一个接着一个被打倒被践踏，流血断骨甚至死亡！

那四处飚溅的血猩红刺目，那反折成九十度的手臂看得人双腿发抖，而那裸露在空气中的骨头更是白森森的令人毛骨悚然。

大雨无情地瓢泼而下，桥下痛哭声、悲嚎声、惨叫声、杀喊声混杂一片，场面血腥而惨烈。

李子豪和几个成员虽然体格强壮，身手也很矫健，但奈何双拳难抵四手，好汉打不过人多。一个组织成员被军棍敲中脑袋，鲜血混着脑浆洒了一地，当场丢了命。

李子豪身上也不知道着了多少棍，脚下一个踉跄便跌倒在地。

一看这状况，本来快突围的蓝若芸不顾一切地冲了回来，用娇小柔弱的身躯护住了他。

对李子豪而言她是最重要的人，对蓝若芸而言李子豪又何尝不是。她不能眼睁睁看着心爱的人受难而自己独自逃生，因此即使明知道跑回来是送死但却没有一丁点的犹豫。

杀红了眼的军警和流氓痞子毫不怜香惜玉，军棍犹如雨点般鞭砸下来。那军棍很多都是铁制的，重量足有两三斤，用力地挥砸下来，连铁打的汉子都撑不住，就更别提一个娇滴滴的小女子了。

"若芸你快走！"

李子豪惊呼着撑起身，蓝若芸却软软地倒在了地上。蓝色的衣裙上染满鲜血，似暴雨肆虐之后凋零的花朵。

"若芸！"

李子豪悲嚎大叫，用力摇晃着她的身体。

那娇小的身躯浸着初春的冰寒，似失去了体温的尸体。精致的小脸上双目紧闭，雨水下透着苍白的色泽，嘴角的殷红血迹顺着流下来染红了青衣。

"梆——"

后面，一个混混拿着棍子带着残酷的笑，狠狠一棒砸在李子豪的脑袋上。

"轰——"

滚烫而撕裂的剧痛犹如洪水般在脑袋里急速扩散，李子豪摇摇欲坠，视野晃荡不停，仿佛整个世界都在崩塌般。

几棍下来，他直挺挺地倒了地，失去了意识。

一个军警将他拖起来，蓝若芸从他怀中滑落，重重倒在鲜血浸满的石板路上。

在她身边散落着一个个被打死的学生，他们瞪大着布满血丝的眼睛，至死都带着满腔悲愤和难以置信，为什么本应该把矛头对准侵略者的军警要和黑帮联起手来用这般令人发指的残暴手段镇压他们？

"活的都带走。"

栏杆边上，张子良慢悠悠地抽完了第二根烟，逍遥地吐了个烟圈顺便下了令。军警们拖押着受伤的人越过大桥，将他们塞进卡车里。

大雨仍下得急，青石大道上鲜血渐淡，甚至没有在上面留下什么打斗的痕迹。一切归于平静，那从墨色褪下来的天空一片青灰，宛如郊外荒山上那一块块墓碑的色泽。

"尸体都给我拖到车上去，扔黄浦江里！"

孙四海挥手吆喝着，命令手下的混混们处理残局，然后一路小跑赶往不远处的一家茶馆。

第二章

第一监狱

茶馆三楼，几个体型魁梧的黑衣大汉站在楼道口前，好似那土地庙里煞气腾腾的怒目金刚，让人一见着就要脚软。

宽敞的楼层里整齐地摆放着十几张老榆木桌子，除此之外空空荡荡的，只在靠窗的位置有两个人。

站着的四十来岁，长脸上低眉垂目写着谦卑，正提着茶壶倒茶。

坐着的年过五旬，一身价格昂贵的黑色西装标明着尊贵的身份，略显消瘦的面庞染着岁月的沧桑，那一双眼睛内敛而深邃似藏着江河大海。他就这么静坐着，却好像这天地风云都围着他在转。

孙四海一路小跑上来，来不及擦汗，到了窗前一压腰，肥脸上挤着笑：“唐先生，事情办完了。”

唐鹤轩平静地喝着茶，这个位置视野极好，那大桥前的一场混战尽收于眼底。

“要我说这点小事哪用唐先生您亲自督阵，交给我孙四海您放一百个心。”孙四海讨好地笑着。

“这是在给日本人一个交代，盯着我才放心呐。”

唐鹤轩淡淡说完，起身离开。

孙四海一路恭送下去，才出了茶馆，突然一个手下从桥对面赶来在他耳边低语了几句。

他眼睛骤亮，快步赶到唐鹤轩身边低声说道：“唐先生，那边有个女学生没死，听手下人说长得倾国倾城，比那大明星胡蝶还漂亮。要不，我给您送府上去？”

唐鹤轩没说话也没有停步，就这么漫步而去留下一个深邃的背影。

但孙四海却是满脸笑容灿烂，他跟了唐鹤轩十几年，老爷子什么脾气他可是清楚得很，没说话就是没反对。

这但凡男人，无论英雄枭雄总离不开江山美人，老爷子也是如此，爱江山当然也爱美人。只是他眼光高，寻常女子入不得眼。如今突然冒出来个大学生，有文化又长得这般漂亮，若得了老爷子欢心，那自己岂不也能平步青云么？

他得意地笑起来，然后赶到桥头亲自带着人把受伤的蓝若芸送往唐府。

载着学生的卡车在大雨中行驶着，穿过繁华的闹市区，不久后便抵达了位于华德路的第一监狱。

十几栋高大的监楼如同巨人般矗立着，隔开了周边的平房建筑，围成一个城中之城。墙体灰暗的色调阴沉而幽冥，黑黝黝的大门敞开来，犹如野兽张开的血盆大口，和着血腥味儿的风凄冷冷朝外涌，让人不由得打着寒颤。

一个个学生被五花大绑着从卡车上押解下来，监狱广场上的地面白得跟骨头似的。铁丝网包起来的防风区里空无一人，这大雨天里犯人放风的时间也省了。只是听到外面的声音，一间间牢房的窗口便冒出人头来。

看着这一群稚气未脱的青年学生，犯人的表情也是五花八门，有讥笑奚落也有同情哀伤。但同样的大家心里都清楚，无论是谁，只要进了这扇门就休想再出去了，无论以前地位身份如何，在这里大家都是待宰的羔羊。

李子豪和同学们一起被带进了一栋监楼里，阴暗的楼道从里到外都渗着腐烂的气息，一间间铁牢牢门锈迹斑斑，窗外大风吹得树枝张牙舞爪着，令人心慌意乱。

学生被分批关进了牢中，李子豪则被单独押往更深处的地方，显然他在游行中的表现被张子良定性为了游行队伍的领袖人物。

穿过一条条楼道、一扇扇闸门，深处传来阵阵惨叫声，好似有人被剥皮抽筋，光是那叫声就让人头皮发麻，起了一身的鸡皮疙瘩。

来到一间陈旧的刑讯室门口，只见两个狱警拖着一个血淋淋的囚犯走了出来。

犯人低垂着头，像条死狗般被拖着，浸湿鲜血的衣衫下一道道伤痕纵横交错，皮开肉绽间似乎能看到白森森的骨头。

两个狱警盯着被押进去的李子豪，脸上露出残酷的笑容，那表情仿佛看见一只往虎穴中走去的羊羔。

走进刑讯室，这狭窄而低矮的房间显得极其压抑，一步踏进去便好像喘不过气似的。

一面土灰色的砖墙上挂着各种刑具，各式的烙铁、细长带刺的钩绳……每一件都让人心惊肉跳。此时一个赤膊的狱警正将刚使用过的剔骨刀往上面挂，鲜血从渗着寒光的刀子上滴下来染红了砖石。

一个身穿制服的中年男子坐在石室中间的皮椅子上，三十来岁的年纪，一张脸很白净，一身狱警服很整齐。相比起周边那一个个赤着上身满脸凶光身上溅满着血的狱警，这人看起来斯文和善得多。

李子豪被带进来按坐在对面的铁椅子上，他双目无神，心如死灰。

自从在卡车上清醒过来后，他便陷入了极度的自责中，这次刺杀任务是他向蓝若芸允诺的最后一次任务，只待完成这任务之后就和蓝若芸一起退出组织，陪她到处去走走、到处去看看。

正因为是最后一次而且非常简单，所以他并没有考虑得那么周全。想想如果坚决拒绝蓝若芸陪同，那她断然不会遭此厄运。

青梅竹马少年时，多少个日子花前月下谈论着救国之道和美好未来，然而这未来的一切都被他亲手毁掉了。此刻的他犹如一座要爆发的火山，在极度死寂的外表下恨不得奋力咆哮来发泄内心的悲痛。

"小兄弟，你叫什么名字？哪个学校的？"中年人含笑问道。

见李子豪不言不语，他又笑着说道："在下秦重典，是这第一监狱的副典狱长。你放心，我不会像对付那些共党分子一样对付你。毕竟你只是个普通学生嘛，你只要如实回答我几个问题，不止是你连同你的同学我都可以立刻放出去。"

"你要问什么？"

李子豪抬起头来，冰冷的眼神中带着愤怒。

他责怪自己的错误，但对这些杀害蓝若芸和同学们的刽子手更是恨之入骨。他多想一把火烧了这监牢，一枪打死这些吃人不吐骨头的恶魔。

而眼前这个满脸带笑的副典狱长更是一头披着羊皮的狼，不知道在他的折磨下有多少无辜的同胞丢了性命。

听到李子豪反问，秦重典脸上笑意更盛，他双手交叉着托住下巴，手套如雪般白："我想知道你们学校里的各种爱国组织，就比如这次游行是由什么组织负责的，除了你之外还有哪些人。"

"这次的游行是由我一个人负责，没有什么组织。"

李子豪沉声回答，声音硬得跟铁一般。

秦重典又笑了："小兄弟很讲义气嘛，不过你可知道担下这么重的罪名会有什么样的后果？"

"什么样的后果我都是这个答案。"

李子豪冷冷看着他，斩钉截铁地回答，就算死也不可能向这个刽子手低头！

"古人说仗义每多屠狗辈，负心皆是读书人，那么就让我来看看小兄弟是否是个例外。"

秦重典脸上的笑容一下子变得阴森森的，腔调也顿时阴冷起来。

一个狱警大步走过去，将两个马蹄形的铁圈套在李子豪的手上，铁圈上各有一条电线接在一个木匣子上，上面有一个开关。

"啪——滋——"

狱警一扭开关，随着电流声起，一股钻心裂骨的剧痛刹那间布满了李子豪全身。

那种痛复杂而清晰，身体仿佛被无数双钢铁大手撕成碎片，又好似万千蚁虫在身体里攀爬撕咬，每块肌肉、每根骨骼、每条神经都承受着难以想象的剧痛，饶是李子豪有所准备，他仍在这汹涌的痛苦冲击下不由自主地发出惨叫声。

听着这悦耳的声音，秦重典打了个手势让狱警停下来，然后笑眯眯地问道："小兄弟，有没有想过改变一下答案？"

喘着粗气，李子豪狠狠瞪着对方一言不发。

秦重典冷笑着一挥手，狱警再度扭动开关。

一连几次下来，李子豪被电晕了过去。一盆冷水将他浇醒后，秦重典再度发问，只是他咬紧牙关绝不松口。

接下来的几天里，李子豪每天都要接受几十次的电刑，手腕上多了一圈电灼的痕迹，铁圈又换着套在脚上，夹在手臂上……于是满身都是灼烧的伤痕。

每次李子豪都是被拖回牢房的，甩在冰冷的地面上奄奄一息。电刑所造成的伤害远比一般的鞭打更可怕，尤其对意志力的摧残更是到了恐怖的地步，但凡意志上有那么一点不坚定，整个人都会崩溃掉。

然而极度的痛苦并没有让李子豪低头，对他而言这样的痛苦更像是对蓝若芸和同学们的赎罪，而即使没有赎罪的念头，他也绝对不可能出卖任何一个同胞。

当然，他更不可能透露自己身为蓝衣社成员的身份。

每次刑讯之后秦重典的脸色则越来越难看了，他原本想着区区一个学生用几下酷刑连祖宗八代都能招出来，但是显然这个叫李子豪的小子是个硬骨头。

在第八天的时候，秦重典停止了电刑。

电刑虽然能够产生肉体和精神的双重痛苦，但同样也可能让人精神失常，于是他改用了溺水的刑法。

这刑法很是简单，把人脑袋往水桶里一塞，计算着时间，在人濒死之时再拉出来。擅长此道的狱警能够把时间掐得极其精准，让人一次次体会生死边缘的可怕境地。

只是任由各种刑法轮流上，纵然死去活来，李子豪始终不曾改口。

第三章

噬心之毒

七月流火，九月授衣。

一进九月上海滩终于褪去了夏日的火热，秋风袭夜舒凉，天气开始稍稍有了些凉意，人们都开始加衣服了，只是在第一监狱里，无论四季如何变化，这里有的都是刻到骨子里的深寒。

这日大上午，在第一监楼的副典狱长办公室里，秦重典仰靠在皮椅上闭目养神，屋子一角的留声机播放着优美的旋律，与这森冷的监狱格格不入。

桌子上一盆植物长得正茂盛，花朵五彩缤纷，叶子碧绿如玉。

不一会，一个光头狱警敲了门进来，低头哈腰地道："副处，您找我？"

秦重典慢慢睁开眼，问道："李子豪还没招吗？"

"没有，那小子骨头太硬了，这陆续用刑都几个月了，什么招儿都使过，就是不吭声。"光头狱警无奈道。

"叫人把他带到刑讯室，今天我要给他一点新玩意儿。"

秦重典一脸诡笑，顺手朝着桌上的植物一指道："拿上它。"

光头狱警抓抓头皮，搞不懂去刑讯室还带什么花，不过他可不敢怠慢，连忙小心翼翼捧起花盆跟了上去。

待秦重典抵达刑讯室的时候，李子豪已经先一步被带了进来，他坐在木椅子上，脸色消瘦而苍白，瘦了一大圈的身上满是触目惊心的伤痕。

"阿豪，好几天不见了，精神不错。"

秦重典打着招呼，白净的面孔上带着温和的笑意。

李子豪抬起头来，眼神冰冷。

几个月的牢狱生活好似炼狱般鞭策着他的灵魂和肉体，无边的痛苦没有让他屈服，反倒让他的意志更加地坚定，同时也深陷煎熬。

一闭上眼便都是蓝若芸的影子，那如花的笑靥、似水的容颜充斥在他脑海的每一个角落。小时候的两小无猜，长大了的青梅竹马，十几年多少欢声笑语你侬我侬和那倒在血泊中的惨状交织着，日夜不息地撕扯着他的灵魂。

秦重典朝着光头狱警手里捧着的盆栽一指道："你是圣约翰教会大学的高材生，以你的成绩足以得到老师的推荐出国留学，知识想必丰富，那我想问问你可认识这盆植物？"

用余光一瞥，脑海里立刻浮现出植物的名字，李子豪眉头狠狠地皱了下。

"看来你认出来了，没错——这就是罂粟。"

这一丝表情的变化没有逃过秦重典的眼睛，他笑眯眯地说道："这东西是制造鸦片的原材料，虽然我国民政府明言禁止种植，不过如今在云南和西康那边可是广为种植呢，毕竟能为本土的军阀提供不少的税收。我呢花了点关系买了不少，用西方工艺提炼之后便得到了这种东西。"

话落间，他从兜里摸出一个小瓶子来，瓶子里盛着乌黑的液体。

他朝着光头狱警努努嘴，后者恍然大悟，立刻接过瓶子又找来一根注射器将液体吸入，然后慢慢地朝着李子豪走去。

针头上滴出的液体乌黑如漆，散发着一种异香。

李子豪倔强地昂着头，紧绷着面颊，用眼神表达着愤怒。

他很清楚，这一针头下去自己从此就要染上毒瘾，一辈子都逃不开鸦片的束缚，但是他又怎么可能因为恐惧而低头。

"我看你这眼神能坚持多久！"

秦重典声音冷了起来。

光头狱警一把按住李子豪的肩膀将针头刺进他胳膊，伴随着轻微的刺痛注射器里浓缩的鸦片液被注入到了他体内。

一瞬间一股极度恶心的感觉在身体里扩散，李子豪只觉得腹内翻江倒海，捂着肚子就呕吐起来。

牢房的馊饭被呕了一地，散发着浓浓的恶臭味。李子豪还没站起来，又觉得头晕目眩，意识也开始变得混乱。

"把他扔回牢里。"

看着李子豪的狼狈样子，秦重典阴冷冷地笑起来，众狱警也都发出桀桀的笑声。

鸦片之毒几乎毁了大清朝，其凶猛可见一斑。接下来的日子里李子豪隔三岔五便被注射鸦片液，随着毒性的侵蚀，毒瘾终于在一天夜晚里发作了。

没有蚀骨的痛，也没有钻心的疼，只是超乎控制的痒。仿佛有无数的猫爪子在身上挠着，穿透皮肤渗进骨头再钻入每一根神经。身体不自觉地痉挛着，手指不受控制地曲折，李子豪使劲抓着被子，用尽全身的力气驱赶着毒瘾。

第一次发作仅仅几分钟，但就这么会功夫他已经满身是汗，身体几乎有虚脱的感觉，软绵绵的好像不属于自己般。

"哒哒哒——"

幽静的过道中响起了皮靴清脆的响声。狱警将李子豪毒瘾发作的事情一报告过去，秦重典便在几个狱警的簇拥下抵达了铁牢外，透过小铁窗看到里面的情况后他一脸满意的笑容。

待狱警打开铁牢，他慢悠悠踱进去，拿出装着鸦片膏的瓶子笑眯眯地说道："李子豪，只要把这东西往你鼻子上一抹，吸上一口立刻精神百倍，绝不会再受这样的煎熬。"

"哼！"

李子豪怒目瞪着他，重重地哼了一声。

他愤怒于秦重典的歹毒，为了逼供不惜使出这么卑劣的手段。但是无论对方怎么做，他都不可能改变自己的决定。

"好，我倒要看看你能撑多久。"秦重典并不失望，依旧脸上带笑。

从他进入第一监狱十几年来一路坐到副监狱长的位置，靠的就是残酷的刑罚手段。而再硬的骨头也不可能不屈服在鸦片上，唯一的差别只是谁抗的时间更久一点儿罢了，不久之后李子豪必定会趴在自己脚下哭着求着索要鸦片。

他返身离开，快出牢门时回过头又诡异地一笑："要知道这只是刚刚开始。"

铁门重重地关上，牢房又陷入了长久的黑暗中。

秦重典的话并没有任何夸大，随着时间的推移，毒瘾发作得越来越频繁越来越猛烈，持续时间也越来越长。刚开始李子豪还可以咬牙坚持，到了后面就不得不靠撞墙来制造身体痛苦以抵消毒瘾了。

每当毒瘾发作的时候秦重典就会出现，拿着瓶子告诉他只要坦白一切就能够吸食鸦片膏消除痛苦，而每次李子豪都用磐石般的意志控制了身体的欲望，以孤狼般悲嚎的咆哮声回答了对方。

这天夜里，夜色尤其凄凉，风摇晃着树枝嘎嘎作响。孤寂而狭窄的牢房中，李子豪在毒瘾又一次发作之后终于察觉到了危机。

蓝若芸死了，他便如同一个没有灵魂的空壳，对这些屠夫杀手的仇恨超越了一切，因此无论对方用什么手段都绝不可能低头。

但是这终归只是现在的想法，随着最近毒瘾凶猛的发作，他越发感觉到这东西的可怕，担心意志再坚定只怕也有崩溃的一天，到时候若将事情和盘托出，蓝衣社同仁岂不惨死于屠刀之下？

他不能吐露秘密也不能死，因为还没有为蓝若芸报仇，那么剩下的就只有一条路——越狱！

一想到这里他浑浑噩噩的心智开始渐渐苏醒过来，这几个月里他一直沉浸在蓝若芸的死中无法自拔甚至自暴自弃，然而如今一清醒过来便又回到了平日的沉稳姿态，变成了那个在十几次刺杀行动中冷静完成任务并且生还的蓝衣社刺客。

从这天起，他开始在监狱里透过小铁窗或者是在放风时观察起监狱的构造来。

李子豪在圣约翰教会大学学习的专业就是土木工程，四年学习下来自然有了很专业的素养。这监狱里十几栋监楼林立环绕，普通人看不出来什么，但是他却可以根据楼房的样式，外围管道的铺设等等细节判断出一些可能存在的逃生路径。

足足一个月的时间，李子豪经过仔细的分析已经有了一个大致的推断，认为可能存在的生路有四条，确定了这件事情后接着便需要去实地勘察一下。

二月漆黑的夜色里，大雨打着砖石的墙面发出噼啪的响声，李子豪装着发了毒瘾的样子在冰冷的地面上翻滚咆哮。

这个时候秦重典又准时出现了，他抄着手晃悠悠地走进牢房，低沉地蛊惑道："李子豪，想不想要鸦片膏？"

李子豪装着费力的样子爬起来，一手撑着墙壁大口喘着气，身体颤抖着仿佛随时都会倒下去。

欣赏着他的狼狈模样，秦重典毫无防备地走过来，拿着鸦片瓶子在他眼前晃动着，不厌其烦地诱惑着。

突然间李子豪暴喝一声，如同恶狼般扑上去狠狠掐住他的脖子。

周边两个狱警大吃一惊，连忙冲上来想将他扯开，但是李子豪力气奇大，着实挨了十几棍子这才松开。

秦重典被掐得差点断气，一解脱出来顿时恼羞成怒，恶狠狠地踢了李子豪几脚，然后气急败坏地咆哮道："给我拖出去吊在广场上，让他知道惹了我秦重典的厉害！"

两个狱警应声，拖着李子豪朝外走，只是三人都没有注意到李子豪嘴角浮着一抹笑意。

来到了广场免不了一顿毒打，李子豪被打得晕过去后吊在广场的支架上。

昏昏沉沉间，一件件往事在脑子中游荡。

第四章

越狱的决心

坐落在黄埔路的日本领事馆外围禁卫森严，高大的红楼官邸外一株株银杏树枝繁叶茂，在二层楼的会议室里一群日本人正在开会。

穿着灰色西装的平野一郎，长脸上戴着金丝眼镜，蓄着小胡子，自公使被刺杀之后新公使未到，他这个领事就是领事馆最大的官，当仁不让地坐在主座上。

左侧的座位上坐着一个平头男子，是参赞小田君。

议论声嘈杂，几个日本军人各自发表着意见，互不相让。

平野一郎闭着眼睛，瘦长的脸上面无表情，然后陡地一拍桌子狰狞地厉声喝道：“蓝衣社，蓝衣社，怎么就抓不住人？三天两头一次谋杀案闹得人心惶惶，我看他们什么时候能闯到我领事馆来！”

几个日本军人面面相觑，羞愧满脸。

小田君连忙说道：“长官息怒，蓝衣社有天大的胆子也不敢闯到咱们领事馆来，更何况这大白天的……”

话到这里他突然哑了般不再说下去，同时嘴巴迅速的张大成“O”字型，两只眼珠子快要瞪出来似的。

不为别的，只因为他看到一道蓝影正高速朝着会议室冲来。

“喵——”

伴随着清脆的爆碎声，李子豪破窗而入，人未落地抬手就是一枪。

小田君身边的日本军人被一枪爆头，鲜血带着脑浆溅了他一脸，而他还来不及惊叫就成了下一个牺牲品。

“砰砰砰——”

更多的蓝衣刺客闯入，一时枪声四起。

“保……保护我！”

脸上溅着血的平野一郎慌张大叫，吓得差点从座位上摔下去，一旁的军人快速赶来围成保护圈，同时仓促地举枪射击。

"杀死平野一郎！"

李子豪振臂大喊，黑布蒙着半张脸，一双眼睛犹如猎鹰般死死盯着日本领事。

众刺客连连开枪，因为抢得了先机势头极好，日本人接连倒下，平野一郎很快露了出来。冲到最前面的一个刺客举枪瞄准，这一刻众人都屏住了呼吸，平野一郎吓得惨无人色。

偏偏意外陡生，会议室大门突被撞开。随着一声尖啸，飞来的斧头劈在刺客脑门上将他的笑容凝固。

嘈杂声中大量手持斧头的帮派成员涌入，形式急转直下。

飞射的斧头犹如死神的镰刀，刺客手里的枪已经不管用了，一旦被对方冲到近处连格挡的机会都没有，那斧头一劈下来不是死就是残。

鲜血四溅，悲嚎连连，蓝衣社刺客一个接着一个被砍杀，刚才还人多势众的刺客如今站着的竟只有寥寥两三人而已。

"快走！"

一个受伤的刺客猛地将李子豪朝外推去，紧接着被一把斧头劈中胸膛。骨头裂碎的声音刺入耳膜，深陷下去的胸膛折断外翻的骨头令人心惊肉跳。

"阿土！"

李子豪悲愤地喊着同伴的名字，不甘心地跳窗逃跑，一跳下去下方豁然是无尽的深渊，里面一张张同伴的面孔在愤怒地嘶吼。

打了个激灵，李子豪猛地睁开眼从这昏沉的梦境中醒来，随即便被刺骨钻心的疼痛席卷。

此时他跪在冰冷的地面上，二月的天气寒意甚甚，尤其是这监狱广场的地那更是透着尸骨般的凉，更别说现在还下着大雨。

他双手吊在支架上，铁链缠着手腕套着双脚。大雨冲刷着他的身体，裸露的上身布满着伤。那雨水便好似刀子般刮着，皮开肉绽的伤口触目惊心。

痛！

锥心刺骨的痛！

　　但这个时候他却有着比以往更多的清醒，他抱着救国救民的理想加入蓝衣社，而那里的每一个人都是抱着和自己同样的信念，为了拯救这衰败的国家，多少人死于枪下，连一个名字都不会留在历史中。

　　那一条条曾经鲜活的生命逝去便有更重的担子压在自己身上，若然自己为了心爱女人的死从此一蹶不振，那么又有什么脸面去见他们？又将他们付出的生命置于何地呢？

　　雨依旧在下，雨点砸在身上带来阵阵刺痛，李子豪却犹如从沉睡中醒来的雄狮，眼中迸射出犀利的光泽。

　　到半夜的时候，一栋监楼的铁门打开来，走出三个披着雨衣的狱警。

　　光头狱警走在最前面，一到吊架前就敲着他的背呵斥道："别装死了，醒过来。"

　　李子豪一动不动，两眼紧闭。

　　"不会真死了吧？这小子身上原本伤就不轻。"旁边的瘦狱警嘀咕道。

　　翻开李子豪的眼皮用手电筒一照，光头狱警冷笑道："命挺大的，还有一口气，你们把镣铐解开拖他回去。"

　　"臭小子，要死不死的还要咱们做这体力活。"

　　瘦狱警一边给李子豪解开镣铐，一边厌恶地骂道。

　　镣铐解开的刹那，李子豪双目一睁骤地暴跳而起，两拳放倒两个狱警，紧接着勒住光头狱警的脖子用力一扭。

　　"咔嚓"声响，光头狱警瞪目吐舌，还没搞清楚怎么回事就丢了命。

　　"呜呜——"

　　广场边上的守卫发现了这里的异动立刻按响了警报，几个守卫快速冲过来。

　　拔出狱警身上的枪，李子豪撒腿就跑。虽然在监狱里颓废了大半年，身体受了折磨，但此刻的李子豪在强烈的求生欲望下激发了潜能。他凭借着扎实的身体素质和矫健的能力，或躲避或攻击硬是在众多狱警的围攻下杀出一条路来。

　　一栋栋监楼、一个个院落、一条条通道，李子豪在陌生的地域里探寻着，在大脑里迅速构造出监狱由内到外的立体图，同时朝着原本计划中可能存在的逃生途径跑去。

然而但凡可能的生路都有着一队队的守卫，子弹呼啸着从耳边从身边穿过，李子豪咬紧牙关夺路狂奔。

一个个逃生的渠道，一个个可能的方案在不断地被剔除，很快四条路径已经只剩下最后一条了。

腿上不知何时中了一枪，鲜血汩汩地冒，身体也疲惫到了极点，而周边围追堵截的狱警如同蝗虫般密密麻麻的，李子豪嘶吼着奔跑，终于在被追上前抵达了一个院落。

院子的尽头是一堵高大的围墙，而瞥见一角的管道时他顿时欣喜若狂。这围墙背后就是生路，最后的一条生路！

只是一刹的惊喜之后就是悲剧，凶悍的狱警们从后面扑上来，紧接着雨点般的军棍袭来将他打晕过去。

待到李子豪再度醒来的时候已经身在铁牢里了，身上的淤青处传来早已习惯的疼痛，他皱紧着眉头望着铁窗外的天空。

出路是找到了，但是机会还可能有吗？

果不其然，从第二天开始李子豪就为自己所做的事情受到了惩罚。

他被关进了监楼最深处的禁闭室里，没有铁窗可以看到外面的风景，也没有放风的时间可以呼吸新鲜空气，有的只是一个黑暗而狭窄的房间。

即使毒瘾发作也没有人再来询问，他就好似被遗弃在这里般每日与孤独和黑暗为伴。这种精神上的摧残比起肉体更可怕百倍，李子豪的意志力也在不受控制地衰退。

在禁闭室里关押了整整七天，经过了每天只有一餐的禁锢生活之后，李子豪再度被放回了监牢，而一回到监牢他立刻开始了第二次的越狱计划。

越狱失败可能遭受毒打甚至让对方放弃拷问杀了他，但是若呆在监狱里结果也无非就是死，更让他无法承受的则是亲口吐露出心底的秘密，所以李子豪此刻已经铁了心要逃跑。

半个月后他趁着医生给他检查伤口的机会击倒医生和守卫，虽然在医务室里没有发出一点声响，沿途过道解决守卫也极其顺利，但奈何第一监狱守卫森严，即使他悄悄穿过了两栋监楼仍然被巡逻的守卫发现，第二次越狱再度失败。

当一个高个狱警将消息禀告给秦重典时，他正在办公室里浇花。初春时节，一个个鲜艳绚烂的盆栽开得正旺盛。

听到李子豪再度越狱而且失败的消息，他放下水壶，负着手从玻璃窗俯瞰着楼下放风区里的犯人，白净的面庞上没了当日被掐脖子时的恼羞愤怒，有的是一如以往的平静。

高个狱警询问道："副处，这次要将这小子关禁闭室里多久？"

"不必关禁闭室，普通牢房就好。"秦重典淡淡说道。

"普通牢房？那要不要拉到审讯室去打一顿？"

高个狱警愣了下，又问道。

"不必了。"

秦重典摇摇头，回头看着他满脸疑惑的样子这才慢悠悠地说道："现在的李子豪是狗急跳墙，他担心自己扛不住毒瘾所以才不惜冒着生命危险逃跑，即使失败了也还要逃。"

高个狱警顿时恍然大悟："这么说他就快招了？"

"没错，所以没必要对他用刑，免得打死了。从现在开始派人给我看牢他，他若逃跑就给我逮回去，也不必惩罚，就这样让他在一次次逃跑中绝望吧。"

秦重典笑着说完，走到一边打开留声机，只觉得今天的歌声真是格外美妙。

在接下来的日子里李子豪多次试图越狱，但最终都以失败告终，残酷的现实告诉他无论他个人有多大的能耐，也休想从这死亡之城中跑出去。

希望在一点一点地磨蚀，李子豪不知道自己还能够撑多久。

第五章

突来的契机

蜿蜒绮丽的苏州河自北而来，沿途开枝散叶般分出支流。人们沿河建街扩道，日积月累渐成规模，可以说这条小小的河流催生出了大半个上海。

在苏州河一段偏僻的支流上，沿河的街道保持着古老的风貌，不似黄浦江码头边上林立的高楼和繁华的街市，这里青砖绿瓦小河悠悠就如同世外桃源般幽静。

街面上处处都是清代样式的老屋，清晨时一间间铺面尚未打开，显得有些冷清。一个灰衣青年快速穿过街道，抵达了街尾巷口的一间药铺。

古旧的铺子悬挂着歪歪斜斜的招牌，似乎风一吹就能掉下来。

"咚咚咚——咚咚——"

青年有节奏地敲着房门，声音不大但恰好能够传进屋，而敲门时他很戒备地盯着周边。

不一会儿房门开了，冒出来一个微胖的中年男子。

"罗先生。"

青年躬躬身，用极其尊敬的口吻说道。

罗先生朝着外面扫了一眼，侧身让他进了屋。

破烂的小门内是一个杂乱的药房，窗户紧闭散发着浓浓的中药味儿。柜台上各种药材凌乱地摆放着，贴壁的药柜上一个个抽屉外贴着泛黄的药材标签。

罗先生坐下来，问道："阿石，这么早过来，是李子豪又越狱了？"

说起这事，罗大元也有些头疼。

身为蓝衣社上海分部的领导人，他在李子豪还是圣约翰教会大学一年级学生时亲自把他招揽进来。所谓慧眼识才，短短三年时间这个年轻人就迅速成为分部的骨干，因此白渡桥事件之后他也不免忧心忡忡。

他不是关心李子豪的生死，因为在他看来革命原本就需要流血牺牲，他所担心的是李子豪扛不住酷刑，把所知道的事情都交代出来。

一年的时间快过去，李子豪的坚定超乎罗大元的想象，不过近期李子豪不断地试图越狱，这让人有种极不好的预感。

"不是，先生您让我盯着青帮那边的动静，最近青帮出了一件不大不小的事情，唐鹤轩的干儿子方杰因为打伤了巡捕房的马探长，被关进了第一监狱。"阿石答道。

罗大元眼睛陡地一亮，立刻问道："他被关在哪栋楼？"

"和李子豪在一栋楼。"阿石答道。

罗大元微微眯起眼来，略一思忖道："马探长是宏帮帮主叶启山的人，那叶启山可不是善茬，和唐鹤轩也是死对头，如今方杰被关入监狱，那叶启山有没有可能会下杀手呢？"

"我看可能性不太大，方杰若死在牢里那事情会闹得很大。"阿石摇摇头。

罗大元果断地说道："那就由我们雇人去！你伪装成宏帮的人秘密雇佣几个杀手，进监狱里去刺杀方杰。"

"刺杀方杰？"阿石听得有点糊涂，搞不清楚罗大元的意思。

这时罗大元招招手，阿石凑过去听完计划之后才深感佩服，立刻离开去执行。

一晃又是一个月，三月初春，高耸的围墙内，遍布的铁丝网生冷地环绕着监狱。放风区的草地上也冒起不少五颜六色的小花儿来，为这幽暗的监狱添了些许色彩。

只是这些花儿存活不了多久，它们很快就会被犯人踩成稀泥，在这个残酷的监狱中容不得任何美好的存在。

犯人三五成群，各有各的小团体，在放风区占据着大大小小的地盘，而在视野最好也最宽阔的北边则是青帮的队伍。

作为上海滩最大的地下势力，青帮进来的人数量最多，这一栋监楼的放风区里便足有几十号人。

青帮等级森严，所有的成员都按照资历和地位的高低分布，越是地位高的就越在中心，而作为青帮大佬唐鹤轩养子的方杰自然当仁不让地坐在最中心。

二十四岁的他躺在水泥台阶的最上一级，微微眯着眼享受着春日的暖阳，阳光下其面部线条硬朗，嘴角处勾着一抹玩世不恭的浅笑。

对于别人而言，进了这监狱的门就别想出去，但青帮里自然有手眼通天的人物，下到狱警上到典狱长都被打通了关节，因此很多青帮兄弟在这里要么是避难，要么就是为了上位来镀金的。

方杰也不例外，前阵子在赌场里一时气盛，打断了巡捕房马探长的鼻梁后被关进了这里。名为坐监，实则一是让马探长面子上过得去，二自是避难，等风头一过再出去，所以自关进来起，方杰是一点都感受不到其他犯人那种生死煎熬的感觉。

"还有七天，芊芊就回来了。"

扳着指头数了数，方杰美滋滋地念叨着，眼前浮现出唐芊芊的小脸蛋和那俏丽的身影。

"杰少和芊芊小姐可是天造地设的一对儿，杰少娶了芊芊小姐再继承唐先生的位置，那可是上海滩的大佬了。"一旁的青帮小子恭维道。

周边的人都吹捧起来，别看这些人都是道上混的，这嘴皮子却练得比教书先生还好，就靠一张嘴能把人吹上天。

"好了，你们少拍马屁。"方杰坐起来指着几人笑骂，心里却乐开了花。

娶唐芊芊这是多么幸福的梦想啊，比他能继承阿爹的位置还要高兴一百倍。

然后他一手托着下巴，一边问道："你们说，芊芊回来那天我要怎么去迎接她？"

"马车，鲜花，保准没错，电影儿里都这么演的。"一个机灵的小子抢先说道。

"嘿，你小子挺聪明的，芊芊就喜欢看电影。若这事情成了，东城我分一家赌场给你管。"方杰一拍大腿。

机灵小子直是欢喜大叫，惹来众人羡慕。

另一边，第一监狱的大铁门前，几个守卫荷枪实弹地警戒着，穿着一身狱警制服的阿石眺望着远方的街道，时不时瞥瞥手表显得有些焦急。

好一会儿后，一辆警车才抵达了第一监狱的门口，阿石的表情这才缓和了些。四个警察押着四个面目凶恶的犯人下了车，领头的一个将收监证明递给了门卫。

"石哥，文件没问题，交给你了。"门卫看了下，笑呵呵地递了文件过来。

阿石点点头，刚接过文件监狱里就响起了警哨声。

"放风结束了？"阿石下意识地问了声。

"还没到时间呢，估摸着是怕下雨吧。"门卫看了看表又抬头望天。

刚才天上还有太阳，不知何时却被乌云遮盖了，如今风势渐起确有下雨的征兆。

阿石忙一挥手，随行的两个狱警押着犯人朝着监狱里快步走去。放风区外，犯人们正在陆续回到各个监楼。

"快点。"

阿石低声催促，两个狱警和四个犯人都加快了脚步，在进入监楼后不久阿石就看到了方杰。他朝着方杰的背影指了指，两个狱警悄悄打开了犯人的手铐同时递过了匕首。

这时方杰正一边走一边琢磨着迎接唐芊芊的事情，想到高兴处忍不住哼起小曲儿来，就在快走到房门时他突然察觉到些异象。

他的牢房在楼道的拐角处，走到这里时通常只剩下他和狱警，但现在身后明显多了脚步声，虽然对方刻意把脚步压得轻轻的，但却瞒不过他敏锐的耳朵。

十几年的打架生涯让他培养出了野兽般的本能，有什么风吹草动一下子就能捕捉到，即使是现在心情愉悦满脑子都是唐芊芊时也不例外。

是宏帮的人！

他立刻下了判断，青帮势力再大也不可能只手遮天，这监狱里仍然存在着别的势力，比如马探长背后是仅次于青帮的上海滩第二帮会宏帮，只是没想到对方胆子这么大，居然敢在监狱里下手。

一进牢房，果然后面几个犯人都跟了上来。外面的狱警将牢门一锁，领头的犯人一刀子就从后面捅了过来。

"自己找死，可怪不得我哦。"

方杰轻佻地笑着，反手夺过刀子利落地刺死了对手，紧接着一个前扑一记掌刀，几下子就将其他三人刺杀。

他自小跟着唐鹤轩在残酷的帮派斗争中摸爬滚打过来，身手自然了得，几个犯人几乎是一招毙命。

看着紧闭的牢门和露出肩膀的狱警，方杰眼珠一转，从尸体上摸了血涂在身上然后倒地装死。

牢里平静下来，外面的狱警朝着小铁窗往里望来，见到一身是血的方杰，便打开了牢门，走进来正想检查一下，方杰陡地一跃而起，杀人夺枪一气呵成。

他很清楚宏帮做事的手段，既然对方准备在监狱下手，那么绝对不会只有这一手，坐以待毙可不是他的风格。索性一不做二不休，干脆从这里闯出去，虽然根本不知道哪条路可以逃生，但方杰就是这样子，身体总是比脑袋转得快。

他蹿出楼道，刚冒出头来便有狱警大喊着拔枪射击。一时间警报四响。他连忙逃跑，在楼道里狂蹿。

夜色低沉，监楼里传来的枪响声刺激着耳膜，胆大的犯人探头出来见到奔跑的方杰，纷纷大喊，子弹打在沿途的墙上和铁门上发出震耳欲聋的声响。阿石混在追击方杰的队伍中，在方杰快要赶到李子豪的牢门前时举枪射击。

"砰——"

黑暗的房间里，被惊醒的李子豪猛地站起来，刚走近牢门前，门上便传来一声清脆的异响和震动。

第六章

绝地逃生

锁被打掉了！

李子豪心头狂喜，立刻将铁门一拉，人还没走出去方杰就撞了进来。

昏暗的光线中陌生的二人对望了一眼，没有任何交流却极其默契地动了，一人闪到铁门后面，一人爬到铁门上方。

刚藏好，几个狱警闯进来举枪就射，简陋的铁床火星四溅，被子被打得噗噗作响。等到几人发现对面没人的时候李子豪二人已扑了出来，几下解决了对手。

"哟，身手不错，哪个堂口的？"

方杰有点意外，要知道他的身手在堂口里可是数一数二的，但这个陌生青年居然一点不输给他，二人几乎同时击杀对手。

李子豪没搭理他，弯腰捡起手枪、钥匙，撒腿就跑了出去。

"我叫方杰，你知道吧？"

方杰嚷嚷着跟了出去，同时介绍着自己的名字。

这但凡混帮派的那必定听过他的大名，只是李子豪压根和他不是一个圈子，更何况逃命的时候哪有心思和他攀谈。他低着头狂奔，一边跑一边朝着沿途的牢门射击。

他的枪法很准，随着一把把铁锁被打碎，犯人蜂拥而出和狱警纠打在一起。

"哟，这主意不错！"

方杰茅塞顿开，也学着他释放囚犯。

在二人的捣乱下不断有犯人放出来，这第一监狱所关押的犯人中有不少是重犯，尤其是那些判了死刑的穷凶极恶之徒，如今一被放出来那就跟疯子似的捣乱，大大减轻了二人逃跑的压力。

监楼里警报大响，守卫源源不断地从外围赶进来。李子豪带着方杰一路飞奔，虽然素不相识，但二人联手却极其默契，沿途不知道突破了多少重围。

在闯进第一次越狱失败前抵达的院落时，李子豪加速奔跑，紧接着猛地一跃跳上围墙，然后又拉着方杰翻上去。

"李子豪！"

后面陡地一声爆喝，秦重典带着一对人马气急败坏地赶了过来。

那原本斯文的脸如今因为肌肉过度的扭曲变得狰狞可怕，他挫着牙怒吼，眼里喷着火。

"砰——"

李子豪连半点停顿都没有，甚至于都没有回头看他，只是反手就是一枪，同时和方杰跳下围墙。

这一枪不算准，但却在秦重典的脸颊上留下了一条长长的血痕，他摸着脸上火辣辣的伤口歇斯底里地咆哮道："给我抓住李子豪！"

众狱警狂奔过去，一个个准备翻墙追击。

围墙的另一边是一片杂草丛生的荒废地带，周边冒出来一些锈迹斑斑的管道，而在一角的地方有着一个大井盖。

李子豪飞奔过去将井盖移开，随着一股熏人的臭气涌出，下方露出一条黝黑的地下水道来，满满的污水晃动着。

见到李子豪居然知道出路，方杰稀奇地看了他一眼随即又捏着鼻子厌恶道："我堂堂青帮杰少怎么能钻这地方逃跑，要是被人知道以后还怎么混……啊……"

话没说完，李子豪已经一脚将他踹了下去，紧接着也跳进了污水池。

待秦重典翻过围墙抵达这里的时候，一群狱警正捂着鼻子围着井口踌躇不前。这狱警虽然官阶不大地位不高，但在监狱里那就是横着走的螃蟹，只有吃香喝辣的份，好日子过习惯了哪会做这脏活，所以大家都是大眼瞪着小眼却谁都没动。

"还愣这干什么？都给我追！"

秦重典气急败坏地呵斥，像头饥饿了几个月又痛失了猎物的狮子，简直到了发狂疯癫的地步。

　　狱警们只好硬着头皮跳下井口，扑通一声响，溅起的污水落到地面上散发出浓浓的恶臭味。

　　"到监狱外面给我搜！"

　　秦重典朝着外面一指，怒瞪着手下厉喝着。

　　狱警们哪敢怠慢，纷纷组队离去，一下子留守在这里的人只剩下一小队。秦重典没动，他恶狠狠地盯着这污浊的井口，一腔愤怒在胸膛中撞来撞去无处发泄，而除了愤怒之外更有种被羞辱的感觉。

　　一直以来他都把自己和李子豪的关系看成猫捉老鼠，因此即使李子豪三番两次试图越狱，他却当成笑话甚至乐趣般对待。然而如今李子豪真的越狱了，这让他难以接受，怎么这个李子豪就从这禁卫森严号称死亡之城的第一监狱里跑掉了？

　　下水道中污水横流，急涌如潮。二人几乎是被污水冲着走，巨大的管道里污水差不多淹没了鼻梁以下的部位，只有仰着头才能呼吸，但不时还是会被淹没一下。

　　"我靠，太臭了……"

　　方杰张口大骂，一股污水却趁机蹿入嘴里，他吐也不是闭嘴也不对。再看看李子豪打从进来起就闭嘴不言顺水而行。方杰使劲搔着头有一肚子话说不出来，最后只能闷声闷气地跟在后面，同时祈祷着今日这事情可千万别从监狱那边传出去。被其他帮派的人嘲笑倒是小事，若然被芊芊知道了，那只怕会被嘲笑好几年，在芊芊面前他可丢不起这人。

　　地下水道分支众多，李子豪凭借着超然的方向感踩着污泥和恶臭行进，至于后面的追兵，他们早就迷失在错综复杂的地下管道结构中，既不敢这么快回去又找不到一个出口，只有在这里面哭爹骂娘。

　　"你是属老鼠的吧？这么乱的地方还能辨清道路？"

　　看着李子豪七拐八拐一副轻车熟路的样子，方杰突然有点佩服。要是没有李子豪就他自己在这里面蹿，估计得迷路两三天，人还没饿死就已被臭死了。

　　李子豪依旧没搭理他，只是认真地寻路，为了避过地面的追踪他尽量走到更远的地方，就这样足足跋涉了一个小时，这才从租界一角的弄堂井盖中爬了出来。

此时夜色降临下起了蒙蒙小雨，方杰迫不及待地冒出头来，只是一口新鲜空气还没吸到就被发现了警车的李子豪又一手按了回去。

李子豪的动作很快但是凑巧警车的灯照到他身上，车里的狱警举枪射击，他连忙翻身滚出，一跃蹿进车里和狱警扭打起来。

"你想臭死爷啊？"

方杰从乌黑发臭的污水里再度冒出头，怒气冲冲地要找李子豪理论，却发现李子豪在车内搏斗。再看看井盖后面那地面上的枪洞，他不由擦了一把冷汗，若不是李子豪把他按进去，刚才那子弹就射进自己脑门里了。

"走！"

正想着，抢车成功的李子豪低喝一声，方杰连忙蹿出下水道滋溜一下钻进了车里。

后面追击不断，二人配合着逃跑。一人开车一人开枪，所幸监狱的搜寻队伍很是分散，在击杀了三辆警车的狱警后，二人终于摆脱了追击。

一路穿街走巷，远离了狱警的搜查圈，在被打得千疮百孔的破车开过一个豪华妓院门前时方杰叫停了车，开门走出来，门口一群涂脂抹粉的妓女立刻围了上来。

"哎哟，这不杰少嘛，怎么有兴趣到这么来？"

"杰少你身上怎么脏，进来洗洗澡呀。"

"……"

虽然方杰一身狼狈，雨水也没有把身上的污水臭味冲刷干净，但是妓女们毫不在意，一个个媚笑讨好着。青帮大佬的干儿子，谁不得供着捧着。嫌弃他？那是找死的行为。

"23号45号89号全给我叫来，第二层我包了！"

方杰大声喊着，又朝着李子豪热情招呼道："我方杰对兄弟从来不吝啬，你今天帮了我的忙，今晚你就好好在这里放松一下。"

一听是方杰的兄弟而且那口吻器重得很，一众妓女都好似看到金元宝般两只眼睛闪着光。

"轰——"

却见李子豪猛地一踩油门，破车唰的蹿了出去，一会儿不见了踪影。

方杰愣了愣，然后仿佛明白了什么事情，扯着嗓门焦急地大叫道："兄弟，真不要你出钱！我杰少说话算话！"

远离妓院之后，李子豪漫无目的地开着车，这里已经远离闹市，街道偏僻得没什么人影，略显荒凉的道路似无尽般的漫长，怎么开也开不到尽头般。

蒙蒙的细雨打湿了窗户，经历了一场生死逃亡，他显得极其疲惫甚至眼皮都有些抬不起了。

朦胧间似乎看到蓝若芸的脸，李子豪一阵恍惚，然后"轰"的一声车撞在街边上冒起了烟儿。

李子豪试图启动，车子却再也动不了了，他摇摇晃晃地走下来钻进了一条黑暗的弄堂。

步履蹒跚，但他仍旧在走，一股无形的力量在催动着他前进，一直走到黄浦江边上。

到了这里，他才渐渐清醒过来。

疲惫地靠着石墩，望着昏暗夜色下的浑浊江水，他拿出珍藏着的怀表。怀表里放着他和蓝若芸的合照，如今照片依旧佳人却已不在。

在刑讯室里，秦重典坦言那日压制学生运动就是为了给学生们敲个警钟，因此手段极狠，百来人的学生当初除了少数几个人漏网之外，其他的要么被关进了监狱要么就被丢进了黄浦江。

第一监狱里也有女监，他也在放风的时候打听过，蓝若芸并没有在那里。

想着心爱的女子在如花般的青春年纪凋零，死后又被扔进这浑浊的

大江中，他又怎能按捺得住悲伤。

温柔地轻抚着照片上的容颜，李子豪心头是撕裂般的剧痛，两行泪水刹时满脸。

"若芸，一路走好。"

他沙哑着声音，呢喃着慢慢闭上了眼睛。

人似乎又回到了校园旁那片河边的绿地上，天空是那般的蔚蓝，徐徐的微风吹拂着花草，一只只蝴蝶翩翩起舞。

他牵着蓝若芸的手无忧无虑地走着，风吹起她的秀发，侧面的容颜美得惊艳。

"阿豪，这个任务你一定要做吗？"

她轻声说道。

"这是最后一个任务，我必须要去。"

李子豪坚定地说道。

"那我陪你完成这个任务，完成之后我们一起离开上海去别的地方看看。"

蓝若芸别过小脸，脸上带着温柔而甜蜜的笑。

"好，无论你想去哪里我都陪你。"

李子豪点点头，轻轻吻上了她的唇。

睁开眼来记忆犹如泡沫般碎去，留下的是无尽的悔恨。

第七章

唐鹤轩

天刚蒙蒙亮，下了一夜的雨已小了许多。

这块尚未开发的偏僻河道边长满了大片的芦苇丛，足足一米多的高度像是天然的屏障，即使有风的日子外人也难以窥探到里面的情况。

靠着江边的泥泞路上站着青帮的两大杀手——黄复和赵衍，二人都身材高大，脸似木雕般看不出任何表情，古铜色的皮肤上有着或多或少的伤疤。

十几个青年学生连同石头绑在一起并排地跪在江岸上，最左边的学生被赵衍扳开嘴喂块肉灌口酒，接着被黄复在后面一枪爆头而栽倒进江中。

二人面无表情机械式地重复着动作。一条条鲜活而稚嫩的生命，一张张愤怒而无辜的面孔，被无情的江水吞噬，就连溅起来的一圈水花也转眼间消逝。

在后面不远处的轿车旁，福生撑着黑伞微低着头，一如茶馆中奉茶时的恭敬谦卑："长休饭，永别酒，老爷真是仁慈。"

伞下的唐鹤轩穿着一身高档的黑色西装，表情平静如常。他对一边的杀戮并没有丝毫的兴趣，只是眼神深邃地眺望着略起波澜的江面。

像他这样的青帮大佬，一辈子摸爬滚打过来，见过的血腥场面数不胜数，手上沾染的鲜血也早浓得化不开。死在他手里的人有该死的也有无辜的，只是为了坐到更高的位置，为了把这上海滩收为囊中之物，他就得继续踩着这些尸骨前进，古人说一将功成万骨枯，不也是这个道理吗？

随着最后一声枪响，江水上的水花渐消，唐鹤轩转身坐回车里，福生紧随其后收伞关门。

几辆轿车慢慢开远，留下几道轮胎印。江水依旧湍急，云层悠悠荡荡，仿佛什么都没有发生过一般。

这时在更远的地方，李子豪从芦苇丛中冒出头来。

昨晚在悲伤和疲惫中睡去，一大早就被枪声惊醒，紧接着见到这血腥的一幕。不过因为距离比较远，他也不清楚被杀的是什么人，只是那个穿着西装的老人着实让人记忆深刻。

"这上海滩就没有一个清净地方。"

他摇摇头，朝着来时的弄堂赶去。

在第一监狱那么一闹，现在只怕巡捕房在满城搜寻他，虽然现今兵荒马乱藏身的地方也多，不过显然呆在这江边是不合适的。

另一边，三辆轿车驶出泥泞地上了水泥路，一路朝租界驶去。

赵衍坐在第一辆车上当先锋打头阵，他冷静地观察着前方的情况。

黄复坐在第三辆车上，那冷峻的脸上目光如鹰隼般紧盯着周边的动静。

中间这辆车上，唐鹤轩点燃了雪茄慢悠悠地抽着，品味着那香醇的气息。他的目光落在遥远的江面上，落在周遭繁华的建筑上，外滩的报时钟传来清脆而悠长的声音，一切显得那般闲淡。

突然间，三个衣衫褴褛的小乞丐冒了出来。前方车辆迅速停下，刹车让唐鹤轩朝前一倾，雪茄差点掉地。

福生迅速地回头，看到唐鹤轩没事这才放了心，然后探出车门大骂道："不知死活的小瘪三！"

刚骂完，几个壮汉从侧面的街道追上来对着三个小乞丐就是一番拳打脚踢。

唐鹤轩脸色沉了沉，推开车门走了下去。他这一动，福生和前后两车的保镖立刻跟了上去。

虽然来人人多势众，但几个壮汉仗着有背景都挺直着腰杆，脸上露出凶狠的表情。

"上海滩真是越来越没规矩了……"

唐鹤轩念叨了句。

他身边的青帮成员那都是跟了他十几年的，太熟悉这位大佬的性情，只这一句话便听出了他的意思，立刻冲了上去将几个壮汉撂倒在地。

"擦亮你们的狗眼，连唐先生都不认识吗？"

主子生气，福生也暴跳如雷，指着几人怒喝。

一句话不仅让几个大汉刚冒起来的脾气消失得无影无踪，那魁梧壮硕的身体更不由得打了个寒颤。像他们这种人也都有些帮派底子，哪里不知道这位青帮大佬的残酷手段，多少人因为得罪他丢了命。

为首的大汉连忙爬起来，果断地给了自己一巴掌。这巴掌力道不小，脸上立刻现出五道印痕。

然后他低头哈腰地道着歉："小的不知道是唐先生，拦了您的道，您可别往心里去。"

唐鹤轩抽着雪茄一言不发，乌黑的风衣被清晨的风撩动着衣角，如同被风吹皱的江面。

旁边的福生则熟悉主子的意思，指着他鼻子痛骂道："你算个什么东西，唐先生会把你放心里？这是怎么回事？"

"是是，小的是法国领事欧文家的护院，这三个小王八蛋居然跑来偷吃欧文大人家的狗粮。"大汉一边说着身份一边不忘训斥道。

"啪——"

毫无征兆的，唐鹤轩突地一巴掌扇在他脸上，清脆又响亮。

壮汉被打得一愣，无需唐鹤轩号令，保镖一拥而上把几个壮汉打得满地找牙。

"上海滩是中国人的上海滩，你们不要跟着洋人做事就忘了自己的祖宗，那洋人的狗就比中国人的命金贵吗？"

唐鹤轩厉声呵斥着。几个护院被打得蜷缩在地上叫都不敢叫一声，生怕唐鹤轩一生气把他们绑了扔黄浦江里。

"真是狗仗人势，敢在唐先生面前胡说八道！"

福生踹了大汉一脚，又别过头去看唐鹤轩的脸色。

"拿几个大洋给这三个孩子。"

目光落到小乞丐身上，唐鹤轩阴冷的表情上多了半分悲悯。

福生立刻应声拿了几个大洋施舍给小乞丐，小乞丐被打得不轻，但是一得了大洋立刻就满脸欢喜，连声道谢着一瘸一拐地跑开了。

唐鹤轩坐上车，神色有些深沉和感伤。

这是中国人的土地，却被洋人控制着，洋人定着的规矩注定洋人要高人一等。所以他虽然万分不情愿却必须要与虎谋皮，为的就是要在这上海滩有话语权，只有那个时候国人才能够在这片自己的土地上挺起脊梁，不必为了偷洋人家的狗粮挨上这一顿打。

车辆慢慢行驶，唐鹤轩沉默不语，车里的气氛也显得很是压抑。

良久之后，他才问道："水厂的事情怎么样了？"

"都和日本人说好了，管道的铺设没什么问题。"福生答道。

"水厂是上海滩的命脉，无论如何也不能够被洋人掌握了，因此牺牲一些学生来换取水厂的控制权也是无奈之举。"唐鹤轩指头轻轻敲动着。

"老爷说得是，那些学生若知道自己的一条命能够换来水厂的建设，能够让咱们国人不再喝那苏州河里浸泡着死婴的污水，应该也无憾了。"福生赞同道。话落，他又担心道："不过咱们把大烟馆关了，法国领事欧文可是大动肝火，听说他在找宏帮帮主叶启山合作想要对付老爷。"

"册他娘！想在我们华人的地盘上开烟馆祸害人，那也得问问我唐鹤轩同不同意！"

唐鹤轩突然破口大骂，表情泛起了一丝波澜。

似乎永远跟主子同步般，福生脸上跟着涌起杀机，他压低声音说道："要不要找人做了欧文？"

唐鹤轩没搭话，只是表情迅速恢复了平静，然后摆摆手道："欧文不足为患，只要打理好法国清查组那边，确认大烟馆是由欧文开设的，那么他就只能打道回府。"

在车窗上抖了抖烟灰，他又加了句，"不要吝啬钱财，对方胃口有多大，我们都要给。"

提起大烟馆的事情，唐鹤轩气不打一处来，以至于向来沉稳之极的他也不由得大动肝火。

他可以和外国人合作任何事情，包括去对付那些学生，但是却绝不会碰鸦片这东西。那可是差点把大清朝给毁了的见鬼玩意儿，若是在上海滩流行起来，人人都窝在家里抽鸦片，人不人鬼不鬼的，谁还出来做事情？谁还有力气做事情？

福生应下话，唐鹤轩又想起方杰来，问道："最近怎么没见到阿杰这小子？"

"他打了巡捕房的马胖子，现在还关在牢里。"福生答道。

"这冲动的脾气真是一点都改不过来，以后我怎么把这位置交给他？"唐鹤轩有点恨铁不成钢，手指用力地在车窗上敲了下，然后语气又温和了下来，"呆在里面夜长梦多，赶快把他弄出来。"

福生点点头，正准备说其他事情，突然间枪声四起，街边、楼顶、窗台上冒出一群杀手，子弹打在轿车上发出剧烈的响声，原本热闹的道路一下子变成了生死杀场。

"保护唐先生！"

"我来断后！"

前后两车的人立刻做出反应，赵衍开枪射击，司机猛踩油门开路。

后面的车则停了下来，黄复手持双枪，一枪一个杀手。

一时间枪声交错，间杂着各种声响，嘈杂刺耳。车身摇晃不停，子弹不时擦过或干脆打在车门上，那景况直是险象环生，似乎分分秒秒都会出状况。

唐鹤轩却充耳不闻般，表情依旧平平静静，白白的烟雾顺着车窗飘出后被细小的雨点打得粉碎。

司机以高超的车技操纵着轿车行驶，左拐右拐，逢事随机应变，那都是多年枪林弹雨中训练出来的。

而唐鹤轩是在这十里洋场上长大的孤儿，是在这繁荣背后的黑暗污秽中一步步爬起的枭雄。从十六岁第一次杀人到坐上青帮大佬的位置，这其中经历的腥风血雨和残酷争斗是外人难以想象的。

被刺杀那简直就是家常便饭，因此即使外面枪声密集，他却依旧享受着这雪茄的味道，仿佛那枪声和鲜血只不过调味剂而已。

第八章

百乐门

租界虽然位于上海滩，却又好像和它处于不同的时空，这些被洋人控制的地盘是绝对远离战火波及的桃源之地，无论外界发生什么样的战事，有着多么可怕的状况，这里却是歌舞升平、日夜不眠。

一墙之隔，一面天堂一面地狱。

位于法租界闹市区的百乐门是租界时尚和繁荣的标志，同时也是权力的象征。那高大醒目的招牌周边挂满了霓虹灯，一入夜亮灯顿时耀眼生辉。

穿过透明的旋转门，走进金碧辉煌的大堂，推开里间的大门，光彩夺目的色泽一下子充斥着眼球。

穿着性感的歌女在舞台上扭动着身躯，唱着动感欢快的爵士乐。悬挂着的球灯慢慢转动着，散发出五光十色的灯光，宽敞的舞池中尽是时髦的男男女女。

一角的地方，法国领事欧文穿着西装打着领带，半眯着眼看着台上的歌女。

梳得一丝不苟的金发，刮得干净的下巴还有那保养得极好的皮肤，让他浑身散发着成熟男人的魅力。

宏帮帮主叶启山坐在一旁，同样四十来岁，身材样貌却早走了形，那满脸横肉层层叠叠，一双肿泡眼圆圆鼓鼓，肥胖的身躯即使穿着价格昂贵的西装，却和优雅高贵搭不上半点关系。粗大的金项链从脖子和手腕上露出来，再加上一枚厚重的金戒指。整个好似暴发户般，身上写着大大的粗俗。

在稍远的地方，坐着斧头帮帮主马三爷和上海滩其他多少有些分量的帮主。

"这唐鹤轩太不是东西了，攀上了日本人就把欧文先生踢到一边，还道貌岸然地关了大烟馆，我看他是想一个人独吞这笔生意！"

叶启山愤愤不平，好像受委屈的是自己。

欧文脸上浮起愠怒，刹时又化作冷笑："我欧文自和唐先生合作以来可没有亏待过他，没想到这老东西就是一条养不熟的狗，有了新主子反过来就咬我一口，只是他以为我欧文是好欺负的吗？"

"是是是，这姓唐的就是个吃里扒外的狗东西。"叶启山附和着，脸上绽放浓浓的笑容，"这次由欧文先生重金资助，我们宏帮出面聘请杀手，姓唐的必死无疑！"

"钱不是问题，只是希望叶先生找的人对得起我出的价。"欧文说道。

"欧文先生放心，唐鹤轩这次是在劫难逃，到时候还请欧文先生多多提携。"叶启山奉承着。

"只要你和我好好合作，我自然不会亏待你，这华董的位置当然也是你的。"

欧文笑眯眯地说道。

"欧文先生放心，等我坐上华董，第一件事情就是把唐鹤轩关了的烟馆重新开放。"叶启山拍着胸脯许诺。

欧文满意地点点头，相比唐鹤轩，叶启山显然更像条哈巴狗。虽然面相凶了些，那也只是一头忠心耿耿的斗牛犬，只要不咬主人那就行了。

叶启山更是心头乐开花，一直以来宏帮的势力都不如青帮，这一次唐鹤轩为了大烟馆的事情惹怒了欧文，如此好的上位机会他当然要全力把握。

二人各打着如意算盘，笑容满脸。

就在这时，突然外面传来闹哄哄的声音，紧接着一行人走了进来。

黄复和赵衍一左一右地开道，冷冰冰的面孔和黑色的西装，浑身散发着尸骨般的寒气和浓浓的血腥味儿。

其后，唐鹤轩不紧不慢地走着，黑色的礼帽，漆黑的西装和那张不苟言笑的面孔，令这场面一下子气氛凝重起来，好似炎热的盛夏骤然化作了冰天雪地。

人还活着！

欧文和叶启山的脸色不约而同地一变，脸上的笑意不见了踪迹。

舞池中的人群散开，谁也不敢挡这青帮大佬的路，而再愚蠢的人也嗅到了危险的味道，刚才还人满为患的舞池一下子变得空空荡荡起来。

唐鹤轩漫步走到众帮派中间的圆桌处坐下，夹了雪茄抽着，平静地扫视了一圈。

那眼神像刀子般锋利，仿佛要剖开众人。

除了欧文能够视若无睹，除了叶启山能够恶狠狠地顶回去，其他人都或低头或偏头地避开这眼神。

"梆梆梆——"

突如其来的震响声打破了平静，不少刚刚走出舞厅的人便见到一个个死人从高处丢下砸落在外面的车辆上，胆子小的被吓得一屁股坐地，失声尖叫。

各帮派看门的小弟都纷纷赶过来报告情况，听到有死人砸在自己车上，不少帮派的大佬脸色骤变，一下子百乐门里的气氛变得剑拔弩张起来。

叶启山突然哈哈大笑："哈哈，这还没到春节呢，唐先生就玩起爆竹来了？"

"是啊，春节还没到，不知道哪路游神就给我唐某送起礼来了。不过不是什么礼都能入我唐某人的眼，下次还请这送礼的好好挑选一下再送！"

唐鹤轩盯着他回道。

"唐先生可是咱们上海滩的巨擎顶梁，和你过不去那就是和咱们过不去。唐先生你放心，究竟是什么人敢招惹你，我叶启山保证调查出个水落石出，把人给你送到府上。"

叶启山仗义地一拍桌子，大怒道。

远处，身材矮胖的马三爷眯起了眼睛，刚才看到叶启山和欧文窃窃私语一脸奸笑，便知道在密谋着什么事情。

现在唐鹤轩来这一出，答案不揭自晓。

在这上海滩敢对唐鹤轩动手的除了外国人就只有叶启山了，只是叶启山一副仗义执言的样子好像和这码子事没有半点关系，若外人以为他坐上宏帮大佬的位置只是因为手段凶残，那就大错特错了，这家伙可比粗俗的外表精明一百倍。

或者说能够在上海滩这个地方有一席之地的人，哪个又不是老狐狸呢？

至于唐鹤轩那更是成了精的老狐狸，他面对这叶启山满口胡话不仅不动怒，还泛起了和善的笑意，好似对叶启山的行为颇为赞赏。

"来来来，唐先生，喝口酒压压惊。"

叶启山热情相邀。

"好，一杯浊酒敬英雄。"唐鹤轩笑着举起酒杯。

众人纷纷举杯一口饮尽，舞厅里的气氛立刻缓和了不少。

一旁的百乐门经理立刻吩咐下去，柔和的音乐如同慢慢涌来的潮水，一个娇艳的佳人漫步而来。

鹅毛扇子半遮着容颜，露出来的部分无论是那微烫的卷发，细腻的柳眉还是明媚的双眼无一不带着勾魂夺魄般的诱惑。

再加上那艳丽的旗袍将凹凸有致的身段完美无缺地衬托出来，只一上台就把全场的目光都牢牢地吸引了过去。

待到鹅毛扇子慢慢落下，露出那略带胭脂的倾国容颜时，场中顿时欢呼声四起。

只是若李子豪看到这女子必定大吃一惊，这正是他认为已经死了的蓝若芸。

佳人起舞，歌声渺渺，令人如痴如醉。

音乐化解刚才的尴尬，众大佬举杯相迎谈笑风生。

遥望着舞台上的蓝若芸，欧文的眼中泛起浓浓的欲望，这时发现唐鹤轩正盯着自己，难免露出几分尴尬，他干笑着掩饰道："蓝小姐的歌真是越唱越有味道了。"

"这是唐先生调教得好，没想到唐先生小弟教得好，这女人同样教得不错，这声音多勾魂儿啊。"叶启山摸着下巴，若仔细听能够听到他吞咽口水的声音。

唐鹤轩淡定地坐着，抽着雪茄吐了一团烟雾，谁也猜不出他现在在想着什么。

欧文清了清嗓子，提起了正事："这次把诸位邀请过来是为了宣布一件大事情，我们法国政府最近准备让出公董局的位置，让你们中国人来坐。"

诸大佬认真听着，大家都早早收到风声，倒不意外，如今欧文只是把传闻变成事实罢了。

欧文又朝着唐鹤轩笑道："在上海滩论资历，无人能和唐先生比，我也认为只有你能担当此任。"

唐鹤轩面带笑容，听得出这话中的潜台词。

欧文的意思是有他支持唐鹤轩才能够坐上这华董的位置，若没有他支持那自然就坐不上了。

唐鹤轩摆摆手道："欧老板是折煞我了，中国有句古话叫长江后浪推前浪，我这一把老骨头了就不和年轻人争了。"

叶启山听得肚子里窝火，这话看似谦虚实则是在表明他辈分高，即使像他叶启山这样的宏帮大佬那也只是小辈。

欧文干笑了声，没在这话题上占上风，立刻话锋一转提及了方杰被关押的事情，想借此来敲打一下唐鹤轩。

只是唐鹤轩不仅手腕厉害，这一张嘴也是利索得跟刀子似的，一席话谈下来，欧文联合叶启山都没有占到半点上风，反倒是成了唐鹤轩扬名立万的机会。

舞台上蓝若芸柔情万千，妩媚的腰肢扭动着，唱着撩拨人心欲望的歌曲，台下欢呼声一片。只是在众大佬这边，看似和乐融融觥筹交错，实则勾心斗角剑拔弩张。

待到席散时，众大佬陆续离开，这边席间便只剩了青帮的人。

蓝若芸来到台下，坐到唐鹤轩身边，一脸关心道："是他们动的手？"

"准确地说，是叶启山动的手。"

唐鹤轩讥笑。

"你还没坐上公董局主席的位置他们就要下毒手。若你坐上了，只怕他们也不会善罢甘休的。"蓝若芸担心道。

看了她一眼，伸手将她耳边的散发理好，唐鹤轩一字一句地说道："放心，我唐鹤轩的命比谁都长。"

说完他站起身来，在众青帮成员的簇拥下离去。

望着他的背影，蓝若芸眼神迷离。刚才那句话回荡在耳边，枭雄般的气度倾倒着她的芳心。

自白渡河的事情过去已有一年，那日的消息早就传得沸沸扬扬，除了少数几个逃出来的人，被打死的学生多达数十人，而即使没被打死的也都被关进监狱里吃了枪子儿，显然李子豪也不例外。

一开始李子豪的死让她崩溃，青春的爱情记忆就像一场美梦般被撕了个粉碎。她像惊弓之鸟般躲在房间里，时常深夜在噩梦中惊醒，那个时候这个叫唐鹤轩的男人霸道地闯进了她的内心，让她找到了个避风港，躲在那里舔舐着感情的伤痕。

日久生情，她不知不觉间被他的风度气派吸引，最终成了他的女人。

一刹的回忆在脑海中闪过，蓝若芸转身上台歌声再起，时过境迁她已然不是那个在校园里和李子豪谈情说爱、讨论着救国抱负的女学生，如今的她是这百乐门里当之无愧的皇后！

第九章

若得白子

作为上海滩仅次于青帮的第二势力，宏帮的堂口布设在租界各处，在一条繁华的码头深处就是宏帮的总堂口。

外有石狮镇门，一个个五大三粗的汉子犹如门神般驻守着。

堂口里都是清代时期的古建筑，朱红的柱子雕花儿的窗梁，还有那一张张红木大椅子。

叶启山怒气冲天地回到堂口，一坐下来便把桌子上的香坛狠狠砸在地上，又拔出枪把一旁的古屏风打得稀烂这才消了一点气。

这时外面陆续来人，排头几个都是帮里各大堂口的主事。一听到百乐门发生的事情，几人都是怒火朝天在这里大骂起唐鹤轩来。

这无疑是火上浇油，怒到极点，叶启山又是一巴掌砸在桌子上，怒吼道："有他唐鹤轩在一天，老子就像被压在五行山下的猴子出不了头。这一次好不容易和欧文合作，花了一万大洋请了杀手过来，居然还是这卵样子！"

众主事也都紧皱眉头，但凡有能耐的人都知道，虽然宏帮的杀手绝不少，但是若然派这些人去刺杀那简直就是授人以柄，唐鹤轩巴不得有理由来对付宏帮。

因此他们只能请人，而且还要重金聘请高手。这次许诺的是一万订金，事成后再给三万，但显然结果很不如人意。

"这口气老子是咽不下去的，你们都说说下一步要怎么办？"

叶启山嗓门粗粗的，他盯着众人，面色狰狞，好似一头发怒的狮子。

论年龄，他比唐鹤轩小了十来岁，唐鹤轩在青帮当头目的时候他才刚刚进宏帮，但凭借着凶残的手段和足够狠辣的心肠，他在宏帮迅速建立起了势力直到成为这帮派的帮主。

但是一帮之主并不能够满足他的野心，他更想成为上海滩这地下势力的王者。因此挡在前面的唐鹤轩自然而然成为了眼中钉肉中刺，非得拔出来不可，而且不惜使用任何手段。

面对叶启山的询问，几个主事的大佬声音却小了许多，你看我我看你几句话说不出个答案来。

大家自然都同意对付唐鹤轩，但是谁都心里清楚，要刺杀他又谈何容易？

叶启山听着几人讨论，越听越不耐烦，眉头皱得高高的，那样子就像随时要爆发的火山。

这时，站在一侧的一个中年男子突然说道："帮主，我听说唐鹤轩那宝贝女儿要从国外回来了。"

"当真？"

叶启山兴趣大起。

说话的男子名叫大彪，是叶启山的心腹。他身材高壮留着光头，右脸上一道指长的刀疤添了几分凶悍。

他低着头回道："只要派人去查船票就能确定，估摸着不是假的。"

"好！"

叶启山一拍大腿，猖狂大笑："这次给我调足了人手，再砸一万大洋，不，三万大洋下去。一定要把他那宝贝女儿给我杀掉！到时候趁他痛不欲生时再捅他一刀子，我就不信他是三头六臂打不死。"

这江湖规矩个人恩怨不涉父母妻儿，但是对于完全无视规矩的叶启山而言却没有任何的约束力。

坐落在租界一隅的唐府，四面围墙高耸其间，松柏成群，古香古色的建筑冒出屋脊檐角，显得神秘而幽静。

因为白天的刺杀事件整个唐府都是戒备森严，人人面带杀气。

唐鹤轩从车子下来的时候，方杰正从里面出来，他身后一大帮人带着斧头拿着手枪，气势汹汹地要出门。

"阿杰，你这是干什么？"

见到方杰，唐鹤轩有点意外，毕竟今天福生才提起他被关在牢里。

"阿爹，那叶胖子在监狱里下狠手，这口气我可咽不下，老子要让他go die!"方杰嚷嚷道。

"就凭你一张嘴说是他做的？"

瞪了他一眼，唐鹤轩摆摆手道，"都给我把人撤了。"

阿爹的命令就像圣旨，方杰无奈地耸耸肩，让手下人散掉，然后跟着唐鹤轩进了屋。

书房里格局井然，一张檀木桌子上摆放着书墨纸笔，一旁的花梨木架子上放置着一件件价值不菲的古董器皿。

唐鹤轩一坐下来就问道："你说你是从监狱里跑出来的？"

"对啊，阿爹，不是我说，那什么第一监狱没传闻中那么厉害，我一个人就把那里捣翻了天。"

方杰神采飞扬、手舞足蹈地说道。

"一个人？"

唐鹤轩翻了翻眼皮，这养子有多大能耐他是再清楚不过的，而第一监狱有多森严他更是心里有数。

"嘿……还有个朋友。"

方杰干笑了声，脑海里浮现起和李子豪一同越狱的情景，颇有几分回味。虽然他从小到大都是打架过来的，但像这样从监狱里跑出来还是头一遭。

"什么朋友？"

唐鹤轩问道，对一个能够从第一监狱越狱出来的人他是很有兴趣的。

"不认识，而且一出门他就不见了。"

方杰摊摊手，也显得有些无奈。

唐鹤轩看着这养子，有些头疼他怎么做什么事情都不让人省心。

沉默了一下，他招呼福生将棋盘拿出来和方杰下起棋来。

下棋是唐鹤轩少有的爱好之一，在他看来下棋犹重大局，若目光短浅则必败。在上海滩做事情也一样，要想坐上青帮大佬的位置，要想更进一步，便需要看到别人看不到的东西。

"阿爹你这棋术太厉害了。"

一会儿后，方杰摆手认输。

"棋如其人，你啊就是太莽撞，若不好好磨炼心性我以后如何把这位置交给你？"

唐鹤轩指着他直摇头。

"嘿嘿。"

方杰搔着头傻笑。

"好了，去休息吧。"

唐鹤轩摆摆手，待方杰走后，他朝着站在一旁一直候着的福生问道："你若黑子，当如何翻盘呢？"

定眼看着棋局，略一琢磨后，福生摇摇头道："黑子已是死局，怕是翻不盘了。"

唐鹤轩高深莫测地一笑："确实从盘面上而言，黑子已死。不过若然此子背叛，那黑子既活。"

说话间，他将一枚白子拿起来，换成了黑子。

一下子，死局变了活局。

福生顿时明白了这话中的意思，试探道："那这枚白子……"

唐鹤轩没回答，说道："阿杰越狱的事情闹得只怕不小，你去监狱一趟，该打点的都打点好。对了，去打听一下和阿杰一起越狱的那个人。"

福生躬身离开，书房独剩下唐鹤轩一人。

他漫步走到窗前，此时窗外夜色正浓风声也急，他的眼睛却如同鹰隼般锐利，穿过这黑夜俯瞰着夜色中的上海滩。

这上海滩也如同那棋局，唐鹤轩被白子包围着，欧文、宏帮、斧头帮，大大小小的势力如群狼困虎，一个不小心只怕会被啃得连骨头渣滓都不剩。

"若得白子，当得天下。"

他轻轻念了声，眼神越发深邃，房间又陷入了沉寂。

同样的夜色下，在租界的另一角是一片接着一片的民房。

租界虽然是繁华的象征，但并非每个地方都是高楼林立，就像这十里洋场光鲜表面的背后藏着污浊般，这一片位于角落的贫民区显得简陋不堪。

三个蓬头垢面的小乞丐熟练地穿过道路抵达一条弄堂深处，这里摆放着各种陈旧的箱柜，挂着遮雨的布棚，显然是三人的住所。

三人坐下来将一天拣获的物品分好类，然后拿出脏兮兮的馒头大口啃了起来。

就在这时，突然柜子后旁传来动静，"梆梆梆"直响。

三个小乞丐胆子并不大，被吓得缩成一团。

只一会儿，柜子被撞倒在地，李子豪的身影露出来。

他痛苦地呻吟着，同时用力地撞击着墙壁，一次比一次凶猛，仿佛要将骨头撞断才舒服。

一直持续了十几分钟，直到体内的痒痛渐渐消失时他才乏力地躺下来，却连呼吸的力气都没有。身上很多初愈的伤口又绷裂开来，鲜血直流。

其中一个年纪稍大的小乞丐壮了壮胆子，慢慢爬过来将麻布袋子盖在他身上，又喂了他些水。

"这里很安全，平日就咱们三个人，你好好休息。"

看着李子豪满身的伤，小乞丐安慰道。

李子豪没力气说话，像条死狗般瘫软在地上，唯一的不同是还能喘着气。

好一会儿之后，他才用虚弱的声音问道："你们就住这里？"

"我们以前住东边巷子里，那里比这里糟糕多了，一下雨连躲的地方都没有呢。"小乞丐一脸满足地说道。

李子豪听得一阵心酸，只是他现在尚不能保证自己的安全，便也不好随便许诺什么，只是心里想着若有机会一定要帮助这三个小孩儿。

接下来几天，李子豪在三个小乞丐的照顾下渐渐恢复了元气，从他们带回来的报纸上可以看到关于第一监狱暴乱的消息，据说上方震怒，监狱联合巡捕房都在四处搜寻暴徒。这让他不敢轻举妄动，唯有继续藏在这里，等着身体完全复原再行动。

第十章

金甲骑士

距离弄堂不过几条街市就是码头，停靠在这里的十几艘巨轮让远处江面上打鱼的帆船显得渺小不堪，旧时代正一步步地被新时代取代。

大早上的时候码头上已热闹起来，工人忙碌地穿梭着将码头一角的货物运上货船。码头外的坝子上到处都是迎接旅客的人，在道路两边停靠着些轿车，一些黄包车车夫大声吆喝招揽顾客。

在一辆华丽的马车前，方杰穿着西装，带着鸭舌帽捧着玫瑰花，伸长脖子眺望着江面。

赵衍和一群青帮兄弟站在一旁，警惕地望着周围。

一艘大邮轮抵达后，人群中出现了一个俏丽的身影。

精美的小脸犹如瓷娃娃般白皙而可爱，一双乌溜溜的大眼睛透着机灵。

那高挑的身段穿上蓝色的学生装，一顶小礼帽往头上一戴，正是二十来岁如花般的年月，浑身上下都洋溢着青春的气息。

"芊芊！"

方杰挥舞着手兴奋地跑过去。

唐芊芊笑嘻嘻地走过来，接过玫瑰花调侃道："阿杰，手段够老练啊，这两年没少追女孩儿吧？"

"天大的冤枉啊，我心里可从来只有芊芊你一个。"

方杰连忙辩解，同时心里把提建议的青帮小子给骂了个半死。

"嘻，跟你开玩笑呢。"

唐芊芊莞尔，仰望着天空深深吸了口气道："没想到一晃就离开两年了。"

"是啊，这两年跟二十年，不，两百年一样，我想你可都想疯了。"方杰夸张地叫道。

唐芊芊后退了两步，一脸警惕地问道："阿杰你属什么的？"

"我属狗啊。"方杰愣愣地回话。

"狗疯了就会乱咬人，所以我得离你远点。"

唐芊芊一本正经地说完，自个就忍不住噗嗤笑了起来。

就算两年没见，方杰还是老样子，呆呆的可爱，永远是记忆中那个傻乎乎的大哥哥。

"嘿嘿。"

方杰也跟着傻笑，只觉得唐芊芊笑起来真是好看。

两年不见的她越发出落得亭亭玉立，看得人眼睛都直了，就算干妈和她比也差了一截。

"喏，送你的礼物。"

唐芊芊取了一只玩具狗递过去，方杰乐得直合不拢嘴，爱不释手地把玩着。

驾着马车离开码头，租界地上的繁荣景象犹如一幅浓墨勾勒的画卷般展开。因为北方战事租界里涌入了大量的民众，马路上车水马龙，街道两旁的商铺也是生意火热。

马车上，二人从唐芊芊的外国生活聊到如今上海滩的现状，大白马慢悠悠地走着，华丽的马车在马路上既拉风又显眼。

就在经过一个十字路口的时候，一辆大卡车突然从马路对面撞过来，排山倒海般的冲击力将方杰抛出车外，唐芊芊用力地抓紧扶手才幸免于被抛飞。

马车顺势撞上一辆货车，货车上大量的货物被震落在地，不受控制地沿街滚跑。

一时间惊呼四起，到处都是躲避的人群，而其中一个大货箱正好砸进了弄堂中，撞在旧木箱上惊醒了沉睡的李子豪。

受了惊吓的大白马嘶叫扬蹄，发疯似的奔跑起来，几个黑帮杀手利索地追上去准备攀上马车。唐芊芊吓得小脸煞白地失声惊叫，宛如被饿狼追赶着的惊慌失措的小白兔。

方杰被重重摔落，强大的冲击力让他仍有些发愣，难以赶去营救。

赵衍一行人则被从巷道中出蹿出来的杀手阻拦，此刻的唐芊芊孤立无援。

黑帮杀手快步追赶，时不时一枪打出，受惊的大白马狂奔乱蹿，马车陡地一打滑，唐芊芊手也跟着一滑，身体不由自主地朝外飞去。

唐芊芊惊慌大叫，两只眼睛睁得大大的。

远处，几个黑帮分子已经举起枪来瞄准，失去马车庇护的唐芊芊简直就是个活靶子了。

"砰——"

枪声响起的瞬间，唐芊芊只觉得眼前一片黑暗，身体好似被吸入黑洞般朝着无尽的深渊跌落。一时间呼吸凝固全身冰凉，仓皇恐慌让她的每条神经都颤栗不安，从身体到内心都绝望到了极点。

突然间一只强有力的手臂揽住了她的腰，用力地将她从深渊中拉了上来。

仰头望去，这个侧面棱角分明的男子有着麦色的皮肤，挺直的鼻梁上那一双炯炯有神的眼睛仿佛燃烧着火焰。

阳光照射着他，浑身散发着淡淡的金光，犹如穿着金甲的骑士。

"抓紧！"

男子沉喝一声，唐芊芊下意识地抓紧扶手，只是马车猛地一晃，将她抛入男子的怀抱中。

即使隔着衣服她也能够感觉到那线条分明的肌肉和体温，还有那浓浓的男性气息直朝着鼻腔里蹿。

唐芊芊自小被唐鹤轩呵护着长大，何曾和男子有过如此亲密的接触，乍一触碰虽然立刻就离开，但是小脸却绯红得烫手，心脏扑通扑通地狂跳。

"砰砰砰"的枪声打破了短暂的平静，几辆车从后方蹿出，杀手冒出车窗射击。

大白马在起伏的道路拼命奔跑，人群也发疯般地闪躲，唐芊芊小手放在胸前，紧紧地抓着领口，呼吸急促得很。

男子试图控制大白马，但最终以失败告终，只能够紧紧抓着缰绳，稳定着车身。

"芊芊！"

方杰在后面死命地追赶，整个人跟疯了似的，他难以想像一个没有唐芊芊的世界，唯有拼尽全力去救援。

赵衍一行也在拼命狂奔，将一个个追击的杀手击毙。

子弹乱飞，场面险象环生，分分秒秒都是杀机。大白马不受控制地奔驰着，穿过大道、小巷和陡坡。

"打车轮！"

见追不上马车，车辆里的杀手头目大叫着下令。

杀手的枪法不算精准，但车轮本就大，再加上人多，只一会儿功夫车轮就被打掉了。马车重重撞击在墙壁上，两辆车迅速左右包抄过来，一个个杀手从车里蹿出。

"呆着别动！"

男子沉喝一声，将一边的货物抛出，借着货物的遮挡高速地朝着车辆扑去。

拳砸司机，夺枪击毙杀手，这过程如行云流水般，但孤身一人赤手空拳面对一群杀手，这其中的危险不言而喻。

唐芊芊藏在马车后，露出一双眼睛窥探着前方的打斗，白净的小手紧紧捂着嘴儿，担心着男子的安全。眼看着男子和几个凶狠的杀手生死搏斗，那小心脏快要从嗓子眼里蹦出来了。

幸运的是方杰和赵衍一行及时从后方赶到，成了强有力的援军，双方合力之下终于将两车的杀手解决。

"芊芊你没事吧？"

枪战一结束，方杰狂奔过来，上下打量着唐芊芊，担心到了极点。

"我没事。"

唐芊芊胆子并不小，此时已然镇定下来，只是目落到男子的手臂上顿时惊呼道："哎呀，你受伤了。"

"嘿，是你小子！"

方杰扭头一看，待看到救了唐芊芊的男子就是越狱的同伴时，顿时又惊又喜一拳砸在他肩膀上。

李子豪痛得咧了下嘴，唐芊芊一瞪杏目，不高兴道："阿杰你做什么，他受伤了！"

"嘿嘿，没忍住。"

方杰傻笑，一把拉住李子豪，"你救了芊芊的命就是我方杰的大恩人，这一次你可别想跑。"

如同绑架似的，方杰硬拖着李子豪上了车，一路朝着唐府开去。

一到唐府众人就发现气氛全然不一样，当然李子豪例外，他第一次来唐府，虽然感受得到这里的肃杀气氛，但想着或许这里的戒备就是如此。

而对方杰等人而言则暗呼大事不好，码头那里的事情闹得那么大，肯定早有人将消息传到了唐鹤轩耳朵里。

眼下这唐府中一片浓浓的肃杀气氛，一个个黑帮成员如临大敌般，脸绷得紧紧的，似乎这府邸的每一个角落都藏着敌人。

书房里，唐鹤轩听完方杰的汇报，平静的脸色骤然撕裂般露出狰狞可怕的表情来，他用力一甩手，把一个昂贵而稀少的古董瓶子摔得稀烂。

破碎声震得屋里人心头猛颤，方杰低埋着头半个字都不敢吭，赵衍一行保镖站在他身手，即使平日里杀人如麻冷血无畏，如今却个个面露畏惧。

唐鹤轩一步步走过来，脚步声就像锤子砸在心头上，人人噤若寒蝉。

拔出保镖的枪，他朝着地上连开数枪，丢到地上后又取了一把枪，冷冰冰地扫过众人然后陡地一枪抵在了方杰的脑门上。

"阿爹……"

方杰吓得脸色惨白。

屋里人脸色也都大变，但没有人敢阻拦，没有人敢吭声，因为谁都清楚对于唐鹤轩而言，这世上能够和权势拥有同等分量的那只有这宝贝女儿了，如今唐芊芊一回国就遭到刺杀、差点丢了命，他这样愤怒也是理所当然的。

时间像静止了般，空气也似凝固了，只有腾腾的杀机在蔓延，让每个人都好似脑门上抵着把枪般惊恐不安。

良久，唐鹤轩放下枪，狰狞的脸色缓和了少许，毫无情感的声音从嘴里跳出来："阿杰，这样的事情不能够发生第二次。"

"是，多谢阿爹饶命。"方杰额头上冷汗直冒，像小鸡啄米般直点着头，然后又豁然抬头，怒气冲冲地叫道，"我这就带人去找叶胖子算账！"

"叶胖子，叶胖子，你只知道叶胖子，可知道没有欧文撑腰，他敢这么肆无忌惮地动我吗？"

唐鹤轩呵斥道。

"那我去把那洋人干掉！"方杰干脆地说道。

唐鹤轩表情冰冷，一言不发，然后朝着福生问道："法国清查组那边都打点好了吗？"

福生面有难色地答道："那些法国人胃口很大，我亲自送了不少金条过去，不过送了之后就没反应了。"

"册他娘！拿了钱又不干事，这群混账洋人！"

唐鹤轩大骂了一句，在屋子里踱了一下步子，沉声嘀咕道："如果法国清查组起不了作用，欧文还能继续当领事的话那就麻烦了，看来在华董选举未结束之前得先稳住欧文才行。"

说完，他这才朝外走去。

一走进客厅，狰狞的表情变戏法般不见了踪迹，取而代之的是和蔼。

第十一章

留宿唐府

欧式风格的客厅里，李子豪坐在真皮沙发上，唐芊芊正细心地给他包扎手臂上的伤，一个中年医生站在一边正将药瓶放入药箱。

看着唐芊芊，唐鹤轩眼神柔和起来，他仔细观察了下，见她确实没有受伤才安了心。

"唐先生，他只是擦伤，不碍事。"

见到唐鹤轩来了，医生主动迎上来报告情况。

"那就好。"

唐鹤轩点点头，这才认真打量了下李子豪。

抬头一看见唐鹤轩，李子豪便微微愣了下，他一眼认出眼前这就是那个在芦苇荡里的老人。

"子豪哥，这是我爸。"唐芊芊介绍道。

"唐先生好。"李子豪立刻镇定下来，站起身问了好。

"阿豪快坐下来，你有伤在身就不必起来问好了，咱们普通人家没那么多规矩。"唐鹤轩和颜悦色地笑着，又感慨万千地说道，"今日多亏有你在，芊芊这丫头才捡了条命回来。"

"爸爸，你不知道当时情况多危险，幸亏子豪哥挺身相救，不然今天你就见不着我了。"唐芊芊一脸严肃，只是说起李子豪救她时眉角又不由得轻轻一挑，透着些雀跃。

"说什么傻话！"唐鹤轩皱起眉头，然后朝着方杰说道，"去帮阿豪换身衣服下来，咱们边吃边说。"

方杰立刻拉起李子豪上了楼，打开满是衣服的柜子让他随便挑选，然后趁着他换衣服的时间又溜了下去，呆在唐芊芊身边随口闲聊着。

分别两年了，他可是有一肚子的话想和唐芊芊聊。

出狱时李子豪的衣服早烂成布条了，现在一身衣服还是在小乞丐的帮忙下找到的旧衣裳，破破烂烂的也不合身，所以李子豪也没客气从衣柜里拿了件合身的穿上。

待到下楼时，一见到换了身衣服的李子豪，唐芊芊顿时眼睛一亮。

这人靠金装马靠鞍，之前李子豪穿着旧衣服看起来穷困落魄，如今新衣服一上身，眉如山目似阳，挺拔高挑的身材把气质展露无遗。

只是他显得消瘦了些，神色也有些憔悴，一看就知道吃了不少苦。

唐芊芊莫名的心绪乱了起来，只觉得刚才欣喜的心情一下子低落下去。

"哟，这衣服还挺合身的，就是人没我帅。"方杰笑道。

"就你最帅！"

唐芊芊心里堵着东西，瞪了他一眼，口气不太好。

方杰搔搔头陪着笑脸又是一头雾水，搞不清楚这句话哪里惹着她了。

就这么一会儿功夫，客厅里已经摆满了饭菜，样样精致，卖相极好，热腾腾地散发出来的香气令人顿感饥肠辘辘。

"普通的家宴，饭菜简单得很，随便坐吧。"

唐鹤轩坐在主座上，温和慈厚地招呼道。

李子豪来到末位坐下，一侧的方杰拿起筷子就要夹菜，唐芊芊一筷子打下来："要先祷告。"

方杰快快地放下筷子，学着她和唐鹤轩的样子闭眼祷告，嘴里叽里咕噜却不知道在念叨什么。

李子豪静坐着，用余光瞥了下唐鹤轩，很难将这个和善慈祥的老人和那日芦苇荡旁的情形联系在一起。

而早在上楼换衣服时他就从方杰嘴里问出了这个老人的来历——青帮大佬唐鹤轩，这可是上海滩响当当的大人物，即使他这个圈外人都觉得如雷贯耳。

祈祷完毕，唐鹤轩又含笑招呼道："阿豪，不要客气，夹菜吃。"

"子豪哥，你多吃点，有什么想吃的菜告诉我，我让厨房立刻去做。"唐芊芊则热情地给他夹着菜。

菜香味钻入鼻腔，对于吃了一年多牢饭这两天又没吃饱饭的李子豪而言是极度的诱惑。不过他竭力控制着情绪，慢条斯理地吃着。

他自小生活在富裕之家，打小就养成各种规矩，爷爷总说这一个人是否有教养，从这饭桌上懂不懂礼数便能看出一二。

一旁的唐芊芊看着狼吞虎咽的方杰，再看看李子豪，美目中毫不掩饰着欣赏。

"对了，你叫子豪？我记得和阿杰一起越狱的那人也叫子豪来着。"

回想起唐芊芊刚才的称呼，唐鹤轩突然想起一件事来。

"阿爹，就是他。"

方杰立刻接下话来，唐鹤轩的眼神分明亮了一下。

"从监狱跑出来？"

唐芊芊掩着嘴儿惊呼，这才知道李子豪为何如此憔悴，原来是在牢里吃了苦，她一筷子落下来，恨恨说道："这监狱也真是的，怎么专关好人。爸爸，你可不能让子豪哥被抓回去。"

"芊芊你就放心吧，给监狱的人一百个胆子也不敢到咱们唐府要人。"

方杰嘴里包着饭嘟哝道。

唐鹤轩微微点头，示意女儿不必担心，然后举杯说道："看来我们家和阿豪你大有缘分呐，我这儿子、女儿都受了你的恩惠，我这做爸爸的该敬你一杯。"

"唐先生过奖了，我只是恰逢其时，帮个忙罢了。"

一口饮尽，李子豪谦虚回道。

"凑巧碰到便能施援手而且能够救得了人，那就是说不仅有胆色而且有能耐。"唐鹤轩一脸欣赏。

话落又问道："阿豪不知在上海做什么营生？"

"我是从北平逃难过来的，父母遇难双亡，我又惹了些麻烦坐了监，现在出来了想着做点生意糊糊口吧。"李子豪答道。

提起往事，他心里有些酸楚。

东三省被占领后，他随父母连同蓝若芸一家从北平逃难南下，哪知道半路遇到劫匪，除了他和蓝若芸活着离开，两家父母音讯全无，多半是丢了性命。

从此他和蓝若芸相依为命，在亲戚的帮助下进入圣约翰大学读书。

"这年头，讨生活不容易啊。"

唐鹤轩轻轻点头，似有所感。

而听到李子豪父母双亡，唐芊芊顿时想起过世的妈妈，眼圈一下子就红了。

方杰则突然提议道："阿爹，子豪能耐不小，我看不如跟着您做事情吧？"

唐芊芊也立刻从低落的情绪中走出来，直点着头道："爸，阿杰这主意挺好的，我可不会让救命恩人流落街头。"

"当然，只要阿豪愿意今日就可以住下来。"唐鹤轩大方说道。

唐芊芊一脸期待地望着李子豪，小手更伸过去扯着他的衣角，乌溜溜的大眼睛水汪汪地荡漾着。

那眼神那模样，心肠再硬的人也难以拒绝。

考虑到并没有其他去处，而且身体需要养伤，李子豪终是答应了下来："那就多谢唐先生了。"

一听这话，唐芊芊顿时一脸灿烂笑意。

方杰在一边看着，多多少少看出唐芊芊对他的青睐，不由有些羡慕。

唐芊芊对他也时常笑，只是那眼神和现在的全然不一样，似乎少了些什么东西。

唐府占地很大，光三层楼房就有好几栋，什么保镖佣人都住在里面，所以晚饭后唐鹤轩叫人过来给李子豪安排了房间，让他直接住在了唐府里。

夜色慢慢暗下来，洗完热水澡的唐芊芊回到房间。

躺在柔软的鹅绒被子上看着天花板上旋转的千纸鹤，脑海中浮现起为李子豪所救的情景。

那高大的身影在阳光的照射下那般威武非凡，那张棱角分明的面孔刚毅而成熟。

"抓紧！"

"呆着别动！"

甚至是那强硬霸道的口吻都暖乎乎的，一幕幕回忆闪现在眼前，心扑通扑通加速起来，少女的嘴角浮起一抹甜蜜的笑，她轻声呢喃着："回国的日子，选得真好。"

另一边，安排好了事情，唐鹤轩这才闲了下来，沿着旋转楼梯而上来到了书房里。

静谧的书房散发着古色的气息，他坐在红木椅子上点燃一根雪茄抽了起来。

福生恭敬地站在一边，等候着吩咐。

唐鹤轩不说话，他就如同一尊雕像，不言不语，神态永远保持着谦卑，那背也始终微微躬着。

一会儿后，唐鹤轩才问道："监狱那边打听到了关于李子豪的情况吗？"

福生答道："越狱的事情引发了暴乱，死伤了很多人，听监狱长说上方震怒。不过今早我又送了些金条过去，估摸着过两天监狱长就能松口。"

"其他的都可以放一放，这件事情你抓紧办。"

唐鹤轩说着，摆了摆手。

福生应下话转身离开，还不忘轻轻地关上房门。

电灯下的书房亮堂堂的，唐鹤轩抽着雪茄，半眯着眼睛琢磨着事情，现在的头等大事是要怎么样才能够稳住欧文。

自欧文从法国空降到这上海滩法租界做领事以来，他便和这洋人搭上了关系，插足了不少生意，赌场酒店工厂码头，以为把这洋人喂得饱饱的，但哪里知道这洋人的胃口比想象中大多了，居然背地里搞起大烟馆来。

他唐鹤轩做事情有条底线，那就是绝不会碰鸦片这玩意儿。大烟这东西会把国人的脊梁都给蚕食掉，这是他万万不能容忍的，因此才和欧文闹翻。

原本以为一边和日本人搭上线，一边和法国清算组这边搞好关系便可扳倒欧文，但这些洋人没一个好东西。

而现在为了稳住局面必须先稳住欧文，若送钱这家伙的胃口绝不比法国清查组那些人小，怕只怕跟清算组的一样，不仅漫天要价而且收了钱还不办事。

那么除了送钱之外，就只有一样东西能够引起欧文的兴趣了，这洋人除了贪财之外还很好美色。

当然，不是什么女人都能入他的眼。

吐了个烟圈，唐鹤轩心里已经有了一个很好的人选。

出了书房，他朝着另一栋楼走去。

第十二章

说客的人选

那是一座松柏环绕的三层小洋楼，红砖蓝窗还有着白色的护栏，楼下种植着大片的丁香丛，此时晚风吹拂，香气四散。

唐鹤轩推开门进去时，蓝若芸正慵懒地躺靠在沙发上休息，凹凸的玲珑曲线和那横呈的雪白玉腿散发着让人口干舌燥的诱惑。

连唐鹤轩都不得不承认，眼前这个女人真是绝世的尤物，那骨子里有着惊人的魅惑，若是换了普通男人必定被她吃得死死的。

当然他唐鹤轩并不是普通人，对他来说，相比女人来，权势更要诱人百倍。

"老爷。"

见唐鹤轩来了，蓝若芸立刻起身带着甜甜的笑容迎了过来。待到唐鹤轩坐下，她又给他递上热茶、捶背揉肩。

这栋小洋楼是蓝若芸当初被救回来时疗伤居住的地方，后来她成了唐鹤轩的女人便自然而然地继续住在这里。

唐鹤轩靠在椅子上享受那温柔小手稍稍用力的捶打，一会儿后握住那小手说道："芊芊回来了，明天我安排你们见个面。"

蓝若芸听得小心脏猛地一跳，她今天一早才知道唐芊芊要回来的事情，于是一整天都忐忑不安，不知道唐鹤轩会如何处理她和唐芊芊的关系。

虽然她和唐鹤轩有男女关系，但到底没有名分，如今听他这么一说，全然有种带着新妻子见女儿的感觉，顿时又惊又喜又有些感动。然后，她又有点慌张："不知道她会不会讨厌我……"

唐鹤轩听得一笑，将她拉到自己腿上坐下，抚着她的小脸说道："芊芊和她妈妈一样，明事理。"

"那我就放心了。"

蓝若芸轻吁了口气，拍了拍胸脯。

爱上一个男人当然希望嫁给他，而这个男人的女儿是否同意那就显得极其关键，听唐鹤轩这么一说她多少放宽了心。

这时，唐鹤轩说道："小芸，我想请你帮我个忙。"

"老爷不必这么见怪，只要我能帮得上的都不成问题。"蓝若芸此时因为唐鹤轩的态度，心里跟吃了蜜似的，回答这话也是满脸笑意。

唐鹤轩一脸沉重地说道："最近我要竞选华董，但是欧文因为关闭大烟馆的事情一直和我过不去，有他从中捣乱，华董究竟花落谁家就是个未知数。所以我想让你去当说客，在竞选前稳住他。"

"这……"

拍拍她娇嫩的小手，唐鹤轩语重心长地说道："你身为百乐门的皇后，我相信是有驾驭任何男人的本事的，包括我。所以陪他吃吃饭跳跳舞，为我说说好话稳住他决然不是个难题。"

"老爷都这么说了，就交给我吧。"

蓝若芸终是点了点头，小嘴儿微微上翘。

一年的时间她已经脱胎换骨，骨子里的妩媚妖冶如同鲜花般绽放，她自信自己有手腕有能耐说服欧文。

见到蓝若芸答应下来，唐鹤轩脸上的沉重消失得无影无踪，刚才的表情就好似面具，揭下来露出的才是本相。

同样的夜幕下，繁华码头的宏帮堂口里是一派杀气腾腾的景象。

大堂一侧的地方，叶启山拿着手枪将一个大水缸打得满是窟窿。绿水横流，水缸里的荷叶不断下滑，最后落在缸底的淤泥上失了生气。

坐在大堂里的大佬们面面相觑但又丝毫不惊讶，叶启山的脾气大家都是心里有数的。

"明明是十拿九稳的事情，居然被一个不知从哪里冒出来的小子搅黄了，这唐鹤轩命大也就算了，他那女儿命也这么硬吗？"

叶启山发着怒，一脚踢碎水缸后瞪着眼走回大堂，一屁股重重坐了下来。

这次的行动经过周密的策划，请来的也都是湖广一带有名气的帮派杀手，结果却不如人意，人死得精光不说，居然连唐芊芊的一根毫毛都没伤到，这让叶启山如何不怒。

"大彪，你说，现在该怎么办？"

见到众人不说话，叶启山把问题抛给了心腹。

"帮主，小的认为或许该停一停。"大彪躬着身回答。

"你是让我把这口气咽下去？"

叶启山一瞪眼，仿佛要将大彪生吞下去般。

大彪连忙单膝跪地，低着头回道："对付唐芊芊不成，已经打草惊蛇，那唐鹤轩肯定有了防备，不如等待有利的时机。"

几个大佬都不约而同地点点头，这大彪看起来五大三粗的，但脑袋还算灵光，没提什么馊主意。

"妈的！"叶启山一拳砸在桌子上，桌子上的茶杯溅了一桌子的水。

他能够坐上帮主的位置，凭的当然不仅仅是心狠手辣，在帮派里心狠手辣的人比比皆是，若没有头脑那么也不过是马前卒。

叶启山虽然面相凶悍看似粗鲁，但是实际上也有着精明的头脑。

怒归怒，大彪说的道理他却很清楚。

最终，他一挥手："去，把那小子的底细给我调查清楚！"

夜色下，调查李子豪的命令经由总堂口发出，传递到各个分堂，关于李子豪的情报开始被一点点地收集。

雷雨交加的夜，漆黑的天色如浓墨般化不开。

疾风甩动着树枝重重地敲打着窗户，昏暗的屋子里一群穿着蓝色斗篷的神秘人围成一圈。

一束幽蓝的灯光下站着李子豪和蓝若芸，二人表情肃穆，脚下的地板中央印刻着的蓝衣社徽章格外亮眼。

站在二人面前的是蓝衣社上海分部的领导人罗大元，他穿着一身长衫，一张白净而斯文的面孔因为光线幽暗显得有些阴冷。

"从这一刻起你们就是蓝衣社的成员，就是一条战壕里的袍泽。想我中华儿女千千万，若人人奋起抗争敢于牺牲，何愁洋人来犯？何惧枪炮战舰？作为蓝衣社成员，誓死忠于理想，忠于上级，坚决完成组织交予的任务，是你们的伟大使命！"罗大元低沉地说着话。

李子豪被这一席话感染，瞳孔里蹿动着激情高昂的火苗，他跟着其他宣誓者一同大声念道："余誓以至诚，服从领袖，尽忠职守，并以终身贡献团体，虽赴汤蹈火在所不辞。"

待到礼毕时，李子豪望着蓝若芸，恨不得此时此刻将她紧紧拥在怀里。

这青梅竹马的女子不止深爱着自己，更和自己有着同样的理想和信念，执子之手，夫复何求？

似乎感受到爱人的心声，蓝若芸面带浅笑，眼角弯弯，然后突然异变陡生，一股股殷红的鲜血从她的眼耳口鼻中流出，画面陡地一闪，变成白渡河大桥外她倒地时的惨状。

李子豪惊呼一声，猛地从噩梦中惊醒过来。

窗外阳光明媚，阳台上花盆里的花朵在微风轻拂下缓缓摇曳着。

李子豪大口大口地喘气，任由时间如何流逝，任由这噩梦不知道多少次出现，每次梦醒之时都是撕裂心扉的痛。

"咚咚——"

门外传来敲门声，李子豪穿衣起床，一开门便是一阵香风扑鼻而来。穿着洋装的唐芊芊一脸笑盈盈，美丽的大眼睛仿佛带着魔力，让他有些闪避。

"子豪哥，住这里还习惯吗？如果不习惯我让爸爸给你换房间，这里空房间多得很。"

"这里很好了。"李子豪连忙摆手，这大小姐对人的热情劲儿真是让人吃不消。

"芊芊，我就说嘛，这么好的地方谁会不习惯？"

方杰从后面冒出头来，鸭舌帽下的脸上带着嬉笑，他一伸手，热情地搂着李子豪的肩膀："走，咱们下去吃饭，吃完饭去洋服店，阿爹说给我们做套衣服。要知道阿爹可是上海滩有头有脸的人物，跟着他着装可不能差。"

既来之则安之，李子豪也没拒绝。

跟着下了楼，在餐厅里享用精美的早餐后，三人到了院子里，一辆崭新的小轿车停在边上。

方杰正准备钻车里，却被唐芊芊扯了出来。

"我才不坐你的车，昨天差点没把我甩出去。子豪哥，你来开。"

唐芊芊扁扁小嘴儿，无视一脸无辜的方杰，朝着李子豪询问道。

"我的技术不见得比阿杰好。"

"我看你是谦虚，就你开车。"

唐芊芊莞尔一笑，当即做了决定，先坐到副驾驶位置。

方杰委屈地坐到后面，想着唐芊芊以前可没这么记仇，怎么出国两年回来，变化还挺大的。

李子豪只得坐到了主驾驶位，熟练地将车开出唐府。

蓝衣社是个神秘暗杀组织，主要是进行收集情报和刺杀日本人的行动，为了完成各种难度的任务，其成员除了擅长枪械格斗外，当然开车也是很重要的技能。

事实上李子豪的车技是经过严苛的训练，说不如方杰还是谦虚的。

繁华的租界到处都是五光十色的商店，橱窗琳琅满目；电车沿着轨道行驶着，男男女女穿着洋装，显示着西风文化的渗透。

三人一路顺利抵达霞飞路的洋服店，这里店显透着高档，透明的玻璃橱窗里摆放了一个个塑料模特，呈现着一套套做工讲究的洋装。

伙计热情地将三人迎了进去。

唐芊芊小声告诉李子豪，这家店可俏得很，要提前好几天预约才有位置，不过通过她爸爸一句话这店的老板破例了。

李子豪并不意外，他很清楚唐鹤轩的能量。只是唐芊芊似乎天真地以为店老板的破例只是因为他爸爸是上海滩的大人物，却并不知道他手段的可怕。当然，李子豪也没多嘴说这些。

第十三章

善有善报

　　二楼的房间里，一个英国裁缝咬着皮尺，带着两个小工仔细地为李子豪二人量尺寸画线图。

　　唐芊芊极其优雅地坐在一边，一手端着咖啡一手拿着本杂志，但眼睛却一直朝着李子豪瞟。

　　只是李子豪似乎没看见似的，脸始终朝着窗外。

　　可是方杰一直盯着唐芊芊，把她的表情全然看在眼里。联想起昨天和今天早上发生的种种，他突然有种不好的预感。

　　一会儿后，李子豪进试衣间试衣服。前脚刚进来，方杰后脚就跟了上来，拿着枪抵在他背上。

　　常年训练的身体本能发动了，李子豪闪电般地一转身，铁钳般的手扣住方杰的手腕，一把将手枪夺了下来。

　　"疼疼疼……"

　　方杰哪知道李子豪的反应这么快，扭曲的手臂和手腕生疼，忍不住叫唤起来。

　　见是方杰，李子豪一松手，搞不清楚他什么意思。

　　揉着手腕，方杰眼巴巴地看着他。这眼神看得李子豪心头发毛，一头雾水地询问："怎么了？"

　　"你别和我抢芊芊行吗？"

　　方杰央求道。

　　李子豪听得哭笑不得，对着镜子整了整西装，回道："我又没你帅，她怎么会看得上我？"

　　"是啊，你又没我帅，她怎么老看你呢？"方杰收回枪，歪着头嘀咕着。

　　"或许是看个新鲜吧。"李子豪安慰道。

　　这话说得方杰恍然大悟，一想可能真是这个理，这人去动物园看得津津有味不也是去看个新鲜嘛。这么一想，他脸上愁容顿消。

只是待到李子豪穿着新西装从楼上下来时，只见唐芊芊的眼中神采大放，小脸上的笑容如花朵般绽放，这笑容这表情是方杰从未看见过的。

"嗯，这裁缝手艺真不错。"

围着李子豪转了一圈，唐芊芊满意地直点头，然后用手指头抵着下巴，嘀咕道："不过总觉得少了些什么。"

略略一想，从一旁的货物架上取了一副墨镜给李子豪戴上，这一戴顿时让气质又更上一层楼。

"爸爸看了保准满意。"

唐芊芊对自己的搭配很是自信，接着取了一副女士墨镜戴上，拉起李子豪的手就往外走。

方杰跟在二人后面，望着唐芊芊的笑脸有些心塞，他的直觉告诉自己，唐芊芊对李子豪似乎并不是图新鲜那么简单。

出了洋服店，李子豪开车返程，就在经过一条街巷时突然想起一件事情来。

他停下车，朝方杰问道："阿杰，你可以帮我一个忙吗？"

"没问题。"方杰拍拍胸膛。

他为人向来重情仗义，和李子豪从监狱一道闯过来那就是过了命的交情，更别说他还救过唐芊芊，因此根本不问帮什么忙干脆就回答了。

李子豪下了车，唐芊芊和方杰跟着他朝着弄堂里走去。

后面的车辆跟着停下来，一个个保镖快步跟上，有了昨天的前车之鉴每一个人都显得极其紧张，像这种小巷子里最容易发生事情。

保镖迅速分成两队，一队在前面开道，一队在后面护卫，每个人都神经紧绷，搞不清楚三人为什么要走这种小路。

弄堂里的道路又脏又臭，角落里流淌着乌黑的污水，丢着一些杂乱的器皿。

李子豪朝前走着，步伐缓慢。

方杰和唐芊芊跟在后面，二人都没询问李子豪为什么进来，因为对他有着百分之百的信任。

穿过一条条小巷落抵达了巷道深处，但见在一堆废弃的旧木箱柜前，三个小乞丐正在清点一天的收获。

"子豪哥。"

见到李子豪，三个小乞丐都兴奋的打着招呼。

乞讨的生活让小小年纪的他们受过太多的白眼、鄙夷甚至于毒打，但却没有磨去他们人性中的善良和天真，因此李子豪友好地对待他们，他们也回报最真挚的情感。

只是刚喊出声，见到李子豪一身光鲜亮丽的西装，三个小子又怯生生地不敢靠近了。

李子豪微微一笑，走过来蹲下身，按着小乞丐的肩膀问道："你们想读书吗？"

三个小乞丐互望着，其中年纪稍大那个回道："子豪哥，我们不想读书，我们想跟着你。"

"跟着我没前途，读书才有前途！"

李子豪摇摇头。

听着这对话看着这场景，方杰突然眼睛有点湿润。

他也是孤儿，为了生活不得不当扒手做小偷，六岁那年因为偷了一个洋人的怀表被当街毒打，也就是在那个时候他遇见了阿爹。

那时的阿爹从轿车里走下来问他为什么要偷洋人的东西，他回答说为什么不能偷洋人的东西，洋人也是人。

就这么一句话让阿爹哈哈大笑，然后他被带回了唐府，后来成了阿爹的干儿子。

如今见到李子豪对这三个落魄的小乞丐如此好，内心也不免被触动。

这时李子豪望过来，说道："我刚从监狱逃出来时，多亏他们收留我。现在我想帮帮他们，让他们到租界的教会学校去上学。"

"小事一桩，我回头跟福生叔说一声。"

方杰重重地点头。

见到李子豪帮助小乞丐，唐芊芊眼中的欣赏浓得化不开。

她蹲下来，并没有因为小乞丐身上满是污垢就嫌弃，白净的手摸摸那乱蓬蓬的头发，莞尔道："不过在去学校之前得先给你们洗个澡，换身崭新的衣服，然后好好地饱餐一顿。"

"真的吗？"

三个小乞丐异口同声地问道，对普通人而言这个最基本的需求，对他们却是想都不敢想的奢望。

"真的！"

唐芊芊用力地点着头，目光中满是温柔。

见到唐芊芊这般态度，李子豪诧异之余也不免对她刮目相看，这个唐府的大小姐心地可真是善良呢。

于是三人带着小乞丐去澡堂洗澡，去洋装店买了衣服，又带他们去餐厅吃饭。

三个小家伙虽然以乞讨为生，但性格很是开朗，像三个开心果，说起话来不时逗得李子豪三人哈哈大笑，一时气氛又欢快起来。

回到唐府，方杰找到福生很轻松地就办成了小乞丐入学的事情。

这些年唐鹤轩为了洗白身份，在租界投资了不少产业，除了酒店工厂之外恰好还有一个教会学校，因此三个小乞丐入学也就是一句话的事情。

当晚，三人就带了小乞丐去学校。

来到学校门口，修女一脸慈祥地等候着，只是看着这虽然古老却华丽庄严的建筑，三个小乞丐显得有些不知所措。

"好好学习，做一个对国家有用的人，做一个任何时候都能挺直脊梁的人。"

李子豪语重心长地叮嘱道。

"我说豪哥，你那大道理他们哪听得懂？三个小子听好了，只要书读好了，以后只有你们欺负人没有别人欺负你。"

方杰摆着手，教着自己的道理。

说完心里又得意着，他即使没读过书也只有他欺负别人的份，上海滩有哪个小子敢在他杰少的地盘上撒野？

"你乱教些什么呀，阿泽，阿明，阿天，你们就在这里好好呆着，修女老师会照顾你们的生活，一有空我们就带你们出去玩。"

白了方杰一眼，唐芊芊温柔地说道。

三个小乞丐被三人的话逗笑了，紧张感也少了许多，待到三人被修女领进学校，李子豪三人这才离开。

回到唐府，躺在床上，李子豪长长地吐了口气，想着接下来要做些什么。

跟罗先生联系？

现在伤还没全好，行动不是很方便，更何况越狱的事情还没落下帷幕。

这般胡思乱想着，脑海里又冒出了蓝若芸的影子，如魂牵梦萦消散不去。

而李子豪万万想不到的是，就在这同一时间里，在这唐府中相隔了仅仅一栋楼的小洋楼里，在唐鹤轩的牵线下唐芊芊见到了方杰口中的干妈蓝若芸。

对蓝若芸，唐芊芊没有表现出任何讨厌的表情，毕竟妈妈死了这么多年，爸爸有个女人也是可以理解的，她在西方学习过，观念还是很开放的。

只是她也没有表达出明显的热情，在她看来自己的妈妈永远只有一个。再说了，这个年轻貌美的女人比自己最多大一两岁，要叫声妈也叫不出来。

不过唐芊芊这样的态度蓝若芸已经很满足了。待到这场会面结束后，她躺在暖和的鸭绒被子上，嘴角勾着甜蜜的微笑，幻想着有一天嫁给唐鹤轩的情景。

一楼之隔，两个分离的恋人却全然不知道二人身处在一个地方，一个沉浸在过去的悲伤中无法自拔，一个则展望着美好的未来，满心欢喜。

第十四章

春心萌动

第二天一大清早，李子豪还睡得迷迷糊糊的，唐芊芊就来敲门了。

下楼刚吃了早餐，唐芊芊就提出了学车的要求。方杰当然自告奋勇地要当老师，只是唐芊芊拿马车被撞的事情数落他让他哑口无言，最后只有李子豪担起这重任。

李子豪驾驶着小车围着庭院绕行，细心地教导她开车需要注意的问题。

和想象中那些娇滴滴的千金大小姐不一样，唐芊芊一点都不娇气也不扭捏，说要学车那就是在认真学，看她那认真的样子，不时地点点头，就差没拿笔做笔记了。

唐芊芊很聪明，学得也很快，不久后就能上手了。

对于能够亲自驾驶一辆小车，显然她很开心，虽然只是蜗牛般地在庭院里慢爬着，但也不时发出银铃般的笑声。

唐鹤轩喜欢安静，所以唐府从早到晚都是安静的，也唯有唐芊芊才有这样肆无忌惮欢笑的资格。

庭院边上，方杰一脸羡慕地坐在长椅子上，想着教唐芊芊开车的人是自己该多好啊。

一晃就是半个上午，唐芊芊终于累了，下了车坐到长椅子上休息。

方杰这才逮到机会，兴致勃勃地提议道："芊芊，这开车有什么好玩的，要不然咱们去打酒瓶子？"

打酒瓶也是唐芊芊很喜欢的娱乐活动，拿着枪对着酒瓶砰砰砰，任何不开心的事情都会烟消云散，有时候她兴致好能够在靶场玩一上午。

"好啊，子豪哥，咱们一起吧。"

唐芊芊果然答应下来。

方杰嘿嘿笑了下，活动着胳膊，想着自己一展威风的时候终于到了。

在唐府后院里有着一个专门的靶场，几个手下把酒瓶子依次摆好，方杰掏出枪，朝着唐芊芊说道："芊芊，老规矩，一人一组。"

"不要，每次你都让我，多没意思，这次我和子豪哥一起，你不准让。"唐芊芊撅着嘴儿，满脸不乐意。

"好好，这次我不让。"

方杰傻笑起来，刚玩打酒瓶的时候他是全力以赴，想让唐芊芊看到自己的枪法有多厉害，想着这样子她肯定倾慕得很。

只是没想到玩了几次唐芊芊就索然无味，而且压根没有夸奖自己的意思。

后来一个手下点醒了他，说和女孩子玩这种游戏就要让着。于是方杰每次都让，果然唐芊芊赢了就开心，虽然每次都嘟哝着让方杰不要让她，但是却喜欢上了这游戏。

"子豪哥，阿杰的枪法好厉害，你能赢吗？"

歪着脑袋，唐芊芊蹙起眉头小脸上写着担忧。

她穿着粉色的洋装，小脸也粉扑扑的，这么娇声询问的样子让方杰看傻了眼。

李子豪别过脸去，眺望着酒瓶道："试试看吧。"

"输了可不要哭鼻子啊，豪哥。"方杰捋起袖子，把手枪在食指上旋转了一圈，得意地说道。

"哭鼻子的指不定是谁。"李子豪也被激起了斗志，微挑了眉毛。

"砰砰砰——"

方杰开枪，枪法果然很准，十枪下来十个酒瓶子打碎了七个。

几个手下欢呼鼓掌，方杰也不无得意地抬了抬下巴，虽然这不是最好的水准，不过放眼整个唐府，枪法比他高的也就只有黄复和赵衍两人。

"豪哥，加油！"

唐芊芊握着小拳头，给李子豪打气。

李子豪上场，一抬手臂，微微眯着眼，指头扣动扳机。

"砰砰砰——"

十枪下来方杰傻了眼，十个酒瓶子竟然全都应声而碎。

"哇——"

唐芊芊惊呼着拍起小手，乌溜溜的大眼睛中充满着惊喜。

"再来！"

方杰有些不服气地大喝一声，呆住的手下人才赶忙赶去换瓶子。

只是第二轮打下来差距依旧，方杰的成绩有所提升，十枪中了八个，但李子豪却保持了十枪十胜的记录。

接下来几轮比赛李子豪以极其稳定的姿态发挥着枪法，要知道作为一个刺客尤其是蓝衣社的刺客，对枪法的要求都是极其苛刻的，毕竟他们刺杀的对象都是日本人，一旦刺杀失败要想再进行第二次刺杀那就难了。所以每个蓝衣社刺客的枪法都很准，这样才能够保证即使在混乱的情况下也能够刺杀成功。

而李子豪更是在蓝衣社成员中枪法排名前茅的佼佼者，因此在这种安静而没有干扰的场景下，他的枪法能够最大程度地发挥出来，打动都不动的酒瓶子当然不成问题。

相比之下方杰虽然枪法也很好，但他心性要浮躁不少，发挥便不是太稳定。最好的一次十枪九个，但始终无法登顶，大多数都是在十枪七八个之间徘徊着。

看着李子豪大显威风，唐芊芊眼中直是异彩流连，似乎场景又回到了回国的那一天，这个男人犹如孤胆英雄般挺身而出，以矫健的身手和超人的胆魄击退一个个杀手。

那一天、那一刻、每一分一秒都像刻在脑子里随时可以翻出来，而每次回忆起来心都扑通扑通地狂跳，仿佛又置身于那场景般。

远处，早早路过的唐鹤轩站在林间眺望着，把这一幕看得正好，他身边站着来禀告各堂口情况的黄复。

看了几轮，他眼中洋溢着罕见的光亮："在府里有这么好枪法的也只有你和赵衍了。"

黄复微微躬着身，说道："是。"

"这样一来，条件就差不多凑齐了。"

唐鹤轩自言自语，说着黄复听不懂的话，当然黄复也没有询问。

接下来一段日子李子豪仿佛回到了校园时光般，方杰和唐芊芊成天拉着他到处玩耍，开着车，看着电影，在游乐场痛快地玩耍，时不时再带上三个小家伙去餐厅里大吃一顿。

唐芊芊是和蓝若芸全然不同的女生，后者温柔清纯，含蓄矜持，前者却带着西方女子般的热情和欢快，她就如同一束阳光穿过李子豪内心淤泥般的惆怅，让他脸上渐渐有了些笑意。

同时，李子豪的身影也深深地镌刻在唐芊芊的心里。

初夏的夜晚，明月当空，皓白的月牙犹如夜幕弯弯的嘴角。

唐府恰似那喧哗闹市中的寂静山林，花园里大树成荫，百花绽放，微热的风带着花香味儿轻轻飘来。小虫子在草丛中演奏着乐曲，空地上的秋千轻轻摇动，发出嘎吱嘎吱的声响，和着这曲调儿。

唐芊芊一人坐在长廊下，双手捧着脸仰望着长空上的明月，两只小脚伸得长长的，脚丫子又白又嫩。

那一轮弯月渐渐化作李子豪的面容，英俊沉稳又略带些忧郁，让她双目迷离。

"在想什么呢？"

温厚的声音从背后响起，唐鹤轩给女儿披上衣服。

唐芊芊顿时耳根绯红，仿佛被撞破了心事，她轻轻拉着衣领掩饰着心情。

唐鹤轩在一边坐下来，看着女儿，眼神柔和而慈祥，似乎只有这个时候才是一个真正的老人。

抬头望着花园的景色，唐芊芊轻声唱道："一只麻雀一个头，两只眼睛滴溜溜，两个翅膀两只脚，一个尾巴竖斜斜。"

"小时候你妈教你的歌，你还记得呢。"

唐鹤轩感慨道。

提起妈妈，唐芊芊沉默了一下，仰头望着爸爸，问道："爸，我都二十二了，你能告诉我妈妈是怎么死的吗？"

唐鹤轩神色一凝，表情僵硬在脸上。唯独这件事情，是他心底不愿意触及的伤痛。

良久后，他才叹了口气，说道："芊芊，以前的事就别提了，只要你一直快快乐乐的，爸爸就没有遗憾。"

"人怎么可能一直快乐呢？又不是猴子。"唐芊芊低着头。

"别人可能不行，但你可以，我会帮你做到。"唐鹤轩温和地说道。

突然，唐芊芊一抬头道："如果爸爸让豪哥保护我，那我一定会一直快乐下去。"

"你啊，跟你妈妈一个样，藏不住心事。"

轻轻摇着头，唐鹤轩苦笑了一声。他是何等老练的人物，这唐府里上上下下的事情更瞒不住自己的耳目，尤其是刚才看到芊芊那略显慌乱的样子，便知道女儿是春心萌发，喜欢上了人。

如今听这话，那喜欢的人便是李子豪了。

他略略斟酌了一下话，然后肃然说道："阿豪这个人确实有他的优点，但问题是他一无所有！"

"一无所有又怎么样？爸爸你以前不也是一无所有吗？"唐芊芊反驳道。

"我是一无所有，所以才没有保护好你妈妈，所以我不希望……"唐鹤轩自责着，话没有说完但意思再清楚不过。

一句话将唐芊芊又扯到了痛苦的回忆中，她咬着唇沉默了一下，然后倔强地抬起头来："我相信他能保护我。"

看着女儿坚定并且带着叛逆的眼神，唐鹤轩皱了皱眉头，问道："那阿杰呢？"

"阿杰也很好。"

唐芊芊认真回答，然后加了句："作为一个哥哥。"

唐鹤轩没再说话，沉默而安静，唐芊芊也把视线重新落到了花园里，继续哼起妈妈教给的小调儿来。

花园里的小虫子们继续演奏着乐曲，秋千不知疲惫地摇晃着，父女二人却各有各的心事。

第十五章

假死之策

在花园里呆了一阵，唐鹤轩起身返屋。

到了书房刚喝了杯咖啡，福生就走了进来，他躬身说道："老爷，李子豪的身份已经调查清楚了。他确实是从北平逃难来的，在圣约翰教会大学读书，是学生运动的积极分子。前阵子白渡河大桥的学生运动就是他组织的，他也是在那次运动中被抓入监狱的。"

唐鹤轩闭着眼睛静静听着，从头到尾表情没有半点变化。

汇报完了，福生不免担心道："若然让他知道那事情是我们做的，只怕……"

"这点不必担心，当初做这事情也是假借了孙四海的手，查不到咱们青帮的头上来。"唐鹤轩摆摆手。这孙四海的帮派很小，从明面上确实查不出和青帮的任何关系。

"是，还是老爷高明。"

福生一脸钦佩，腰压低了三分。这些年唐鹤轩不断洗白自己，除了少数必须监督的事情外，各种黑事都交给了身为管家的他或是黄复去办。

然后他又说道："阿杰少爷这次越狱的事情花了不少钱，不过倒没查出这李子豪和蓝衣社有什么关系。只是蓝衣社喜欢在大学里发展人马，此人是学生运动的组织者，要不要再查查？"

唐鹤轩睁开眼来，起身走到棋盘前，将一枚白子翻了出来，说道："没时间考虑这些了，而且是与不是都不重要。因为只要这枚棋子在我手上，我便能翻云覆雨。"

"老爷是说他就是这枚棋子？"福生意外道。

"我要的棋子必须要智勇双全，而且他的枪法一定要极其精准，这两点他都符合。"

放回棋子，唐鹤轩不紧不慢地说道。

福生明白过来，李子豪能够先从第一监狱逃脱，又在叶启山的追杀下救了大小姐，足以证明他智勇双全，论这点确实在唐府里还真找不出第二个人。

至于枪法，他前阵子早听下人说起过靶场的事情，这一点也是毋庸置疑了。

"去把他叫过来吧。"

唐鹤轩吩咐道。

福生躬身而退，不一会儿就带着李子豪回来了。

唐鹤轩正站在阳台上，这里能俯瞰到半个唐府，夜色下林影重重，一栋栋小洋楼点燃着灯光。

唐府之外的地方是灯火阑珊的街市，街道上车水马龙人流穿梭，展示着上海滩夜市的繁荣。

叫了声"唐先生"，李子豪缓步走到阳台，唐鹤轩侧着身看了他一眼，说道："听福生说你救了三个小乞丐？"

李子豪点点头道："是，他们在我落难的时候帮了我，所以我也想帮帮他们。"

视线回到远方，唐鹤轩深沉地说道："你看这街面繁荣如锦绣，好似太平盛世一般，只是在这繁荣的阴影背后却是重重苦难。如今四方战乱，每天都有数不清的国人抵达这上海滩，光难民怕就有几十万，别说救三个乞丐，就算三百个三千个那也不过是杯水车薪啊。"

"是。"

李子豪心情沉重地点点头，心头酸楚。

想他在北平也有着幸福的家庭，最后却因为战争落得逃难的下场，痛失父母，而现在连青梅竹马的恋人都失去了，真个是孤苦伶仃。

但是列强侵袭下的祖国支离破碎，饥荒、洪水、瘟疫和战争袭扰着大半个国土，天下间比自己有着更凄惨遭遇的人是数不胜数。

"为什么难民这么多，就因为上海滩的规矩是洋人定的，咱们的地盘，国人反倒低人一等！"

　　陡地加重了口气，唐鹤轩眼神冒着森冷的寒光，身上的气势陡地排山倒海般呈现出来，那略显消瘦的老人仿佛一下子变成了巨人。

　　他一手抓紧护栏，一字一句地说道："所以要想让国人有栖息之地，有庇护之所，就得把制定规矩的权力握在手里。"

　　李子豪认真地听着，点点头表示赞同。

　　说完这话，唐鹤轩的表情又恢复了平静，他淡淡问道："你应该听阿杰说过我最近在竞选华董这事情吧。"

　　"听他提起过。"李子豪回道。

　　"原本这华董我是胜券在握的，因为我和法国领事欧文一直合作做生意，有他的支持华董的位置如囊中之物。不过最近因为他开设大烟馆犯了我的忌讳，我派人关了烟管，我们之间就闹僵了。"唐鹤轩说道。

　　"大烟毁我国民，唐先生此举是上海滩百姓之福。"

　　李子豪肃然起敬，发自内心地钦佩道。

　　他就是身受毒品之苦，这事情自然更是感同身受。

　　"大烟之毒犹如洪水猛兽，我岂能坐视国人蒙害？"

　　唐鹤轩一脸正气，然后脸色一沉道，"事后，欧文就联合了宏帮来对付我，这两个月光是暗杀就好几起，上次芊芊的事情也是他们做的。"

　　"他们手段也太狠毒了。"

　　李子豪紧蹙起眉头。即使作为帮派圈子外的人他也听过不少叶启山的事迹，此人性情凶残，所干的坏事真是罄竹难书。

　　相比之下唐鹤轩为人低调，偶尔出现在报纸上也是十分正派的形象。

　　"只要坐上了华董，我便有资格和法国人讨价还价，为我国人争取更多的利益。他们如今暗杀我也就是为了阻止我上位，眼下我是处在群狼吞虎的厄境中啊。"

　　慨叹一声，唐鹤轩突而一挑眉头，盯着李子豪说道，"要打开这局面只有一个方法，但这个方法需要一个人来执行，而我认为你就是最好的人选！"

　　"这……唐先生太抬举了。"

李子豪错愕道，虽然他早猜出唐鹤轩找自己过来不是随口闲谈，但听到他如此重视自己还是意外非常。

"不是抬举，虽然你我相处时间很短，不过我看得出来你的能耐。你可愿意助我一臂之力扫清这上海滩的污秽阴霾，还一片朗朗乾坤？"

唐鹤轩目光真挚，语气令人动容。

一刹那，唐鹤轩和罗大元的形象重叠在一起，李子豪似乎又回到了成为蓝衣社成员的那一夜，一时间心情澎湃起来，他挺直了腰认真说道："请唐先生吩咐。"

唐鹤轩压低声音："我要你——在华董竞选酒会上杀了我！"

"什……什么？"李子豪大吃一惊，愣得一时说不出话来。

"当然不是真杀，只是造成一个我被暗杀的假象。那时候人多混乱，谁也不知道是谁开的枪，但是显然最可能对我动手的就是叶启山。这样一来，我们青帮就可以名正言顺地宣战，拔除宏帮势力。"

唐鹤轩含笑说道。

李子豪沉默不语，消化着这内容。

唐鹤轩又说道："你也知道，我这青帮的出身背地里不知道有多少人嚼着舌头，说我是打家劫舍出身，那么这一次我便不动手，让你带着人帮我做这事情。待到叶启山死了，再传出我当日只是重伤，用假死之名好让叶启山安心，这样我便可以以受害人的身份清清白白地坐上华董的位置。"

"如此重要的任务，差之毫厘就是生死两隔，唐先生怎么让我一个外人来做这件事，何不让阿杰来做？"

李子豪认真问着，同时暗叹唐鹤轩不愧是青帮大佬，这么大胆的计划都敢去实施。

"阿杰性格鲁莽，枪法一般，真把这事情交给他只怕到时候我真丢了命，至于我身边的其他人没有一个比你更适合做这事情。"

唐鹤轩摇摇头。

"但是我只是个外人……"李子豪还是有些迟疑。

"外人么……走，跟我去堂口一下。"

唐鹤轩笑了笑，叫福生喊来方杰，几人一道离开唐府去了堂口。

诸帮派的堂口多位于码头，宏帮如此，青帮也不例外。

这古香古色的青帮堂口位于黄浦江南岸一处热闹的码头背后，地点僻静又交通便利。堂口外站着两排清一色的黑衣汉子，见到唐鹤轩来了皆躬身行礼。

跟着队伍，李子豪沿着麻石板走进大门，但见这院落宽敞，中间一个大水缸盛着荷花，两边几株大槐树高大挺拔、枝繁叶茂。

沿院而入，走廊砖石陈旧屋檐低垂，所见一切青砖绿瓦中无不沉淀着旧日的气息。

待抵达大堂时，几个分堂口的主事人都已经先一步抵达。

大堂里仅摆放着几张椅子，最上位的大红木椅子自然是唐鹤轩的，而在左边稍低的位置放的椅子则是方杰的，余下两排位置才是分堂口主事的。

往日皆是如此，但今天一进门福生就让人搬了第二张椅子过来，和方杰那张一左一右。

这情况顿令众人惊讶，青帮极重辈分，怎么想都想不到那张椅子上能够坐什么人。

这时，唐鹤轩让李子豪坐在了多出的位置上，然后大声宣布道："这位是李子豪，是我刚认的义子。"

众人恍然大悟，立刻跪倒一片。

方杰先是惊讶随后又高兴起来，他紧紧搂着李子豪的肩膀直是大笑："哟，豪哥，这样一来我们就是真正的兄弟了！"

感受到方杰真挚的兄弟情义，李子豪也不免动容，而同时他又为唐鹤轩的器重而感动，这个为了民族大义不惜关闭大烟馆和洋人对着干的老人，他又怎能拒人于千里之外？

"干爹。"

李子豪单膝跪地，磕了三个头。

唐鹤轩仰天直笑，快意非常。

接下来便按照青帮的规矩进行了仪式，整个堂口热热闹闹的，而唐鹤轩新认了干儿子的消息也火速地传开来。

待他们回到唐府时，早得到消息的唐芊芊一脸灿烂笑容地在大门口迎接，看到李子豪时笑得更是灿烂，仿佛冬日天空上的烟火。

在她看来，爸爸收李子豪做养子，代表着爸爸对李子豪的肯定。而这意味着什么，想起那晚上和爸爸说的话，她小脸唰的一下绯红。

第十六章

四帮同盟

金碧辉煌的百乐门楼高四层，除了歌厅之外设有酒店，还有着最让法国人津津乐道的法租界里档次最高的西餐厅。

米白色的雕花餐桌，波浪形的浮雕天花板，还有那一盏盏水晶吊灯。古典华丽的装潢完美呈现出正宗法国餐厅的浪漫气息，又蕴含着贵族般的气质。

在餐厅一角还有着一个小舞台，乐队在那里演奏着法国的古典名曲，就连服务生也都是穿着燕尾服，一举一动皆合礼仪。

自然，这里用餐价格极其昂贵，所以出入这里的中国人那必定都是西装革履的上层人士。

大下午的时候，在一处位置极佳的餐桌前坐着欧文和叶启山。

一身浅灰色的西装干净而整洁，将欧文标准的身材衬托得更加颀长，他打着领带，头发一丝不苟地梳着，动作优雅地切着牛排。

对面的叶启山也穿着西装，卷起的袖子露出浓密的体毛和厚重的金链子，过度发福的身材让这身价格昂贵的衣服完全起不到衬托身材的作用，反而让人担心那纽扣会不会被顶飞掉。

他的刀叉用得不算熟练，突然刀子一滑在瓷盘上拉出刺耳的声音，渗血的牛排溅出些汁液落到洁白的餐布上。

周边几个用餐的中国商人举目望来，立刻被叶启山恶狠狠的眼神瞪得低下头去不敢再看。

叶启山收回眼神，这才朝着欧文一脸尴尬地解释："手滑了。"

欧文笑了笑，慢条斯理地切好牛排，叉起一块放进嘴里，一边咀嚼着一边说道："华董是华人的代表，那是在我们法国人眼里都值得尊重的人物，当上华董免不了有各种应酬，所以叶先生还得多锻炼下。"

"是是是，欧文先生说得是。"叶启山连忙点头，握好刀子切起牛排来，只是心里又骂着：拿这么钝的刀切牛排，这洋人吃东西真是找罪受。

"不过，距离华董选举的时间可不远了。"

话锋陡地一转，欧文的脸色深沉。

上次他投了钱，不仅没有杀死唐鹤轩，反而让他在百乐门里威风了一把，怎么想都不舒服。

用力切开牛排，叶启山阴冷冷地说道："欧文先生放心，我已有全盘的计划。"

"上次你不也这么说？"

欧文瞥了他一眼，语气有些不悦。

叶启山干笑了声，掩饰着尴尬，然后眼神中浮现起狠毒来，他压低声音说道："欧文先生，我和唐鹤轩都是上海滩的猛虎，两虎相斗绝非朝夕就能分出胜负，所以上次才会失败。但这一次不一样，我准备联络其他帮派。"

欧文没搭腔，倒了杯红酒微微摇晃着。

叶启山继续说道："任他唐鹤轩再厉害，只要我把其他帮派联络好，有我这头猛虎再加上几匹饿狼，一定能把唐鹤轩他啃得骨头渣滓都不剩！"

"那么希望这一次，叶先生不会让我失望。"

欧文开了口，每一个字都带着分量。

"绝对不会！"

叶启山拍着毛茸茸的胸口，金链子被震得一抖。

一餐饭足足吃了一个小时，接着叶启山陪着欧文到了歌厅。

这里虽是大白天但却是歌舞不息，妖艳的歌女唱着动情激荡的歌曲，舞池里的男男女女尽情地摇曳着身躯。

"欧文先生来了。"

蓝若芸从一旁走过来，笑着打招呼。

手如柔荑，肤如凝脂，那婀娜的身段在旗袍的衬托下线条柔美而性感，就这么缓缓走来便有万般风情，再加上她那嫣然一笑，足以让人神魂颠倒。

在那高耸的胸脯上贪婪地扫了一眼，欧文彬彬有礼地邀请道："蓝小姐，一起跳个舞吧。"

"好啊。"

蓝若芸妖冶地一笑，芊芊玉手搭了上来。

欧文伸手轻揽着她的腰，朝着舞池中走去。

一个是百乐门的皇后，一个是法国领事馆的领事，二人又舞技极佳，几下子就将舞池的气氛推向了高潮，众人尽情地欢呼摇摆，在这欲望纵横的小世界里醉生梦死。

"真是个骚货。"

叶启山站在舞池边上嘟哝着，淫邪的眼神在蓝若芸身段上游走，不时伸出舌头舔舔干燥的嘴唇。

待到一首舞曲落幕，蓝若芸到后台去准备下一场演唱，一走到化妆间门一关便咬着唇骂了一句。

每次跳舞欧文可都没有少占她便宜，那游离在腰背上的毛茸茸的手，怎么想都恶心得很。只是为了帮助唐鹤轩上位她也只有忍耐着，想着过段日子就好了。

另一边，欧文轻飘飘地走回来，满手香气。

叶启山快步迎上去，不无羡慕道："这娘们可真诱人，听说她最近老是邀请欧文先生出去吃饭？"

欧文冷笑，讥讽道："还不是为了华董的事情，大概唐鹤轩是知道清算组那边打点不好，我将要留任，所以让蓝小姐来说说好话吧。"

"那……"叶启山顿时紧张起来。

这唐鹤轩和欧文之间合作了可是十年啊，对方突然杀个回马枪，他立刻感觉到不妙。

看出叶启山的担心，欧文拍拍他的肩，凑在他耳边说道："叶先生放心，我是不会和叛徒谈生意的，除非——这次行动又失败了！"

一句话让叶启山脸色一沉，这世道人和人的关系都只有利益，如果自己没能耐摆平唐鹤轩，那么自然不可能再和欧文合作，到时候会是什么样的结果他再清楚不过。

这时蓝若芸上台，妖娆起舞，歌声渺渺，引得舞池中男女欢呼，只是叶启山却已经没了欣赏的兴致。只有唐鹤轩死了，他心里才能踏实。

走出百乐门，他一坐上车就朝着大彪吩咐，把和马三爷他们的会面提前到今天晚上。

消息传到马三爷耳朵里时，他正在西藏南路的黄金大戏院听戏。

二楼的包间视野极好，俯瞰下去戏台上花旦吟唱，幽咽婉转，那声音听得马三爷摇头晃脑，如痴如醉，矮胖的身体跟着脑袋一晃一晃的，肥短的指头轻轻在扶手上敲动着，好似几条蠕动的毛毛虫。

一个黑塔般的汉子推门进来，马脸上长着鹰钩鼻子，正是马三爷的心腹秃鹰。

他走到马三爷身边，躬下身来小声说着叶启山提前会面的事情。

迎合着曲调，马三爷微晃着脑袋说道："距离竞选华董还有段时间了，这么早准备，看来叶佬儿是势在必得啊。"

"那三爷的意思……"秃鹰问道。

"这里到底是法租界，唐鹤轩想靠日本人翻身我看难。"

马三爷继续摇着头，然后摆了摆手。

秃鹰躬身退了出去，马三爷继续看着戏，不时跟着哼上两句，显得很是悠哉。

傍晚的时候，算着时间差不多了，马三爷这才出了戏院，坐着车一路朝着会面的酒窖餐厅赶去。

餐厅位于小南门外一座公馆里，地点极其僻静，刚到公馆楼下就碰到一道过来的黄老头和鲁帮主。

黄老头身材干瘦，一件马褂穿在身上好似挂在竹竿上似的，鲁帮主则长得人高马大的，蓄着大胡子仿佛张飞走出了戏台。

"三爷，您看这情况……"

二人走过来打着招呼。

黄老头和鲁帮主的帮派都和马三爷的斧头帮一样，都是比上不足比下有余。比起一般小帮派要大，但比起青帮和宏帮这样的庞然大物而言那就不够瞧了。生活在这夹缝中只能看两个大帮派的脸色，而其中最擅长此道者当然就是马三爷了。

"走一步算一步。"马三爷低声说道。

二人都点着头，跟着他一道走进了公馆。

公馆地下的酒窖不算大，但青色的砖石加上储存着的上千瓶红酒，让这里别有一番风味，所以平日里生意也不错，不过今晚这地方被叶启山包了场，里面空空荡荡的。

三人在酒窖里等了一会儿后叶启山才到，他长笑一声，抱着拳大步而来："三位帮主久等了，等会开瓶好酒算我赔罪。"

"叶帮主客气了，这洋人的玩意儿咱们喝不习惯，还是上黄酒好。"马三爷笑呵呵地说道。

黄老头和鲁帮主都附和着点点头，叶启山便大手一挥，吩咐服务员上黄酒。

待点了一大桌子的菜，喝了一圈酒之后，马三爷这才笑眯眯地问道："叶帮主这么急着把我们叫过来，不知道是为了什么事情？"

放下酒杯，叶启山环视一下三人，然后用茶水快速地画出上海滩的地形图，朝着上面一指道："场面话就不必说了，只要唐鹤轩一死，青帮群龙无首，到时候自然溃散。我只要华董之位，其他什么都不要！"

一听这话，黄老头和鲁帮主顿时眼冒红光，马三爷的眼珠子更是快凸出来了。

看见三人贪婪的表情，叶启山当然心中有数。

青帮的地盘极大，光是保护费那就肥得冒油。

而他之所以不要这些地盘，一则是因为宏帮本就是仅次于青帮的第二帮派，地盘够大，即使这三个帮派瓜分了青帮的地盘，单一情况下仍不会对宏帮造成威胁。

其次更重要的则是，他一旦坐上华董这位置，就拥有了和法国人平起平坐的地位，又何愁三大帮派不臣服于自己脚下呢？

"叶帮主够爽快，不过问题是怎么才能要了唐老头的命？"马三爷转着眼珠儿。

他是个圆滑的人，向来是风吹芦苇倒，哪边强就跟哪边，但也只是口头上吆喝吆喝。因此当有了法国人支持的叶启山要对付唐鹤轩时，他摇旗呐喊没问题，但要真动手便不能不犹豫了。

这一说，黄老头和鲁帮主二人也都迟疑起来。

叶启山和唐鹤轩之争大家都是看在眼里，同时也都置身事外，因为两方都是大势力，即使他们抱成团也不敢说能斗得过。如果说刺杀失败，自己也被卷进去，可绝对是粉身碎骨的。

在外人看来，唐鹤轩总是一身西装，面带笑意似个和善老者，但唯有他们这些大佬才知道此人的手段何等毒辣。

"确实，他身边保镖很厉害，尤其是那黄复和赵衍都是百里挑一的好汉。不过，若然刺杀是在华董会上进行呢？"叶启山阴彻彻地说道。

"华董会？"三个帮主都大吃了一惊。

要知道华董会选举的时候，不止有各大帮派和工商界人士在场，还有不少洋人也会来，如果在那个时候刺杀，引起的事态绝不会小，但当然这种没人敢挑选的刺杀时机确实也是最可能成功的。

"放心吧，只要欧文先生能够留任，在这法租界引起多大的震动都是小事。"

弹了弹烟灰，叶启山轻描淡写地说道。

这一说，黄老头和鲁帮主都望着马三爷。

"这里到底是法租界。"

略一思忖，马三爷笑了，黄老头和鲁帮主也笑了起来。

四人举起酒杯，在这个隐蔽的公馆深处对付唐鹤轩的同盟终于形成了。

第十七章

干 妈

五月的天气已经夹杂着几分燥热，夜晚的百乐门里更是如此，裸着后背和大白腿的舞女跳着撩人的舞蹈，伸腿转身之间惹来舞台下不时的欢呼声。

一瓶瓶昂贵的洋酒被送到桌上，一叠叠法币被拿来打赏，场子里满是纸醉金迷、醉生梦死的人们。

李子豪跟着方杰走进来，第一次到这样的场合有些不太适应。

在不远处的席位上，坐着法国领事欧文、宏帮帮主叶启山和马三爷等帮派大佬。众人饶有兴致地欣赏着台上的歌舞，不时发出笑声。

方杰胳膊碰了碰李子豪，笑问道："没见过这场面吧？不过这些舞女水准太低了，等会咱干妈出来那才叫漂亮。"

李子豪没搭腔，对此也并不感兴趣。

至于那什么干妈当然就是唐鹤轩的情妇，以唐鹤轩这样的身份有个年轻姑娘傍着也不是什么稀奇的事情。

这时门口处传来闹哄哄的声音，一身黑色西装的唐鹤轩在一群青帮成员的簇拥之下走了进来。

"都出去！"

青帮成员吆喝着将舞池里的人赶走，很快百乐门里就只剩下各帮会的成员了。眼看青帮清场又派人守着出口，百乐门里刚刚喧嚣的气氛一下子凝重起来。

叶启山脸色一变，跳起来大喊道："唐鹤轩，你想当着欧文先生的面做什么？"

欧文冷着脸，盯着唐鹤轩。

马三爷几人却是做贼心虚，一声不吭。黄老头和鲁帮主偷偷对了下眼神，有些惶恐不安，想着莫不是酒窖密谈的事情被唐鹤轩知道了，今儿个过来就是要黑手的。

这时，便见唐鹤轩慢条斯理地坐下来，淡淡说道："在法租界的地盘，谁敢当着欧老板的面做什么？我不过是想请诸位听听歌罢了，这好歌是要安安静静地听才能听出味道的。"

一句话堵住了叶启山的嘴，给了欧文面子，马三爷几人则暗松了口气。

李子豪看在眼里，暗道唐鹤轩手腕厉害，只这么一下便把几个对手吓得不轻，可谓高低立判。

这时乐声响起，舞台上洒满灯光，层层丝绒帘幕朝两边缓缓拉开，露出一个倩丽婀娜的身影。略施粉黛的小脸，盈盈一握的腰肢，那蕾丝旗袍衬托着凹凸的曲线，高叉下露出的玉腿修长雪白。

佳人犹如绝世的美物一下子把男人的荷尔蒙都激发了出来，刚起的掌声停了下来，人们都屏住呼吸，生怕一口气喘出来破坏了这气氛。

李子豪本来正随着众人鼓掌，只是一看到这女子的脸庞，顿时如遭雷劈，两只手僵硬地悬在空中。饶是那张面孔涂脂抹粉，饶是去了学生服换上这身性感的旗袍，但这分明就是蓝若芸！

"怎么样，咱干妈漂亮吧？嘿，当初我见着她，也跟你这表情一样。"方杰又碰碰他，低声笑着。

"干妈"两个字犹如一记重锤砸在胸口上，李子豪摇晃了一下差点没有站稳。

脑海中回想起那个小时候跟在自己屁股后面喊着哥哥的女孩，回想起那个和自己牵着手在校园里漫步的少女，回想起那白渡桥下躺在血泊中的蓝若芸，奄奄一息似碎掉的花瓣。

画面交错着又好似玻璃般重重砸落，化成无数的碎片，每一枚碎片都扎在胸口上，让他痛得难以呼吸。

"我……我去一下洗手间。"

他不敢再抬头看，颤声丢下这话后匆匆离开，留下一脸哑然的方杰。

李子豪快步赶到洗手间，站在镜子前看着消瘦的自己，只觉得脑袋里乱糟糟的一片，身体不由自主地颤抖着，各种情绪交织在胸腔中，仿佛爆炸般翻江倒海地要寻觅一个发泄口。

最后他陡地低吼一声，一拳砸在玻璃上。

玻璃渣子落得满地都是，拳头上扎着碎片冒着血，他却一点都感觉不到疼痛，就好像当初在监狱里受到酷刑内心却只有无比的忧伤和愤怒。

她还活着，但却已经成了别人的女人，而这个别人竟然就是新拜的干爹！多么可笑又可恨的事实，让他一时间难以接受，让他想去逃避。但是偏偏蓝若芸那优美而有穿透力的声音无孔不入地钻进耳朵里，就像一把把刀子扎在心窝子上。

李子豪使劲捂着耳朵，全身痉挛似的颤动，仿佛一头受伤的野兽承受着痛苦的蔓延。

门突然开了，方杰走进来，一见他这样子吓了一跳，连忙问道："豪哥你怎么了？"

李子豪僵硬地站起身，没有回答他的问题，更像是看都没有看见他，沉闷地走了出去。

方杰何曾见过他如此模样，这时扭头看到破碎的镜子和那带血的拳头印，便搔着头嘀咕道："莫非是监狱里的旧伤发作了？嗯，晚点找医生来给豪哥看看。"

另一边，旋律收尾，舞台上一曲落幕，蓝若芸向台下抛去一个香吻便匆匆下台，连鹅毛扇子也落在了舞台上。

一下台，当帘幕拉上四周再无人影时，蓝若芸无力地靠在墙壁上，胸口剧烈地起伏，好似濒死的鱼大口大口地喘着气。

即使千人万人之中，她也能够一眼认出李子豪，更别提清场之后的舞池里就那么几十个人。

她简直不敢相信自己的眼睛，但却知道这绝不是一场梦。

阿豪还活着！

但是，却站在唐鹤轩身边！

她拼命按捺着复杂的情绪才没有在舞台上失态，但是一走下来便控制不住情绪了。

她有些脚软地扶着墙壁，以极其缓慢的步伐朝着化妆间走去。

在路过一条走廊时，李子豪正站在深处看着她走过去，神色复杂。

外面，舞台下掌声热烈，另一个舞女上了台。

唐鹤轩用余光瞥了一下身后，发现李子豪不见了踪迹，随即吩咐了句："去后台看看。"

一旁的福生早把他的动作乃至眼神都看在眼里，立刻朝着后台走去。

不远处，欧文松了松领带，笑道："唐先生今天把我们都请过来，看来是有大事要谈啊。"

"是不是唐先生前几天遇袭的事情有着落了？不知道和华董选举有没有关系？不过我觉得要想是非少点，这事情就得早定。当然，我支持唐先生。"

黄老头首先出来站了队，这是酒窖密谈时所定的策略，他、鲁帮主和马三爷一定要像以前一样站在唐鹤轩那一边，以减弱其警惕性。

"没错，唐先生实至名归。最近因为这事情可死了不少人，三通银行的副行长，巡捕房的王警司，只怕都和这华董选举脱不了干系，只要定了下来，那就稳定了人心。"马三爷也一改上一次和稀泥的态度，坚定地支持着唐鹤轩。鲁帮主紧跟着冒出头来，也帮衬了几句。

唐鹤轩抽着烟没去搭腔，只是静静看着众人，仿佛个局外人般。

"哼，你们少在这里风言风语，谁不知道你们跟着青帮讨饭吃，当然只会帮唐先生说话了！"

叶启山毫不客气地训斥。

马三爷三人故作一脸愤怒，又不敢吭声反驳。

叶启山的目光落到唐鹤轩身上，冷冷说道："最近唐先生你手下动作不断，各个场子都在找人，尤其是我宏帮的地盘可没少被骚扰啊。唐先生认为刺杀你的事情是我做的吧？"

"是你做的吗？"唐鹤轩看着他，平静地发问。

"当然不是，我叶启山从来不是背地里捅刀子的人。"

叶启山拍着胸脯，一脸正气昂然。

众帮派的人听得瞠目结舌，暗道这叶启山的脸皮真是厚如城墙，脸不红心不跳地说着这违心话，这家伙最擅长的不就是背地里捅刀子吗。

"那我的手下也不是特地去宏帮闹事。"

弹了弹烟灰，唐鹤轩轻描淡写地说道。

二人唇枪舌战，气氛一时剑拔弩张，而双方帮派的人马也没闲着，一个个抵在一起，胸膛顶着胸膛，大眼瞪着小眼。

欧文安静地坐着，倒了杯酒慢悠悠品了一口，然后说道："唐先生，关于暗杀的事情，我倒是有一个情报。"

周围安静下来，唐鹤轩也望了过来。

欧文轻轻吐出三个字："蓝衣社。"

话一落，不少人脸色都是一变，谁都听说过这个潜伏在上海滩阴影之下的暗杀组织，而至今无论国民政府还是外国政府或者是帮派都没有查到其确切的底细，光这一点便让人不得不神经紧绷。

欧文继续说道："华董的事情关联甚多，我想不光各帮派有想法，恐怕在我们之外的人也会有想法。"

"欧文先生的意思是……"唐鹤轩望着他。

欧文深邃地一笑："唐先生最近和日本人打得火热，可是帮他们杀了不少进步学生。据我所知，蓝衣社的很多人可都是从学生组织里发展起来的，因此他们报复也是理所当然的。"

话落，他阴沉沉地加了句："比起看得见的对手，看不见的敌人才更值得提防啊。说不定——他们就潜伏在你身边。"

"天啊，欧文先生是说唐先生身边有……"

马三爷故意夸张地接过话，一脸的惊慌不定，那表情分明就是在暗示青帮里埋伏着大量蓝衣社的人。

气氛更加凝重起来，青帮的人不由互相望着，充满警惕和不安。

唐鹤轩抽着烟，但眼神似乎也比来时更加深沉了。

第十八章

相见，不如不见

李子豪推开化妆间的门时，蓝若芸正在镜子前卸妆。

镜子里的她秀丽可人，化妆台上摆满了各种用具，一面墙上贴着她的各种照片，而在镜台上还有着唐鹤轩送来的花篮，在那鲜艳如血的玫瑰丛中一张卡片上醒目地写着"我的Darling"字样，狠狠地刺痛了李子豪的心。

蓝若芸也从镜子里看到了李子豪，她停下动作，就这么静静看着他，心绪混乱。

"若芸。"

轻唤一声，李子豪的嘴唇都在颤抖，这声音也颤巍巍地传出去。

只一句话，蓝若芸便觉得心都碎掉了，两行清泪啷的落了下来，花了未卸完的妆容。

没有想象中生死重逢的激动，有的只是弥漫着化不开的忧伤。

深深吸了口气，擦去眼泪，蓝若芸转过身来看着他，冷冷问道："你现在来做什么？"

一声质问让李子豪愣了愣，顿时满心苦涩。

是啊，本该一直保护她的自己不仅让她受了重伤，还在她最孤独无助的时候无法伸出援手。

如今出现，倒真不如不出现的好。

他机械般慢慢走过去，掏出破旧的怀表颤颤放在化妆台上，一脸黯淡地说道："我来……是想把它还给你。"

怀表的表壳早就裂开了，显得那般古旧不堪。蓝若芸将它打开来，里面放着二人的照片，那时的俩人笑得多么甜蜜啊。

心头抽搐了一下，眼圈又湿润起来，蓝若芸轻轻将怀表塞给了李子豪："你拿着吧，它是你的。"

那小手冰冷的触感，那拒人千里之外的冷漠，让李子豪感觉到钻心的痛，他知道他或许该转身离开，但是却移不动半步。

声音哽咽着，他说道："我不该让你参加那次任务的，不，是根本就不该让你加入组织。"

仰起头望着天花板，蓝若芸强忍着眼泪不让它流下来："你说过，不管任务成功还是失败，事后我们就回北平结婚。"

"对不起，我来晚了。"

李子豪伤心地说着，早已泪流满面，那颗不知道被撕碎了多少次的心再一次被撕得粉碎。

一句对不起已经将蓝若芸的心理防线全部击溃，情绪一下子控制不住，泪水如决堤的湖水涌了出来，顺着面颊滴落在精美丝线勾勒的旗袍上。

"若芸……"

李子豪心疼地伸出手，轻轻擦拭着她的眼角。

两人互相望着，悲伤的情绪在心底流淌，同时那沉寂已久的思念也终于在短暂的倾诉后如同火山般爆发。

不知道是谁先动的，或许是双方一起动的，二人突地拥抱在一起激烈地亲吻起来。

青梅竹马的感情绝非是说断就断的，甚至于即使命运无情地将它割断，却只会让情感更加猛烈地反扑。

二人忘记了一切的磨难，好似这个世界会在下一秒就崩溃般紧紧地拥抱着，拼命而贪婪地索求着对方的嘴唇。

"蓝小姐，唐先生请您去。"

突然从外面响起的声音，把两个人都吓了一大跳。蓝若芸急忙后退了一步，和李子豪拉开距离，控制住情绪，她努力用平静的嗓音回道："我……我知道了，一会儿就过去。"

外面传出脚步声，人走远了。

李子豪的情绪一下子又低落下来，仿佛从高楼上坠地般整个人都散了架，成了一堆肉泥。看着花篮上醒目而刺眼的留言，想起方杰喜笑颜开的介绍，他痛心地转身朝外走去。

见到李子豪要走，蓝若芸的手顿时颤抖起来，想着他这么一走便真是永别了，便控制不住地扑过去环抱着他。

犹如触电般，李子豪转过身用力地抱住她，两人又拥吻在一起。

良久良久之后分开来，蓝若芸仰着小脸流着泪，颤抖着声音说道："我……我没想过会有这一天，我以为你死了，我觉得天都塌了……"

"我也没想过会有这样的一天……"

李子豪痛苦地说道，拳头握得紧紧的。事情到了这地步，他完全不知道该怎么走下去，脑子里都是乱糟糟一片。

门外又传来敲门声，催促蓝若芸上台。

李子豪深吸了口气，说道："我得走了。"

"子豪……"蓝若芸声音颤抖，眼圈泛红。

"我没事，只是现在不是谈话的时候。"李子豪勉强地挤出笑容。

"嗯。"

蓝若芸松了口气，垫起脚又亲吻了他一下，李子豪这才离开。

一出了化妆间，他只觉得脚步沉重似灌了铅，好一会儿才抬得动脚。

刚走没多久福生就来到了化妆间，他在门外竖耳倾听然后突然间一拉门，见到蓝若芸正平静地补妆，并不算大的房间里显然藏不住其他人。

他收回视线，说道："蓝小姐，得出场了，唐先生在等您。"

蓝若芸轻轻点头回应，心头却不免有点后怕，幸亏子豪走得及时，否则若被福生看见两人在一起，天知道会发生什么事情。

李子豪回到舞厅这边时谈话刚刚结束，几个帮派大佬都离开了。

福生从后台回来，看到李子豪已经在唐鹤轩身边了，深深看了他一眼却没有说话。

而唐鹤轩则像没发现李子豪失踪一段时间似的，一如以往的平静。

一会儿后，蓝若芸从后台过来，看到李子豪站在唐鹤轩身边，她依旧脸上笑靥如花。她步伐摇曳地过来，一小步一小步尽是风情。

李子豪眉头皱了下，心头讶然，这还是牵牵手都能红脸儿的蓝若芸吗？还是那个在星空下听着他念情诗都会扭捏着低头的女孩儿吗？

如今的蓝若芸风情万种，好像混迹于这风尘之地的老手，一颦一笑一举一动都勾着人儿的魂儿，让人口干舌燥。

"老爷。"

走到唐鹤轩身边，蓝若芸撒娇般唤道，那声音能把人骨头给酥麻了。

唐鹤轩微微颔首，朝着李子豪一指道："认识子豪吧？"

没想到唐鹤轩突然发难，李子豪心头猛地一跳，生怕蓝若芸应对不当出了问题。

却见蓝若芸瞄了他一眼，没有任何异常的表情，只是轻描淡写地笑答道："认识，老同学。"

方杰一脸诧异，没想到李子豪和这干妈还有这层关系。

"既然是老同学，你们正好叙叙旧，晚点子豪你送若芸回来。"

唐鹤轩说道，话落起身离开。

一转过身脸色便微微沉了下，舞台上蓝若芸的异态和李子豪的突然不见，这两者微妙地契合在一起，以他的眼力怎会看不出二人并不是普通的关系。

不过他的心思并没有放在这上面，虽然他很确定前阵子无论是对自己的刺杀，还是对芊芊的刺杀都是叶启山搞的鬼，但是欧文今天的这席话也给他提了醒，确实该注意一下蓝衣社了。

唐鹤轩一行离开，李子豪看着蓝若芸只觉得有些陌生，蓝若芸看着李子豪也觉得恍若隔世，二人静静望着满脸异态。

想着人多口杂，李子豪咳了声道："我在外面等你。"

蓝若芸轻轻点头，幽幽地叹了口气。

百乐门里彻夜欢歌，里面的舞女歌女为博上位都使尽浑身解数，巴不得有多的表演机会。

不过作为头牌的蓝若芸已经不需要更进一步，美艳的外表出众的歌喉再加上唐鹤轩情人的身份，让她牢牢地坐稳着百乐门皇后的宝座。

自然她的时间安排也就自由许多，不过十点，百乐门刚刚步入夜间的繁荣时她就已经离开了。

眼看着蓝若芸出门，花枝招展地和沿途的客人打招呼，李子豪坐在车里沉默不语。

蓝若芸上了车，这才将受伤后被人送到唐府养伤的事情说了遍，她没有提及如何和唐鹤轩在一起，但即使不说李子豪心里也是明白的。

"唐先生对你我都有恩呐。"

听罢，李子豪慨叹了声。

即使在监狱里经历了生死徘徊，如今再见蓝若芸他仍是受了极大的刺激。朝思暮想的爱人还活着原本是幸福之极的事情，只是当这爱人成了别人的女人时又立刻坠入了无边的痛苦中。

而蓝若芸又何尝不是如此，就是在讲述时她的嘴唇都是颤抖的。这个时候的她已经不是舞台上的皇后，更像是回到了校园时的那清纯女孩，那个陪伴着李子豪从小到大青梅竹马的恋人。

她看着开车的李子豪，心绪杂乱起伏，她以为李子豪死了所以拼命忘记了一切，而就在她爱上唐鹤轩的时候李子豪又回来了。

两个男人在内心中犹如天平的两端，让她都难以割舍。

低下头，她岔开了话题："罗先生前阵子联络我，让我监视唐鹤轩。"

这话中透着诸多无奈，她的档案在罗大元那里，就像被人扼住喉咙般，一旦档案公布无论日本人还是巡捕房都不会放过她。

"他知道你还活着？"

李子豪脸色陡地一变，然后沉声说道："我会去找他说清楚！若芸你千万别乱动。"

"你才不要乱动，唐鹤轩是什么人你该清楚，千万别打他的主意。"蓝若芸反过来告诫道。

她很怕李子豪鲁莽行事，天知道唐鹤轩知道她和李子豪的过去会有什么反应。

李子豪脸色深沉，心头一股无名怒火在燃烧。

蓝衣社的势力无孔不入，在青帮中也安插了大量的卧底，罗大元不会不知道蓝若芸被唐鹤轩救到了唐府。

如果他那个时候动手营救，蓝若芸又怎么会成为唐鹤轩的女人，沦落到这百乐门里面当个风尘歌女，日夜卖弄着风骚？

而更恶劣的是，他非但不帮手反倒把她安插在唐鹤轩身边，这不是把她往狼窝里推吗？

他努力让自己冷静下来才没有立刻赶去找罗大元质问，但这件事情让罗大元在他心目中本来高大的形象一下子蒙上了一层阴影，这个口口声声一心救国救民的领导人怎么能做出这样残忍的事情来。

心思烦乱下，短短二十分钟的路程，李子豪足足开了快四十分钟才到唐府。

第十九章

意外的告白

唐府外依旧禁卫森严，不过多了一个俏丽的身影。

唐芊芊穿着深蓝色的洋装站在大门外翘首以待，一旁五大三粗的保镖们紧张地盯着周边，生怕又发生什么状况。

几个路过的小青年被唐芊芊吸引，刚望过来便被保镖们恶狠狠的眼神瞪得缩着脖子快步离开。

小手背在身后，唐芊芊微微前倾地踮着脚，小脸上写着期待。

自李子豪住进唐府来，半月时间里二人是形影不离。他就像磁铁一般吸引着她，像有魔力一般让她着迷，以至于今天不过小半日不见，心里却已经想念得紧，忍不住早早地在这大门口等待起来，即使等了很久很久心里却装着雀跃。

"子豪哥！"

远远望见车来了，她用力地挥着手准备过去迎接，只是看到副座上的人影时着实一愣，同时也停下了脚步。

待到二人走过来，唐芊芊意外而警惕地盯着蓝若芸，质问道："你们怎么在一起？"

"芊芊你别误会，是你爸爸让子豪送我回来的。"蓝若芸立刻解释，她可不希望因为唐芊芊的误会让唐鹤轩察觉到什么。

唐芊芊听得一脸醋意："子豪？你叫得好亲热啊。"

女人的心思最是敏锐，看着唐芊芊的样子和那醋气酸溜的口吻，蓝若芸一下子明白了。唐芊芊头一句话的质问并不是因为怀疑她对唐鹤轩不忠，而是把她当成了情敌。

她住在唐府里，当然也听说了李子豪救过唐芊芊甚至于唐芊芊对李子豪有些青睐的传闻，但是没有想到的是事实并非青睐那么简单，唐芊芊是喜欢上了李子豪！

她心头陡地泛起些不舒服，只是不得不好好解释道："我们是老同学。"

"老同学就子豪子豪？不愧是百乐门里当歌女的，前阵子我还见到你和那法国领事欧文在一起吃饭，那亲热劲儿都快粘在一起了吧，不知道这事情被我爸爸知道他会是什么表情？"

唐芊芊哼了声，冷言讥讽道。

蓝若芸脸色顿变，她迅速瞄了眼李子豪，然后解释道："芊芊你别乱说，我陪欧文吃饭是你爸爸的意思。"

"什么！我爸爸让你陪洋人吃饭？"

唐芊芊大吃了一惊，满脸的不可思议。

在她看来爱情是神圣而纯净、容不得任何杂质的，她虽然不喜欢蓝若芸的身份，但是觉得既然爸爸爱她便要尊重他们的这份感情。

然而爸爸竟然让心爱的女人去陪洋人吃饭，而且那洋人分明处处占着蓝若芸的便宜，这样的事情怎么可能是爸爸默许的？那如果爸爸不爱蓝若芸又为何要和她在一起？

蓝若芸也有些难受，她是千不想万不想陪着欧文，只是为了唐鹤轩只能忍着，她轻叹道："哎，总之这事情你别管，芊芊……"

唐芊芊自小就性子直，心里有一点烦恼都藏不住，刚才蓝若芸的话就像针一样刺在心头上让她觉得难受。此刻蓝若芸说什么她都觉得耳边嗡嗡地听不进去。

抬头看了一眼李子豪，见他在一旁一言不发好像没看见自己似的，顿时一阵激情像被泼了冷水般，又懊恼又失落赌着气一跺脚就走掉了。

走了几步，她回头又看了下蓝若芸，心头更不是滋味儿。

她感觉到了威胁，她没有蓝若芸那般妖媚诱人，生怕李子豪经不起诱惑，毕竟自己的爸爸都对这个女人着迷。

看着唐芊芊走掉，蓝若芸心头也有些难受，翻江倒海地搅乱着心，有些感情不是想抛下就能抛下的，她以为在心里唐鹤轩的分量如今更重些，但刚才面对唐芊芊的醋意她心头竟也涌起浓浓的酸楚。

她便知道她仍然爱着子豪，只是这种话又怎么能够说得出口？

重重叹了口气，蓝若芸说道："这姑娘爱上你了。"

李子豪心里正烦恼着，听到这话顿时生气道："胡说八道。"

蓝若芸盯着他道："我没开玩笑，她的眼神不会有假。"

李子豪懊恼地转身就要走，今天给他的刺激已经够大了，没想到蓝若芸还拿唐芊芊来开玩笑，这就好像给他相亲做媒巴不得自己赶快找个女人。

蓝若芸眼神复杂，在后面轻轻说道："不要害了她，就像当年害了我一样。"

李子豪刚想说话，这时唐府里遥遥传来唐鹤轩的声音，他立刻把要说的话吞进了嘴里，快步离开。

看着李子豪走掉，蓝若芸幽幽叹了口气。

李子豪还在她心里深深地铭记着，永远无法抹去他的痕迹。但是二人再也回不去了，所以能做的怕也只有遗忘吧。

想罢，她走进大院里，唐鹤轩正在向福生吩咐什么。

待福生走了，唐鹤轩朝她问道："和老朋友叙旧得怎么样？"

"也没什么好谈的。"

蓝若芸故作轻松。

"欧文那边有说什么话吗？"

唐鹤轩问出了自己关心的重点。

"没有，只是让我明天又陪他去吃饭。"蓝若芸一脸厌恶，欲言又止，但最终没有说出口。

唐鹤轩好像没看出她的心思，慢慢朝前走着。

这注定是个失眠的夜晚，李子豪在床上辗转反侧，怎么都睡不着。他想把蓝若芸忘掉，一切再重新开始，只是那残留在嘴唇上火辣的吻却让他无比的清醒。

唐鹤轩睡着后，蓝若芸悄悄起了床，倒了杯酒在阳台孤独地喝着，似乎只有那呛烈的酒味才能够让心里舒服些。

唐芊芊躺在床上睁着大眼睛，脑海里时而想起和李子豪的相遇，时而想起一起共同度过的时间，时而又想起今晚上发生的事情。

虽然她平日里大大咧咧的但心思却也敏锐，怎么看都觉得李子豪和蓝若芸并非普通的老同学关系那么简单。

这么想着，心里失落万千。

而每当彷徨不安的时候她就想去一个地方，这一次也不例外。

第二天一大早，唐芊芊穿着一身素白的洋服，叫上李子豪和方杰一道去了教堂。

位于高地上的教堂是租界的一方净土，红砖砌成的墙面，尖柱型的屋顶和那长长的窗户处处都透着哥特式的风格。

教堂内的彩绘玻璃窗上绘制着《圣经》上的各种传说，木雕的祭台显得古朴庄重，挂在墙壁上的圣像好似附着灵魂。

唐芊芊虔诚地跪着，双手紧握，闭目祈祷。

前方的洋人神父一手持着十字架，一手按在圣经上念叨着什么。

教堂外是一片青草绿地，一株株高大的树木肆意地伸展着枝丫。顶部的钟楼发出清脆的响声，屋顶的鸽子惊得飞了起来，散落在天空上。

李子豪站在教堂外的木地板上，靠着栏杆显得有些疲惫，昨晚上没睡好整个人都昏昏沉沉的。

一旁，方杰忧伤地回忆着往事："芊芊十二岁的时候干妈就被杀了，当时阿爹几乎把整个上海滩翻了个底朝天，虽然找到了凶手但是芊芊却没了妈妈。"

李子豪静静听着，没有想到这般开朗活泼的唐芊芊竟然还经历过这么悲惨的事情，她比自己想象中要坚强多了。

谈起这些事情，方杰的表情也和平日不一样，多了几分深沉和忧伤，干妈的死对于他而言同样是一件不想去回忆但又必须面对的事情。

唐芊芊从教堂里出来的时候天下起小雨，她满脸忧伤而失落地望着天空，木然地朝外走。

"芊芊，别淋湿了。"

方杰撑起伞，想给唐芊芊打着。

唐芊芊却把他一推，扭头望向李子豪，不说话，眼神里的意思却再清楚不过。

看着那张柔弱却也倔强的脸庞，想起方杰刚才所说的往事，李子豪难以拒绝她的请求，于是为她撑着伞，又脱下大衣给她披上。

唐芊芊享受着李子豪的关怀，在他陪同下漫步朝前走着。方杰跟在后面，一脸郁郁不安。

教堂后的墓地树林环绕，青草遍地，一个个纯净的灵魂被安葬在这里。

在妈妈的墓碑前，唐芊芊放下鲜花又沉浸在悲伤之中，她仰着脸望着李子豪："虽然爸爸不告诉我，但是我知道妈妈是被人杀死的……是因为爸爸，才被人杀死的。"

一句普普通通的话让李子豪也真切感受到她内心撕裂般的疼痛，他不免心疼起这个女孩来，眼神也比以往柔和多了。

唐芊芊又说道："阿爹把我送去国外就是怕我又被人盯上，这次回来阿杰说有人要暗杀爸爸，为什么那多人想要杀爸爸？"

李子豪轻蹙着眉，他当然很清楚为什么那么多人要对付唐鹤轩。只是唐芊芊何等的无辜，他不忍心揭露帮派的事情来伤害她，哪怕那么一点点。

他便说道："无论他是什么人，对于你而言他都是最好的父亲，只要他爱你就足够了。"

"有爱就够了吗？"

唐芊芊看着他，眼神迷离。

"嗯。"

李子豪重重地点头，一个字充满着力量。

看着眼前的男子，听着这答案，唐芊芊的眼神突然间荡漾起来，迷离散落开去然后凝聚成坚定。

她突地丢开大衣从伞底下蹿了出去，雨水打湿了她的衣服，露出她朦胧纤细的身段。

她欢笑着转过身来，双手合拢成喇叭状围在嘴上，大声地喊道："李子豪，我爱你！无论你是什么样的人，我都爱你！即便你一无所有，即便你对我爱理不理，即便你不喜欢我，我都爱你！"

第二十章

自由的条件

大胆而火辣的告白让李子豪愣得半天没回过神来，蓝若芸没有骗他，唐芊芊真是喜欢上他了。

方杰也愣了，整个人呆若木鸡，全然没有料到唐芊芊居然爱上了李子豪。

看着李子豪被自己告白震惊的样子，唐芊芊"咯咯咯"地笑出声来，她迈着轻快的步伐淋着小雨朝外走去，湿湿的小路漫天的雨水在她看来却是浪漫之极。多少个日日夜夜心里念叨着，如今终于鼓起勇气在妈妈的墓前向心爱的男人告白。

唐芊芊越走越远，方杰率先回过神来，连忙赶了过去为她撑起雨伞。只是唐芊芊并不领情，一把推开他钻进了车门里。

方杰沉默地站在车外被雨水打湿，待到李子豪走过来，一把揪起他的领口怒喝道："我说过，让你别和我抢芊芊！"

"我没有抢。"李子豪无奈地摇着头。

方杰冷冷盯着他，手指按在他的胸膛上沉声说道："我告诉你，全上海所有的女人都可以是你的，唯独她不可以！"

说完，方杰钻进副驾驶，唐芊芊狠狠地瞪着他，刚才那席话她听得清清楚楚。

方杰不说话，只是痛苦在心头上蔓延，然后努力地鼓起笑脸："芊芊……"

唐芊芊扭过头不搭理他，等到李子豪上了车，她一踩油门就开了出去。

小车在雨路上行驶，不快不慢，窗外的风景在雨水的滋润下格外清新，只是车里的三人都显得很沉闷。

透着后视镜看着沉默不语的李子豪，唐芊芊心里突地涌起几分委屈来。别看她平日里胆子大，但唯独在爱情上她却是个胆小鬼，否则也不会虽然早早就知道喜欢上了李子豪却不敢向他表白。

如今她好不容易鼓起勇气在妈妈的墓前坦露了心声，但李子豪非但没有回应似乎还有些苦恼，而方杰他又不是自己什么人凭什么把自己当成所有物般？

这么越想越气，唐芊芊的脚使劲踩着油门，车速陡然飚射起来。

"芊芊，你干什么？"

察觉到不对劲，方杰大吃一惊。

只是唐芊芊根本不理睬他，她把油门踩得更重了，车子像利箭一样地前冲斜穿过马路，一头朝着前方的小河射去。

"芊芊！"

李子豪和方杰同时大喊，只是唐芊芊一发起大小姐脾气那是九头牛都拉不回来。

车子最终一头掉到了河里，巨大的水花儿盛开朝着两边蔓延，好在河水浅，并没有将车窗淹没，但是三人从车里爬出来坐上车顶时却冷得直哆嗦。

"芊芊，你没事吧？"

看着唐芊芊衣衫单薄，整个人都淋湿了，李子豪不免关心道。

唐芊芊扭过头盯着他，恨他不接受自己的告白，生气中一口水就吐在他脸上。

李子豪苦笑不得，连忙用手挡住。

"芊芊，你可不能着凉了。"

方杰脱下大衣想给她披上，只是唐芊芊正在气头上，哪会领他的情，顺手就把大衣丢进了河里。

唐芊芊气呼呼地鼓着小嘴儿；李子豪一脸头疼状，将手上的口水往衣服上擦；方杰一脸可怜兮兮的表情。

看着二人狼狈的样子，唐芊芊气也消了大半，她向来是脾气来得快去得也快，这气一消，想起刚才的荒唐闹剧，她突然间噗嗤一声笑了起来。

她一笑，方杰立刻跟着笑了起来，李子豪揉了揉太阳穴也是摇头苦笑，这唐大小姐的脾气真是火爆极了，幸亏这车是朝着水里去的，若是撞上墙，那三人此时只怕是躺在医院里了。

这时后面车的保镖才追上来，一见这状况吓了一跳，连忙将三人从车上救了下来。

回到唐府似乎一切如常，只是三人都很清楚他们之间的关系再不可能像以往那么单纯了。

这日入夜之后李子豪出了门。作为唐鹤轩的干儿子，进出都得有人陪着，毕竟叶启山有过对唐芊芊动手的先例，方杰也在监狱遭过刺杀，所以李子豪也不例外，如果被叶启山逮着机会，很可能就有杀身之祸。

不过他今晚出门是有格外重要的事情，所以是独自外出。

驾车抵达了一条偏僻的巷落，他来到附近的码头乘船过河，沿着古老的青石板路一直走到街巷的尽头。

掀起药铺的帘子，推开后面破烂的小门，白炽的亮光下，只见罗大元坐在椅子上拿着本医书饶有兴趣地看着。

一身灰色马褂包裹着虚胖的身体，露在外面的皮肤很是白净，乍一看就是个普普通通的读书人，谁又能想到他就是令人闻风丧胆的蓝衣社上海分社的领导人。

而一看到罗大元，李子豪眼中迸射出滔天的怒火，他一个箭步冲过去，一把抓向他的脖子。

罗大元眼中没有一点慌张，微微一抬头，二人目光对视间，就在李子豪的手快要扣住他的脖子的刹那，他闪电般抽出椅子旁的拐杖狠狠地砸中对方的头部。

巨大的力道让李子豪一阵眩晕，松开手跟跄退了一大步。罗大元一甩手，木杖横扫在李子豪的腿上，将他打得跪倒在地。

"一年不见，也敢对我动手了？"罗大元坐在椅子上，从头到尾都没有站起来，只用了一只手就解决了李子豪。

他眼中带着几分戏谑和鄙视，李子豪是他亲自发展进入蓝衣社的，而各种刺杀的训练也是由他罗大元一手负责的，可以说李子豪是他的学生。李子豪的身手虽然在同辈中算好的，但是距离他罗大元却还有很长一段差距。

李子豪仰头怒斥："你知道若芸还活着，为什么还让她呆在唐鹤轩身边！"

面对愤怒的李子豪，罗大元镇定自若地反问道："你觉得以我们组织的力量能够从唐府将她救出来吗？"

李子豪皱起眉头来，亲身进入唐府才能够清楚那里的禁卫森严，当真无疑是龙潭虎穴。虽然蓝衣社有不少人，不过真要想闯进去救人还真不是易事。

但这样的答案丝毫不能让他满意，他立刻又追问道："那她养好伤进入百乐门唱歌后，你随时有时间带她离开。"

"没错，但是当我们有机会的时候蓝若芸却已经爱上了唐鹤轩，并且成了他的女人。"罗大元淡淡说道。

"啊！"

李子豪低吼一声，伏身一拳头狠狠砸在地上，发泄着内心的愤怒。

命运为何如此促弄人，偏偏要用这么残酷的手段拆散两个相爱的人？

罗大元不紧不慢地将医书放在一边，待到李子豪稍稍冷静了下，这才继续说道："阿豪，你可知道你能成功越狱是组织的安排，否则你以为凭你一个人能够在那么多人眼皮子底下乱蹿，你以为那子弹会那么巧打掉你房门的锁？这次越狱组织上花了很多心血也牺牲了不少成员，为的就是方便让你站在唐鹤轩身边。"

"你们要对付唐鹤轩？"

李子豪抬起头来，一脸惊讶。

"我知道你想说什么，他开水厂、关烟馆甚至办教育，不是什么坏人，而我们蓝衣社的宗旨是对付日本人。"

罗大元看穿他的心思，说道。

李子豪目露迷惑，罗大元说的正是他的心里话。

这时，罗大元声音陡地一沉，厉声呵斥道："那你可知道他关烟馆是为了垄断上海滩的鸦片市场！他开水厂，那背后是日本人！你想想日本人掌握了水厂，那是多么可怕的事情。"

"怎么会这样……"

李子豪哑然失色，大受打击。

他原本以为唐鹤轩虽然出身帮派，但应该也有着救国救民的正义心，但没想到他和叶启山根本就是同一类人。

只是一个是欺世盗名把自己掩饰得很好，一个则是表里如一的恶棍。

罗大元这才起身将他扶起来坐下，语重心长地说道："这么多年，为了铲除唐鹤轩我们组织牺牲了不少人手，很多人都是还没有走近他就被干掉了。你是唯一一个走得最近的，而且还是他干儿子，他无缘无故收你做干儿子，必定有企图吧？"

李子豪心绪烦乱，对唐鹤轩的好感也一落千丈，此刻也没什么好隐瞒的，便将要帮他做大清洗的事情说了出来。

"好个唐鹤轩，果然是只老狐狸。那么我们就将计就计，借青帮的手先杀了叶启山，杀了欧文，最后再解决唐鹤轩，这样才能够还上海滩一片朗朗乾坤。"

罗先生冷笑着。

"青帮的势力是杀不绝的。"

一想起唐芊芊，李子豪有点犹豫。

"不，必须杀了唐鹤轩！如果让他坐上华董，到时候他会集合上海滩所有的势力来对付我们！"

罗大元一瞪眼，斩钉截铁地说道。

李子豪皱了皱眉头，他很熟悉罗大元的性格，既然决定了要杀唐鹤轩，那即使自己不动手也会有别的人动手。

把心一横，他便沉声说道："我可以做这件事情，但是我有一个条件，事成之后销毁若芸的档案，让她是个自由身。"

"我答应你。"

罗先生爽快地点点头，然后走到桌子旁，在抽屉取了一个小瓶子递给他："你在监狱里吃了不少苦，这东西能镇痛。"

那是一瓶鸦片膏，李子豪自嘲地笑了笑，他是因为鸦片才染上毒瘾，但却偏偏又要用这东西来镇痛，这无疑是饮鸩止渴，但可惜他别无选择。

待到李子豪离开，罗大元的脸上这才露出笑容来。

当然，对李子豪他并没有说实话。

蓝若芸被送到唐府之后他就知道唐鹤轩的心思，他当然可以营救蓝若芸，但是革命就是需要牺牲，就是需要流血，相比起救一个无用的蓝若芸出来，不如让她成为唐鹤轩身边的棋子，为组织所用。

如今，计划顺利地实施着，唐鹤轩恐怕还不知道蓝衣社已经把枪口对准了他。

第二十一章

唯有泪低垂

李子豪离开后不久，夜幕下一个身材修长的神秘人走进了药铺。

小巷子里灯光昏暗，只见他压低着帽檐，看不清楚相貌年龄甚至性别。

进了屋，看见罗大元脸上的笑意，神秘人便说道："看来李子豪来过了。"

"对，他已经把唐鹤轩的全盘计划都告诉我了，我准备让他将计就计，最后杀了唐鹤轩，这样你就可以上位。"罗大元点点头。

神秘人平静的脸色起了波动，眼神深处被压抑着的对权力的欲望正在慢慢解锁。

他在唐鹤轩身边呆了整整二十年，一直隐藏身份为组织收集情报，如今终于有机会走到台面上来，成为一个影响着上海滩历史走势的大人物。

夜色下的药铺里，二人小声商议着事情，力求把这件事情做得完美。

另一边，租界一条繁华的街道上各种餐厅林立，在其中一家高档餐厅里，欧文和蓝若芸面对面坐着。

蓝若芸一身优雅的旗袍，胸前别着一朵小礼花儿，微卷的烫发乌黑而有序。

叉起一瓣苹果，她细声说道："那叶启山就是一个打手混过来的，让这种人当华董只怕有辱欧文先生的名誉。"

"蓝小姐真是个称职的说客，听你这么一说，选叶启山还真是不合适呢。"

对面，欧文扯了扯脖子上的领带，笑眯眯地说着。

"我只是站在欧文先生的立场上想这件事情。"蓝若芸莞尔一笑。

欧文打了个响指，一旁的服务生走了过来。

他指着菜单点了瓶洋酒，然后朝着酒一指道："中国人都是酒桌上谈事情，官场也不例外。我入乡随俗，只要蓝小姐喝完这瓶酒，那么我便答应帮助唐先生当华董。"

"一言为定！"

和欧文吃了这么多餐饭，嘴皮子都磨破了，也被占了不少便宜，但一见事情有了眉目，欧文终于松了口，蓝若芸还是不免欣喜起来。

任何男人都别想抵挡她的魅力，洋人也不例外。

在百乐门里，她也偶尔陪唐鹤轩喝点洋酒，甚至有时候还独酌几杯，虽然这一瓶不算少，不过一咬牙也就撑过去了。

"当然，我欧文好歹是一国的领事，不会欺骗蓝小姐这样美丽的女士。"欧文极其绅士地笑道。

蓝若芸拿起酒瓶，闻了闻有点刺鼻的味道，估摸着也是烈酒，不过只要喝完这酒就能够帮助唐鹤轩当选，这机会怎么也不能放过。

酒当慢品，她也不急在一时，一杯杯慢条斯理地喝着，酒入喉肠并没有多辛辣的感觉。

欧文不急也并不催促，只是一脸笑意地看着。

待到喝了半瓶，蓝若芸小脸上起了些红晕，灯光照耀下更显妩媚，皮肤似染着晶莹的光泽。

小手轻摇着酒杯，她笑靥如花："看来今天的赌是我赢了。"

"我愿意输给蓝小姐。"

欧文脸上带笑，声音也很温柔。

只是这话落下，蓝若芸突然觉得视线有些模糊，接着头晕发热不受控制地一头栽在桌子上，头发散落下来，杯里的酒打湿了桌布。

欧文脸上的笑意灿烂起来，看着倒下的蓝若芸，他这才说道："天真的蓝小姐，以为所有的洋酒都是一个样吗？这瓶酒可是能放到一个资深的酒鬼，更何况是一个柔弱的女士？"

他打了个响指，叫服务生过来买单，然后搀扶起蓝若芸朝外走去。

小雨轻拍着窗户，蓝若芸醒来时只觉得头疼欲裂，揉揉太阳穴，迷迷糊糊地一睁开眼睛，便猛地打了个激灵。

这是一个陌生的房间，一张陌生的床，大红的被子散发着浓郁的香水味。

肩膀传出些凉意，同时下身传来阵阵不适，床边的椅子上放着她的衣物，就连最私密的小内裤都在。

一下子蓝若芸就知道发生了什么，她被人沾污了！

虽然她在百乐门里从业，每日以性感姿态对人，但她的骨子里是保守至极的，若非情动心动又怎么可能委身于唐鹤轩？

如今被一个洋人沾了身子，这简直就是一场噩梦。

她双手不听使唤地颤抖着，将一件件衣物抓过来艰难地穿上，整个人失魂落魄。

刚穿好外套，便见屋门打开来，穿着一身睡袍的欧文走了进来。

"你无耻！"

蓝若芸颤声痛骂，泪水在眼眶里打着转。

欧文不以为意地笑起来："蓝小姐这话就不对了，唐先生叫你来陪我，你应该早料到这结果才对。"

"他是让我来陪你吃饭，不是让我来陪睡！"

看着这嬉皮笑脸的恶棍，蓝若芸无比悔恨地驳斥。

原本以为他只是占点小便宜，咬咬牙忍着也罢了，却哪里知道他竟然用这般卑劣的手段。她双手抱着身体，仿佛大冬天被扔进了冰窖般，冷得直打哆嗦。

欧文坐下来，慢悠悠地点了根雪茄，抽了一口，讽刺地笑起来："没想到蓝小姐身为百乐门的皇后居然如此天真可爱，你以为唐先生不知道我是个贪财好色的人吗？他很清楚要想弥补我和他之间断掉的关系可不是让一个漂亮女人陪我吃几次饭就行的。"

"这……这不可能……"

蓝若芸如遭雷击，脚步踉跄，差点没跌倒在地上。

"你或许不知道，以前我和唐先生做生意的时候他可没有少送女人给我玩。当然，玩他的女人这还是第一次。"

欧文淫荡地笑了起来，那眼神让蓝若芸觉得自己是赤身裸体地站在他面前。

她又羞又怒，却又无力地靠在墙上。

回想起自己每次和唐鹤轩抱怨时他的表情，那般的平静，那般的深邃，当真好像早预料到会发生这样的事情般。只是心头爱恋，并没有想这么多，然而如今回想，一切突然那么清晰起来。

轰的一声巨响，仿佛内心中什么东西崩塌了似的，她疯了般闯出门，后面传来欧文无耻的话："蓝小姐，洋酒没有喝完，只怕我不能履行承诺了。"

蓝若芸在雨中奔跑，高跟鞋也不见了踪迹，她如同孤魂野鬼般就这样麻木地赶回了唐府。

装饰豪华的小洋楼里，她洗了一遍遍的澡，却总觉得身上有污垢似的，直到抓得遍体鳞伤才感觉稍微好些。

带着身上的刺痛，她孤独地坐在小洋楼里，蜷缩着腿，低埋着头，无声地哭泣着。

她以为凭着她的姿色可以让唐鹤轩为她着迷，凭着她的魅惑可以让他痴狂最后娶她为妻，她也觉得这是再正常不过的结果。尤其是唐鹤轩主动将她介绍给唐芊芊的时候，那晚的梦是多么甜蜜啊。

但原来一切不过都是幻想，对唐鹤轩而言她不过只是一个情人，一件为了华董就可以送人的礼物。

雨落下，水珠在地上砸得粉碎，她的心也跟着碎了。

此时此刻她多想去找李子豪，多想扑在他怀里好好地痛哭一场，但是她更知道这唐府中有着无数双眼睛盯着自己，她只有孤独地在这金丝笼里舔舐着伤口。

远处小楼的书房中，福生正将蓝若芸失魂落魄回府的事情禀告上来。

"老爷要不要去看看？"福生询问道。

唐鹤轩面无表情，要成为一个上位者，他理所当然地练就了一番铁石心肠。在他看来蓝若芸虽然年轻貌美，但和权势比起来又无足轻重了。

为了讨好日本人他都可以不惜狠手屠杀进步青年，那么为了稳住欧文获得华董这位置，当然也可以牺牲自己的女人。

这一切都是为了站在更高更远的地方，让他的羽翼能够覆盖着整个上海滩，让国人能够在下面遮风挡雨。

国之大义者，莫过于此。

须臾后，他摇了摇头，说道："蓝衣社的事情调查得怎么样了？"

福生叹了声，回道："自得老爷吩咐之后，我就着令各分堂联合其他帮派秘密收集关于蓝衣社的各种情报，但是得到的消息非常少。"

"都在意料之中啊。"

唐鹤轩揉了揉额头。

蓝衣社敢对日本人动手而且屡屡得逞，其组织的严密性和隐蔽性都非一般帮派可比的，尤其是眼下还要耗费大量的人力盯着宏帮以防止叶启山又搞什么鬼，这样一来，要想在短时间内调查到蓝衣社成员隐匿在青帮的情报就显得极有难度了。

一会儿后，他说道："你亲自去趟日本领事馆，帮我约一下高田先生。"

"老爷是想……"福生明白过来。

"眼下这节骨眼，只能找日本人帮忙了。"

唐鹤轩有些无奈地叹了声，任他势力如此却仍不得不与虎谋皮，但越是这样他越渴望着华董的位置，只有坐到了那个高度才能够真正地成为上海滩的上位者，成为制定这上海滩游戏规则的一员。

第二十二章

与虎谋皮

第二天傍晚，天气有些昏沉，街上早早亮起了灯光。

位于租界一条街市深处的日本茶室，院落里一条木板小路蜿蜒曲折，周边散落着大大小小的石块，间或着一株株造型别致的盆栽。

小桥下流水幽幽，悬挂的灯光线幽暗。一间间糊纸门窗围绕着院落分布着，越往里面越发幽静。

在最里面的一间，福生和方杰带着手下守在门口。

竹木和芦草编制而成的茶室不过六十公分见方，仅能放下几张榻榻米，显得狭小而低矮。

客用的榻榻米上，唐鹤轩盘腿而坐。在他对面坐着一个三十来岁的日本男子，一身灰黑色的和服，狭长的面孔上蓄着小胡须。

几案上的日式香炉散发着淡淡的雾气，远处隐隐传来幽幽的古筝声。

冲茶抹茶，高田二郎动作娴熟而缓慢，末了递过杯子："唐先生，请。"

"茶香清远悠长，入口醇厚甘爽，真是好茶。"

接过茶杯，唐鹤轩吹了吹热气，细细品尝完后赞道。

"此茶来之不易，但唐先生若喜欢，我让人送些到府上，对待我们大日本帝国的朋友我从不会吝啬。"

高田二郎含笑说道。

"那就多谢高田先生了，阿杰，把东西拿进来。"

唐鹤轩朝外喊了声。

方杰极不习惯地躬着腰，钻进这比狗洞大不了多少的入口，嘴里小声嘟哝着什么，大概搞不懂这日本人喝个茶为什么还非得选这么小的地方。

唐鹤轩将方杰手里的大礼盒接过来推到高田二郎身边，微微一笑："一点小心意，还请高田先生不要介意。"

方杰钻出去大吐了一口气，又满腹牢骚地嘀咕道："拿山参换茶叶，真是赔本生意。"

高田二郎收下礼盒，一边冲茶一边问道："唐先生今天找我来是为了华董的事情？"

"华董的事情我相信高田先生会全力帮忙，我来是为了另一件事情——蓝衣社。"唐鹤轩声音一沉，开门见山地说道。

高田二郎看了他一眼，说道："看来唐先生也感觉到了蓝衣社的威胁。"

唐鹤轩点点头，在以前他是和欧文合作，和蓝衣社之间算是井水不犯河水。但是从他和日本人合作开始，他和蓝衣社的关系也发生了变化。

江湖上谁都知道蓝衣社专门针对日本人进行各种刺杀活动，那么和日本结盟的他自然也就成了对方可能下手的对象。

自欧文提醒之后他产生了隐隐的不安，仿佛在背后有一双眼睛死死地盯着自己却不知道究竟是谁。

"蓝衣社的事情我会尽快给唐先生一个答案，正好我们这边也有一件事情想要和唐先生商量商量。"

递过第二杯茶，高田二郎说道。

"高田先生请说。"

唐鹤轩的眼皮莫名地跳了下。

"新水厂的管道铺设已经完成，即将投入使用，至于管理嘛我们想为唐先生分下忧，就各出一人共同管理。"

高田二郎慢悠悠地说完，又竖起指头来，加了句，"当然，不是一个水厂，是四个！"

唐鹤轩听得火冒三丈，眼神中流露出一抹煞气。若是年轻时，他只怕忍不住一斧头就要劈过去。

但这么多年的历练早让他城府深不见底，这火气瞬间被硬生生压下去，从面容上找不出半点异象。

对面，高田二郎一脸悠闲但又分明呈现着不容忤逆的高姿态。

唐鹤轩面无表情地说道："有高田先生的人帮忙，我相信水厂一定会管理得非常好。"

高田二郎笑了起来，为唐鹤轩又倒了杯茶。

待到唐鹤轩从茶室里出来已经是华灯高上的时候，一坐上车，方杰就咬牙切齿地叫道："如果不是福生叔按着我，我刚才就要劈了那日本人，我们中国人的地盘凭什么他们要来插一脚！"

唐鹤轩坐在后座上点了根烟，脸色深沉如墨："要说一个水厂也就罢了，他们胃口可够大，四个水厂都要管。"

方杰恨恨地道："控制了水厂，后面是不是电厂，粮仓？阿爹，这些日本人真不是好东西！"

唐鹤轩沉默片刻，大骂道："册那娘，这个华董我必须当！"

只有当上了华董才有和法国人日本人谈判的权力，而眼下只能忍气吞声憋住这一口怒气。

唐鹤轩一行离开后不久，秦重典出现在了茶室里。

他穿着便服，白净的脸上有着一条醒目的伤疤，那是李子豪越狱时给他留下的枪伤。

在服务生的带领下他朝着茶室深处走去，脸色很是阴郁。因为李子豪越狱带来的暴动，他从副监狱长被降职到了审讯科科长，这心头的憋屈可想而知。

钻进茶室里，他一屁股坐下来，朝着高田二郎问道："高田先生找我来是有什么事情？"

他和高田二郎不算熟，只是"偶遇"过几次。毕竟在政府部门工作，和日本人有所牵连的话显然不是什么好事。不过他最近心情不佳，高田二郎盛情相邀便没有推辞。

高田二郎没立刻回答，只是先给他倒了杯茶，然后将一个手提箱推了过去。

秦重典将手提箱一打开，但见里面金光闪闪，豁然是整整三十根金条！

"高田先生这是……"

秦重典目露贪婪，人性中最直接的欲望被引诱了出来。

三十根金条代表着什么，那代表着一间大屋子，代表着可以疏通政府上层的关节，官复原职。

欣赏着秦重典的表情，高田二郎这才慢悠悠地说道："听说秦先生最近抓到一个蓝衣社的成员。"

"高田先生好灵通的消息。"

秦重典有点意外，但瞥了眼箱子里的金条又觉得正常了。

这年头兵荒马乱的，无论做官做贼无非就是求个财。抓住蓝衣社成员的情报别说三十根金条了，就算一堆大洋丢过去也大有狱警会卖这消息。

"秦先生是刑讯的专家，我相信以你的能力既然能抓住一个人，那么要从他嘴里挖出蓝衣社的情报应该不成问题吧？"高田二郎说道。

"那么，这点钱只怕不够。"

关上手提箱，秦重典眼珠一转，随即狮子大开口。

他很清楚蓝衣社对日本人造成的威胁甚至是恐慌，近几年里上海滩被刺杀的日本人数量多达几十个，除了商人之外甚至还有日本公使。

当然，对他而言出卖蓝衣社的情报给日本人并不算什么背叛国家的大事，他效忠的是民国，可不是什么所谓的爱国组织。

看到秦重典眼中越来越浓郁的贪婪，高田二郎反倒笑了起来，爽快地说道："这不过只是一点订金，如果秦先生能够挖出蓝衣社的成员名单，那么价钱绝不是问题。"

"好！高田先生就等着我的好消息吧。"

秦重典一口喝完茶，猫着腰钻了出去，此时一阵夜风吹来，一时阴郁顿消。

国民政府里买官卖官早就不是秘密，只要调查出蓝衣社的成员名单，那么手里便有了足够的钱。到时候上面打点一下，下任监狱长说不定都是自己的了，还何必去看眼下这监狱长的脸色？

这么一想，他加快了些步伐，回到了第一监狱。

经过上次的暴乱之后，第一监狱禁卫更加森严。

他一路抵达监楼深处，吩咐狱警提审犯人。不多时，一个青年人便被带了进来，正是阿石。

阿石一脸冷峻地坐在椅子上，毫无畏惧地看着前方的秦重典，两边几个挀起袖子的壮汉拿着皮鞭。

秦重典面带微笑地看着阿石，自越狱事件爆发之后，上峰大怒，命令彻查此事，而他因为监管不力背了黑锅。他当然咽不下口气，而且以他多年的经验，怎么都觉得这件事情里有鬼，若无内应休想要从监狱里跑出去。

于是他开始了缜密的侦查，尤其是负责方杰和李子豪所在第二监楼的狱警，各种陈年档案都翻了出来，然后在这个叫阿石的狱警身上发现了蛛丝马迹。

"阿石，你爸妈还好吗？"

秦重典在对面坐下来，笑问道。

阿石面无表情，也没有回话的意思。

"在越狱事件发生的三天前，你将你的爸妈送回了九江老家。这不，我又将他们请了回来。"秦重典笑着，将一枚玉镯子拿了出来。

"你——"

阿石顿时脸色大变，一下子没了刚才的镇定。

他不会认错，这是妈妈的玉镯子！

秦重典站起来，走到他身边轻轻拍拍他的肩膀道："你在这里任职有四年了，应该清楚我秦某人的手段，你觉得你的爸妈能不能扛过我的刑罚呢？"

"你有种就冲着我来，冲我爸妈动手算什么本事！"

阿石大怒道。

秦重典俯瞰着他，含笑说道："不必和我争辩这没有意义的话，只要能够达到目的，不管是老人还是小孩或者是刚出生的婴儿，我都下得了手。"

这话让刑讯室里的氛围变得毛骨悚然起来，秦重典就好似一头披着人皮的恶魔，而阿石很清楚他这话绝不是在吓唬自己，这第一监狱里流传着太多关于秦重典的传闻。

阿石的眼神晃动不安起来，他之所以提前将爸妈送回去也是怕出了意外，同时根据罗大元的吩咐准备在越狱事件之后就辞职，没想到还是晚了一步。

秦重典走到他身后，双手按在他肩膀上，阿石明显地颤动了一下，他不怕自己遭受多重的刑罚，但却不能够让爸妈遭罪。

"我想要见你们蓝衣社的头目，你可有方法？"

感受着阿石身体的颤抖和内心防线的崩溃，秦重典俯在他耳边轻声说道。

第二十三章

舍车保帅

　　阿石咬了咬牙，自古忠孝难两全，要想保全爸妈就得做个叛徒，这是他从未想过的事情，但真正到了这一步就始终得做个抉择。

　　是蓝衣社重要还是爸妈更重要？

　　这时，秦重典走到一边，伸手在一排刑具上慢慢摸过去："你可以慢慢想，不过就怕你爸妈等不得……"

　　一件件刑具摇晃着，那明晃晃的刀刃让人心惊肉跳。

　　眼中浮现着年迈的爸妈在秦重典的狞笑声中受刑的景象，阿石顿时心如绞痛，只是想着入社时发的誓言，想起蓝衣社的同伴会死在枪下，他又难下决断。

　　思虑良久，他咬着牙回道："秦科长，我承认我是蓝衣社的成员，但是也只是一个低级成员，你想让我安排和上面的人见面我真是无能为力。"

　　扭头看着他，秦重典眼神毒辣而锐利，他阴彻彻地笑了起来："那真是可惜了，原本你若坦白了我会放你和你爸妈一条生路，但是既然你只是低级成员，那么对我就是一点用处都没有了。"

　　话落，他陡地一声暴喝："来人，把他爸妈带进审讯室！"

　　"秦科长，不要！我……我可以帮你安排！"

　　阿石大惊失色，慌忙中脱口而出。

　　"真的？你可不要骗我。"

　　秦重典面不改色，但内心却是暗喜。他原本也只是恐吓，因为并不知道阿石在蓝衣社的地位，不过结果显然有意外的惊喜。

　　"我……我只是蓝衣社的二级成员，但是可以通过一种一次性紧急联络的方式和蓝衣社上层取得联系，不过头目能否答应见面就不是我能决定了的。"

　　阿石艰难地吐露道。

　　阿石这话当然半真半假，他在蓝衣社的地位足以达到和罗大元亲自见面的地步。

这样回答的话既可以满足秦重典的要求，将选择权交到罗大元手里，同时又可以保全爸妈，多少也让他心里不必那么自责，这是他在短时间内能够想到的最好的对策。

"你只要说出联络方式，那么其他的就不用你管了。"

果然，秦重典对这个答案已经很满意。

于是阿石就说出了一个和蓝衣社上层联系的方式，即在一个偏僻码头沿江的堤岸旁一个松软的石砖里放入联络的信函，用牛油纸包裹着防止打湿。

那个位置地面上视野空旷，周围有什么人物都可以一清二楚地看见，但是水里面却不行。水性好的人可以从很远的江面潜入下来，取了信函后神不知鬼不觉地离开，这样的联络方式极度安全。

秦重典当然也有自己的手腕，他亲笔写了信函请求和蓝衣社头目见面，地点由对方定，自己一个人去，同时为了表达诚意决定释放一部分进步学生。

清晨的时候信函就被送出去了，同时当天下午秦重典便大笔一挥放了一批学生。

要知道这些进步学生对于第一监狱而言是可有可无的，无非就是杀鸡儆猴镇压一下学生运动，他们真正重视的那是共党分子。

不过对于在学生中发展势力的蓝衣社而言，这些学生中有可能就藏匿着蓝衣社的成员，因此对于蓝衣社而言当然是一个示好的方式。

第二天晚上，一个狱警从码头的砖头里取到了回信，蓝衣社头目决定见面，同时安排了见面的方式。

第三天天还没亮，秦重典提着手提箱一个人在另一处码头登船，辗转了好几个交通方式，最后在一个巷子里突然被人蒙上眼睛带上了车。

一路颠簸走了极远的路，等到眼罩被解开时已来到一间黑屋子里。

蓝衣社的人把门上，里面便只剩下两人。

屋子光线昏暗，罗大元坐在阴影中打量着秦重典，右手握着一把手枪。

放下手提箱，秦重典笑问道："阁下就是蓝衣社上海分社的领导人罗先生？"

罗大元低沉着嗓音说道："我就是，秦科长耗费心思想要见我是有什么目的？"

秦重典一笑，说道："那在下就开门见山，我来是想购买蓝衣社的成员名单。"

饶是罗大元想了很多种可能，但听到这话却也不由得一愣，对方的目的当真全然出乎他的预料，他顿时哈哈大笑起来："秦科长是想买名单，不应该是来抓我吗？"

摇摇头，秦重典诚恳说道："罗先生误会了，我对蓝衣社并无敌意，相反我和国民政府里的许多人一样认为蓝衣社对日本人的刺杀活动大快人心。"

"喔，既然这样，那秦科长为何又要我们蓝衣社的名单呢？"罗大元冷笑。

国民政府对蓝衣社的态度是两极分化。有的认为蓝衣社扰乱治安应该捕杀，这些人后面很多都存在着日本人的影子。而有的却认为蓝衣社刺杀日本人是爱国行为，所以该睁一只眼闭一只眼。只是秦重典究竟属于哪一方罗大元不得而知。

秦重典便道："我和罗先生虽然处于不同的阵营，但我想我们是同一类人，那就是为了达到目的不择手段，当然其中也包括某些牺牲。"

罗大元没说话，但秦重典所说确实和他的理念是相同的。

秦重典继续说道："现在日本人正在疯狂地搜寻你们蓝衣社的人，以他们现在渗透进政府的力量，你们一些成员的被捕也只是时间而已。怕就怕这样顺藤摸瓜，最后把某些重要的棋子给牵扯了进来，那么还不如主动舍弃掉这些无关紧要的棋子！"

罗大元眉头微微一蹙，不由得多看了秦重典一眼。

最近日本人的大肆搜捕确实给蓝衣社的活动造成了很大的威胁，其实他已经在考虑是否通过舍弃一些棋子来保全重要的人物，但没想到秦重典居然和自己想到一条路上了，只是他继续不动声色。

秦重典滔滔不绝地说道："就像我们国民政府潜入在敌人内部的特工一样，很多人的存在都是为了少数几个人能够完成使命，有时候为了混淆敌人视线不得不牺牲掉他们，从而保全重要的棋子。"

话到这里，他话锋一转，"当然既然是买卖，就得有价钱。罗先生，这兵荒马乱的年代，无论处在什么位置手里总得有点硬货不是？"

说着，他将手提箱顺着地滑了过去。

罗大元一手持枪不动，微微弯腰将手提箱拿起来。

手提箱是经过手下心腹检查过的，自然不会有危险，放在身前的桌子上一打开，他顿时瞳孔放大，在这箱子里豁然放着二三十根金条，一根根黄灿灿的，诱人至极。

心脏扑通扑通狂跳了起来，罗大元并不是多清高的人，他很清楚在这个世道里钱的作用，突然冒出这么多金条来让他不由心动。

如果说刚才对于舍弃一些棋子他还有些犹豫，那么现在他已经下定了决心。

将手提箱一合，他说道："秦科长回去等消息吧。"

"好。"

秦重典深邃地一笑，他当然不怕罗大元食言，因为即使在阴影中他也能够感受到对方对于金钱的渴望和人性中的冷酷。

当然最重要的则是通过他这样的身份把名单泄露出去，是一个能够保证罗大元在蓝衣社权威的极好途径。

待到秦重典走了，罗大元又打开手提箱，看着满箱子的金条，虚胖的脸上露出贪婪的笑意。

然后他走到窗前，透过一丝缝隙看着被戴上面罩推进车里离开的秦重典，眼中流露出一抹子的狠毒。

第二天傍晚，秦重典如愿以偿地收到了蓝衣社的名单，然后转手高价卖给了高田二郎。

高田二郎出手极其阔绰，给了足足八十根金条的价格，让秦重典直是心花怒放，从茶室里出来差点崴了脚。

他拿了一半藏家里，然后拿着另一半去了趟市政府秘书长的府邸。

他和这秘书长早年打过些交道，也算是其门生，自然熟悉其性情。秘书长果然见钱眼开，一口承诺下来必定为他争取到下任监狱长的位置。

第二十四章

夜色迷离

从见罗大元回来，这几天时间里李子豪都没见方杰和唐芊芊。他总是错开时间出门，在青帮辖下的地盘转转，思考着接下来的计划。

这天傍晚回来，刚走到房门外便听到里面留声机的响声，他一边回忆是不是自己出门时忘记关了一边推门进屋。

一进门便见唐芊芊坐在沙发上，她一手托着腮帮子，半闭着眼听着音乐，矮桌上放着一瓶酒和两个酒杯。

"回来啦，请你喝酒。"

见李子豪回来，她扬起笑脸，晃了晃酒瓶。

"我不喝。"李子豪摇摇头，心绪有些复杂。

内心还残留着对蓝若芸的爱，对唐鹤轩的恨，还有与方杰的友情，任何一个因素都让他理智地认为不能够和唐芊芊走得太近，更别说他最终还要成为她的杀父仇人。

他坐在对面的椅子上一副沉思的表情，比起唐芊芊而言，还有着更重要的事情要去思考，明天就是华董竞选酒会了。

那个时候他将肩负起刺杀唐鹤轩的任务，借此血洗上海滩各大帮派。比起以前刺杀日本人的小打小闹，这一次将是席卷整个上海滩的腥风血雨，不知道会死多少人。

而他并没有任何选择，即使知道这些帮派如同野草般烧不尽砍不绝，倒下一堆帮派又会有新的帮派爬起来，但是只有这样做才能够让蓝若芸获得自由。

这么想了一会儿，抬头一看只见唐芊芊已经喝了半瓶酒，他顿时惊讶道："你挺能喝的。"

"我可以把整瓶都喝掉，你喝吗？"唐芊芊递过酒，小脸上洋溢着笑容。

"我说了不喝。"李子豪再次摇摇头。

　　唐芊芊慵懒地躺在沙发上，颈如蝤蛴腰似细柳，那凹凸的身段和雪白的大长腿在这音乐美酒的配合下显得诱人之极。

　　李子豪低着头，不可否认唐芊芊的魅力并不比蓝若芸逊色，若然他意志稍微薄弱一点只怕就要扑过去了。

　　但是他不能，理智一遍遍告诉自己他和她之间的不可能。

　　看着李子豪，唐芊芊心头怨念四溢，小嘴儿撅得高高的，眼圈有些红。

　　她恨自己没用，当众表白受了委屈，才几天就忍不住又过来了。只有喝了酒壮起胆，她才敢这样来诱惑一个男人。

　　虽然她在西洋读书，见惯也听惯了这样的事情，但对于爱情她骨子里却是矜持而保守的，这是唯一的一份爱，换了谁都不行。

　　怨念在心里泛滥，她恨自己没用，李子豪即使低头不看她，却仍像是一块磁铁般让她没办法离开。

　　喝了大半瓶酒，有些微微地头晕，她站起来和着音乐跳舞。

　　曼妙的身姿，微醉的佳人，还有浓浓的酒香，让房间里充满了暧昧和诱惑。

　　"芊芊，我送你回去。"

　　李子豪想着不能这样继续下去，他何尝不清楚唐芊芊对自己的爱意，也不可否认唐芊芊是个好姑娘甚至对她也有所好感。

　　但是此刻的唐芊芊就如同毒品一样，会让人不受控制，让自己不受控制，而他不能够让一切都失控。

　　"我教你跳舞。"

　　唐芊芊莞尔，似没听见李子豪的话。

　　"不。"

　　李子豪摇头拒绝，拉着她就朝外走。

　　唐芊芊抓着他的手自顾舞动起来，水蛇般的腰身，微勾起的小嘴儿，红彤彤的面颊。

　　看着李子豪面无表情的样子，唐芊芊心里头一股子怨气一下子爆发起来，一巴掌打在他脸上。

李子豪被打得一愣，看着她委屈要哭的样子，刚冒起的火气又压了下去，跟着无奈地摇摆起来。

只是他一动，唐芊芊又一巴掌打过来。

她恨他不接受自己，为什么自己放下身段到了这种地步他还要拒绝呢。

此刻的唐芊芊觉得自己像个怨妇般，一肚子的委屈无处发泄。

"你……"

李子豪的火气又冒了起来，他不想跟唐芊芊有太深的关系，他既气自己可能把持不住，又气唐芊芊这般诱惑自己，索性甩开她的手朝外冲。

"你别走。"

一见李子豪跑了，唐芊芊失魂般地惊呼起来，扑过去直接把他撞倒在地。

"你起来。"

柔软的身躯压在身上，火辣辣得让人心跳，李子豪连忙推开她。只是唐芊芊却使劲抱着他，怎么也不放开。

这般厮打了一阵，身体的亲密摩擦让二人都有了些异样，音乐声不知何时柔和低沉起来，屋子里的暧昧越发的浓烈。

唐芊芊骑在李子豪身上，呼吸变得急促起来，幽怨的眼神越发的迷离，内心的爱恋犹如潮涌般不可遏制。

她主动地伏下身子，慢慢的，柔柔的，一寸寸地靠近。

李子豪躺在地上，看着那张精美的小脸不断接近，那绝魅的容颜，那轻抹着口红如同烈焰般的嘴唇撩拨着他体内的欲望和对唐芊芊的情恋。

马车上，她似小白兔般惊慌失措让人忍不住地去保护她。在马车四轮被毁，他冲出去和杀手搏斗时，她拉着自己的手，眼神那般担惊受怕。

洋服店里，她仰头望来，两眼闪烁。

巷道深处，她对着小乞丐善意地笑着。

一幕幕一场场，原来唐芊芊不知不觉地就印刻在了心上，炽热温暖，犹如一道冲破阴霾的阳光。

空气颤抖起来，李子豪的心也颤抖起来，这个时候情感打败了一切，包括理智。

他微微撅起嘴，迎上那烈焰的红唇。

只是在就要触碰的刹那，唐芊芊头一偏掉落在他肩膀上，原来是刚才喝多了酒，如今一运动酒精上脑就醉了过去。

李子豪大喘了口气，有些哭笑不得，也说不清楚这没有亲到究竟是该庆幸还是该失落，复杂的情绪交织在心头最终化作一声叹息。

他抱起唐芊芊朝外走去，一路到了她的房间。

将她放在粉红色的公主床上，皓白的月光映照着那张绝色的小脸。

正准备离去，唐芊芊似感知到似的牵着他的手不放，牙牙学语般模糊地念着："亲一下。"

李子豪想抽出手来，哪知唐芊芊手劲还有些大，几次没抽出来，最后他只得伏下身来蜻蜓点水地吻了一下唐芊芊的面颊。

似乎感觉到了那细微但温柔的触感，唐芊芊脸上浮出幸福的笑容，手一松，入梦去了。

李子豪叹了口气，轻轻关上房门这才离开。

回到房间，他躺在床上想仔细思考刺杀的行动，只是脑海里不断冒出唐芊芊的样子，挥散不去，越来越多。

在门外，方杰扬起拳头想要敲门，只是抬了几次又放了下去。

他是在路过走廊时听到唐芊芊声音走过来的，正好目睹了李子豪抱着唐芊芊回房间的一幕。

这一幕犹如长枪般扎在心头，滴着血流着泪，他想揪起李子豪，朝他怒吼，向他咆哮，和他厮打成一团。但是他又很清楚问题并不是出在李子豪身上，这件事情的主动方是唐芊芊。

他能对着唐芊芊吼吗？

不能。

自从六岁时他被唐鹤轩领回家，在客厅里见到从旋转楼梯上走下来的唐芊芊时，就注定这一颗心都系在了她身上。

快二十年相处，他的爱恋从未改变而且越发的深厚。他坚信有一天唐芊芊会成为自己的妻子，和自己走过这一生。

只是李子豪的出现改变了这一切，这个和自己从监狱里闯出来有过生死交情的男人，他的勇猛智慧、高超身手，无一不让他折服，所以他心甘情愿地叫声豪哥。

一个是兄弟，一个是倾慕的女子，这让他备受煎熬。

最终他放下拳头，无力地转过身。

回到屋子里，方杰靠在床沿边上，拿起酒瓶大口大口地喝着，旁边是那只摇头晃脑的玩具狗。

一看它便像看到了唐芊芊的笑脸，那时的码头，那时的风景，是多么美妙啊，但是转眼间画面又变成了李子豪抱着唐芊芊。

心头一股气消散不开，而这玩具狗不停地摇晃着。

"摇什么摇。"

他甩手打过去，结果玩具狗摇得更厉害了。

"你他妈是只狗，我他妈不是！"

方杰气得骂了句，一脚将玩具狗踹得远远的。

这时，在远离李子豪房间却可以清晰看到那门外走廊情况的书房阳台上，站着一个老人的身影，正是唐鹤轩。

李子豪抱着唐芊芊出来这一幕他也恰好看到，他看着李子豪走开又一个人回来， 然后看到方杰站在李子豪门外又离开。

至始至终他都犹如一个旁观者，面无表情。

夏末的夜星辰点点，阳台四周静悄悄，一个个保镖站在走廊过道里警戒。

唐鹤轩转身进屋，桌子上放着芊芊妈妈的照片，黑白的照片却掩盖不住美人胚子的容颜。

"雅致，你女儿跟你真是一个样啊。"

他摇头苦笑，仰靠在椅子上闭着眼睛，往事的记忆慢慢浮上心头。

　　当年他一穷二白，在帮派里也只是个不起眼的小角色。那时的雅致是大家闺秀，身边有着那么多的追求者。一个个风流倜傥，多金英俊，留过洋的，家里做大官的，任何一个人都是他唐鹤轩不能比的。

　　但是雅致却义无反顾地跟了他，甚至不惜和父母断绝了关系，然而最后他却没能保护好她。

　　一想到这里，唐鹤轩的手有些颤抖，即使过了这么多年，那天看到妻子倒在血泊里的情景却犹如发生在昨天，不可遏制的愤怒和悲伤让他的面孔生出剧烈的变化来。

　　"我绝对不会让事情重演！"他一拳砸在扶手上，瞪着眼低喝道。

第二十五章

箭在弦上

声音惊动了外面的福生，他连忙推门进来，看到脸色正逐渐恢复平静的唐鹤轩。

见到唐鹤轩没事，福生松了口气然后说道："老爷，蓝小姐好几天没去百乐门了，她一直把自己关在屋子里。"

唐鹤轩淡淡说道："只要在竞选前稳住欧文就好，明天一过这些都不重要了。"

话落，又问道："宏帮那边有消息了吗？"

"应该快了，我去等着。"福生答道。

福生离开唐府时，几辆轿车正好抵达宏帮一处偏僻的堂口附近。欧文、叶启山和马三爷等人纷纷下车，在宏帮成员的护送下进入堂口。

堂口入门不大，一进去却很深广，条条走廊交错，间间房屋林立，昏暗的灯光下大树的影子张牙舞爪。

待到了深处一个小院落里，但见凉亭中坐着四个男子，正对着一桌子的大餐大快朵颐。他们吃相极是难看，嘴和手都是油乎乎的，鸡爪骨头花生壳落了一地。

"他们就是叶先生请来的高手？"

欧文皱了皱眉头，本来还有些期待，但如今一看这四人跟宏帮的地痞流氓没什么两样，甚至更粗鲁。

"欧文先生，人不可貌相，这四位和以前请来的杀手那可不一样。他们可是正宗滇系军队的出身，在云贵一带打过十几年的仗，枪林弹雨中闯过来的。"叶启山低声说道。

这一说，欧文的眼睛也微微亮了下。

前几次叶启山请的人都是江湖上的杀手，一个个拿钱卖命也是刀口上舔血的人物，但是相比起在那种残酷战争中历练过的军人那是全然不一样的素质。

显然听到了二人的对话，四人中一个身材瘦长的中年男子抬起头来，方脸平头，右脸上的十字刀疤让那普普通通的面孔平添了几分杀气。

他叼着鸡腿扯下一块肉来，伸手朝着远处一指道："第几只？"

这话问得没头没脑的，众人都顺着他手指举目望去，才明白他指的是远处屋檐上的几头脊兽。

"第三只。"

欧文也想见识见识这人的能耐，故意挑了几头脊兽中最小的一头。

那头脊兽不过婴儿拳头大小，这里距离那高翘的屋檐隔了三间房，难度极大。

话才落下，刀疤脸随手一枪，枪声响起时小兽就被一枪打中，脑袋碎开了花儿。

"好枪法！"

叶启山带头鼓起掌来，马三爷等人都只是惊叹，这简直就是神枪手啊。

收回枪，刀疤脸得意洋洋地说道："别说区区一个青帮大佬，就算是上海市的市长，你们只要给足了钱，我们也取了他的命。"

说完，他又埋下头去继续啃着鸡腿。

"欧文先生觉得如何？"

叶启山回头询问。

"不错。"

欧文点了点头，这次叶启山请的人确实有水准。

"欧文先生请跟我到小厅里，我为你讲解一下这次刺杀的布局。"

叶启山满脸笑意地说道。

一行人走到一个安静的小厅里，门一关，叶启山将百乐门的平面图摊在桌子上，将一个个杀手布设的位置及各种可能遇到的问题都一一解说。

欧文听得不时点头，脸上浮现出满意的表情，一切布局都显得非常完美。

这时，马三爷突然说道："叶先生，我觉得这么好的时机只用来对付唐鹤轩一人也太浪费了，既然要打，索性一不做二不休把他两个干儿子也干掉！"

"嚯，马三爷，你好狠的心啊，这样不是让唐鹤轩绝后吗？"叶启山咧着嘴，露出残酷的笑。

"在下这是仁慈，叶先生你想想，唐老头一人上路多孤单啊，有两个干儿子陪着他他才不会寂寞嘛。"马三爷阴沉沉地笑着，圆脸上浮现着杀机。

黄老头和鲁帮主对望了一眼，暗道马三爷平日里两面三刀的，哪边强就帮哪边，但也都是口头上说说，从来不动真格的，而眼下一旦决定彻底投靠叶启山，手段也狠毒了起来。

"这里，这里，这里……都应该布设人马，让他们如笼中之鸟，飞都飞不出去。"

马三爷认真地在地图上指着。

旁边，他的心腹秃鹰安静地看着。

"好，没想到马三爷你还是个智囊！"

叶启山抚掌大喜。

在这小厅里，众人将刺杀唐鹤轩的计划完善再完善，到很晚的时候才散去。

将马三爷送回斧头帮之后，秃鹰开着车回住所，回屋后一会儿工夫又乘着夜色出了门，不久后抵达一个茶馆。

他轻车熟路地进了二楼一角的房间，一推开门，里面豁然坐着福生。

关门密谈，不久后二人先后离开，秃鹰离开时提着一个沉甸甸的手提箱，脸上带着满意的表情。

回到唐府，福生将从秃鹰那里听到的情报一一道来。

"叶启山够狠的，居然请了几个棘手的人过来。"唐鹤轩面无表情地说道。

"老爷，秃鹰说这几个人可都是狠角色，要不然……"福生一脸担心，忠心似乎就刻在脸上。

唐鹤轩断然摆了摆手："箭在弦上，不能不发啊。"

末了，又道："明早我去趟教堂。"

竞选前的夜躁动不安，各方人马都在秘密地调动。第二天却是阳光明媚，万里无云，前阵子间或着的小雨都不见了踪迹。

一大早唐鹤轩就去了教堂，独自走到了墓地。

一排排的白色墓碑雕刻着花纹，一个个灵魂在此长眠。

将鲜花放在墓碑前，唐鹤轩直接坐在了地上，习惯地点了根烟，只是刚塞到嘴里又拿了出来。

他自嘲地笑了笑："雅致啊，你让我戒烟，这么多年了还是没有戒掉。"

叹了口气，他眺望着天边："你在的时候，那时的天空多蓝啊，哪像现在乌烟瘴气的。"

他在墓碑前自言自语着，念叨着许许多多的零碎事，此时的唐鹤轩不像那个上海滩叱咤风云的青帮大佬，更像是一个普普通通的老人。

墓地外的地方，一个个保镖严阵以待，生怕出现什么变故。

福生穿着黑衣，永远谦卑地躬着身。他站在墓地入口，离唐鹤轩有段距离，听不到他在说什么，只是时不时看看手表。

一晃半个上午，福生快步走过去道："老爷，时间差不多了。"

唐鹤轩点点头，慢慢站起身来，伸手温柔地抚摸着墓碑，低声说道："雅致，如果我不能陪女儿，就来陪你。"

说完，他直起身体戴上帽子，一步跨出去又豁然变成了威风凛凛的青帮大佬，一双冷峻的眼睛似能穿透人的灵魂。

从教堂回来后，唐鹤轩立刻召集诸人到了办公室。

办公室里众人齐聚，地位分明。

唐鹤轩左右两边站着李子豪和方杰两个干儿子，再外一点站着管家福生，对面的位置站着赵衍、黄复这样的心腹。

唐鹤轩当着众人的面把叶启山聘请杀手和假死的计划说了一遍，话一落众人都大吃一惊。

仰靠着椅子，手指在红木桌子上轻轻敲动着，唐鹤轩继续道："叶启山想杀我，我就给他这个机会。在众目睽睽之下让上海滩的所有人看着我倒下，这样子所有的舆论都会站在我们这边。"

福生惊呼道："老爷这出戏可真惊险啊，子豪少爷你这一枪至关重要！"

李子豪一脸肃然，说老实话，在那么混乱的场景下要在足够远的距离打中唐鹤轩又不能打中要害，他并没有十足的把握。

只是他也清楚为什么唐鹤轩不把这件事情交给枪法比他更好的黄复或者赵衍去做，因为这两人名头太大，一进会场必定会被叶启山的人盯得死死的，甚至于其他帮派的人也会盯着，要动手就显得不方便了。

而他虽然是唐鹤轩新认的干儿子，但关于他枪法的事情只有唐府里的人清楚，因此那种场合下盯着他的人应该不多。

从一进门开始，方杰就像故意没发现李子豪般，没有前阵子的亲热劲，昨天晚上李子豪抱着唐芊芊的画面还在他脑海里徘徊呢。

只是如今听到这事情，哪里还有心思放在儿女情长上面，他立刻焦急地叫道："阿爹，这事情太危险了！豪哥，你那一枪真能打准吗？"

李子豪没说话，这事情他可不敢打包票。

第二十六章

竞选酒会

又敲了敲桌面，唐鹤轩沉声说道："我若不死，欧文和叶启山是不会善罢甘休的，到时候他们会把枪对准我身边的每一个人，芊芊，阿豪，还有阿杰你，更别说还有着隐藏在周围的敌人，我不可能一一顾暇。所以最好的方法就是假死，让这些人浮出水面，然后利用舆论优势和我们青帮的势力把他们统统解决掉。"

这话说得福生和方杰都没法反驳，叶启山是个不择手段的恶徒，没道德没义气也没有任何的规矩，上次唐芊芊遇袭后至今大家都没缓过气来。

这时，李子豪又担忧道："我听说叶启山这次找的人不一般，从没失手过，这计划确实太过危险了。"

对李子豪而言他关心的是蓝若芸，罗大元交代的任务首要条件就是要唐鹤轩假死，那一枪绝不能要了唐鹤轩的命，否则整个计划就毁了，到时候再难以让蓝若芸恢复自由身。

环顾众人，唐先生冷笑："在这上海滩，还有谁是绝对安全的？"

说吧，他不容忤逆地一挥手。

"走，练枪去！"

见到阿爹主意已定，方杰突然一把拽着李子豪，将他拉出门。

才出门便碰到唐芊芊，听说二人要去练枪，唐芊芊兴趣大起，嚷着也要跟去。

方杰对唐芊芊没有一点拒绝的能力，李子豪当然也没说什么，最后三人到了靶场。

自从昨晚发生那亲密事情之后，唐芊芊的心情似乎好了很多，她也不像平常那般到了靶场就要拿枪打酒瓶子，而是找个位置安安静静坐下来，捧着小脸望着李子豪。

小脸上的笑甜蜜蜜的，乌溜溜的眼睛暖乎乎的，这让李子豪有点心虚。

虽然在自己房间里二人没有亲嘴，但在唐芊芊房间里他是货真价实地吻了她。虽然在他看来那只是一个晚安吻，甚至不知道唐芊芊是否还有记忆，但是如果她记得，必定会把这动作当成是他已经接受了爱意的表现。

他清楚自己或许真喜欢上了这个阳光般的女孩儿，她照耀着自己的心灵，让自己黑暗般的世界有了一线光明，但是他却不能够和她在一起。

若不是自己，蓝若芸不会加入蓝衣社，也就不会在学生运动中受伤，导致沦落到现在的地步。他欠蓝若芸的自由，他必须去还。

而唐鹤轩和洋人合作这也是他不能容忍的，到最后双方必定要兵刃相见。一想起这个局面，又怎么可能再想着和唐芊芊在一起呢？

"砰砰砰——"

杂乱的思绪扰动着李子豪的心，连开了好几枪都没有打破瓶子。

方杰看得焦急，直是跺脚，又不敢大声吆喝，生怕把计划的事情泄露出来，唐芊芊的性情他可再清楚不过，若她知道这事情到时候必定大闹一场。

见到李子豪枪法不如以往，唐芊芊掩嘴儿直笑，眼角如弯弯月牙儿，想着只有他和她才知道的秘密，之前的不快早变成了浓浓的甜蜜。

时间在无情地流逝着，一下午的时间一晃而过，天色渐晚时厚重的云层覆盖了本来晴朗的长空，遮住了最后一丝光芒。

入秋的季节，空气反倒比夏天更加沉闷，炽热的地温在夜色下腾腾上升，沉闷的空气中涌动着杀机、焦躁和不安，但这一切又被繁荣的夜景掩盖着。

夜色下百乐门所在的街市上挂起了一条条横幅和大量的彩灯，两支乐队演奏着节奏轻快的爵士乐。

大门口竖着一块醒目的红绸大牌子，上面龙飞凤舞地写着一行大字：竞选华董招待酒会。

街道两边停靠着一辆辆轿车，市府官员、工商界代表以及各个帮派的大佬络绎不绝地穿过旋转门，抵达这法租界最繁华的地带。

街道上人流不息，车辆如梭，华董竞选早成为最近上海滩尤其是法租界最为热闹的话题，而花落谁家也是众说纷纭。

几辆轿车从对面街道驶来，停靠在了百乐门外贵宾专用的空位上。

中间一辆轿车后座上，叶启山摸了摸剔完胡须的下巴，短小的胡子仍然扎手，路灯下手腕上的金项链闪闪发光。

"那几个人安排得怎么样了？今天一定要把唐鹤轩这个佬儿干掉！我不相信这个老东西有九条命！"

他盯着百乐门，如同一头饿狼般眼光凶煞。

副驾驶上，大彪压低声音回道："帮主放心，百乐门里都打点好了，人早早就安排进去了。"

叶启山没再说话，只是眼神越发的凶狠，脸上肌肉纠结在一起，仿佛全身的凶狠劲儿都集中在了一张脸上。

他和唐鹤轩明争暗斗了十年，只是如同宏帮这个万年老二一样，他也一直被唐鹤轩的声名威望压着，只怕百年以后世人只知唐鹤轩不知道他叶启山的大名。

他当然不服气，而这一口怨气在肚子里一憋就是十年。

在他看来唐鹤轩不过是个道貌岸然的家伙，坏到了骨子里却非得装什么正义人士，一边派人打杀学生，一边又故作高尚地关掉大烟馆，一边背地里又和日本人合作。

他叶启山不一样，从里到外都是坏。

和洋人合作，没问题！

贩毒，也没问题！

滥杀无辜，那更没问题！

只要能够成为这上海滩的王者，什么事情他都可以去做，终有一天他要把这上海滩染成墨汁一样的黑。

而如今这个愿望就快实现了，一想到这里他眼中的凶狠消失不见，取而代之的是前所未有的意气风发。

推开车门，他昂首挺胸地站起来，迈着愉悦而轻快的步子朝前走去。

大彪和一群保镖簇拥着他，而在百乐门周边，一群群早安排好的杀手们正潜伏在暗处，准备伺机而动。

进了百乐门，有人上来打招呼，也有人稳坐不动。

对于打招呼的人，叶启山露出难得的和善，不时点点头显出有亲和力的一面来，至于那些没来打招呼的，他心头冷笑，想着等今天过了这些人只怕哭着求着来见自己。

他高昂着头踌躇满志地走着，作为华董重要的竞选人，他的座位自然也排在前面，再后面才是斧头帮等帮派人士的席位。

马三爷等人也刚到，凳子还没坐热乎，见到叶启山来了，几人对视了一下，点头遥遥打了招呼。

相比起叶启山的胜券在握，马三爷和黄老头几人却是手心里捏着汗。虽然早打定主意对付唐鹤轩，但是真到了眼下这个局面却不免心情忐忑。

无论是斧头帮还是其他几个帮派，在势力上都难以和宏帮更别说和青帮抗衡，如果事情败露，唐鹤轩不死的话，他们将会面临恐怖的报复。

不过人性的贪婪、对地盘的渴望让他们已经没有退缩的可能，只期望今日的刺杀能够顺利。

叶启山坐下来，看着青帮那边的位置只有福生在，唐鹤轩、赵衍和黄复都不见踪迹。

"人去洗手间了。"

先到的手下小声说道。

叶启山冷笑了声，夹了根雪茄悠哉悠哉地抽了起来。

在喧嚣的舞厅深处，相对安静的洗手间里，唐鹤轩正一遍遍地洗着手。

饶是他经历多次生死，对这一次的计划也不由得有些紧张，太多不稳定的因素使得结果变得难测。

已经很久很久没有这样的心情了，紧张、忐忑甚至是恐慌，让他想起十五岁时刺杀一个码头霸子时的情形。

那时的他还很弱小，紧张得都要尿裤子了，但最终他成功地将那霸子推进了搅拌机，混上水泥看着霸子被铺进了福州路。

那是他第一次杀人。

他看着镜子里的自己，努力让眼神坚定些，保持着平日里的风度，这个时候万万不能出任何岔子。

正这么想着，门突然开了，唐鹤轩猛地一惊，差点以为叶启山的杀手要在这个地方动手。

虽然门外有不少人，但是也不见得有百分之百的安全。

不过谜底一下子就揭晓了，走进来的是高田二郎。

唐鹤轩这才大松了口气，高田二郎走过来将一个厚厚的文件袋递了过去。

"蓝衣社的名单？高田先生真是神速。"

意外之余，唐鹤轩又惊又喜。

他很清楚日本人一直在追捕蓝衣社而且并没有太大的进展，当时求助于高田二郎也是病急乱投医，但没想到对方居然这么快就弄到了自己需要的东西。

"虽然花了不少力气，不过唐先生的担忧是正确的，相信你看了这东西会大吃一惊。"高田二郎说道。

唐鹤轩迫不及待地抽出文件来，一页页翻开，瞳孔迅速地放大，满脸写着难以掩饰的惊愕。

好一会儿，他才将文件袋收起来，此刻脸色已恢复了平静，然而心绪难平。

饶是他经历了诸多大风浪，但这些文件上的人名给予他的震惊是难以想象的，以至于他不知道是怎么走出洗手间，怎么走上台的。

他心思有些恍惚，文件上的名单还在脑子里转着，那是一个个意想不到的人。

他是个极有权力欲的人，要将一切都掌控起来，让万事的发展都握在自己手掌心里。但现在看来很多事情都早早脱离了他的掌控，这对他而言是很大的打击。

第二十七章

意外陡生

唐鹤轩站在台上一言不发，而台下掌声已然四起。作为最有可能的华董人选，再加上日本人在后面的操盘，让这件事情似乎已经尘埃落定。

掌声将唐鹤轩惊醒过来，只是脑袋里全都是名单的事情以至于一时间忘了词儿，于是他吞吞吐吐、停停顿顿地念道："……我很少在这样的场合说话，今天上海法租界开埠八十五年，要在纳税华人会里选举华董，这对华人来说是天大的好事……我唐某人是……团结……我们商会……"

虽然这讲话绝不算好，但场内那是鸦雀无声，即使唐鹤轩恍恍惚惚的，青帮大佬的气势仍足以震慑众人。

在距离讲台有一大段距离的人群中，方杰和李子豪正在隐蔽地行动。

"阿爹好像有点不对劲。"

听着台上的声音，方杰低声说道。

"这是真正的生死关，任谁都会紧张。"李子豪低声回应，同时快速地迈动步子在人群中移动。

福生从秃鹰那里获得的情报包含了四个杀手所在的位置，按照情报显示四个杀手兵分两路，一人藏在一楼人群中，三人则藏在二楼三方的角落，四个方位都可以瞄准唐鹤轩，可以说是非常完美而毒辣的布局。

当然为了打通百乐门里的关节，叶启山也是不惜花费了重金买通了百乐门的一个经理和服务生，才使得杀手能够悄无声息地提前潜伏在那里。

李子豪和方杰要做的就是在杀手动手之前先解决掉他们，消除掉隐患，然后假装杀手开枪从而栽赃在叶启山身上。

不过即使知道杀手的位置，在对方视野开阔的情况下要想接近也并不容易，好在对方的目标是唐鹤轩，而且绝不会预料到自己的位置会暴露。

很快的，二人接近了杀手藏身的地方。

那是在一根大红柱子旁边，和福生讲述的一样，杀手脸上有着十字刀疤，若放在其他地方很是惹眼，但这会场里到处都是黑帮人马，便显得极其普通了，如果不是事先知道，很难想到他就是杀手。

二人不动声色，借着人群阻挡悄悄地摸索过去。

"唐鹤轩怎么有些不对劲。"

看台下，叶启山心里泛着嘀咕，他和唐鹤轩可是老对手了，如今的唐鹤轩显然心思不在演讲上。

多年养成的直觉让他陡地觉得有些不对劲，这时对面一个眼神递过来，是欧文。

欧文显然也发现了唐鹤轩的异常，担心事有突变，那眼神的意思也是让叶启山提前动手。

按照二人之前的密谈，是准备在唐鹤轩演讲进入高潮掌声四起再动手，那个时候唐鹤轩最是忘我，胜券在握之际手下人的防备也是最松散的时候。

但如今事有异象，动手必须提前。

叶启山果断地将酒杯推倒，这是让杀手行动的信号！

与此同时，李子豪二人已经抵达刀疤脸身后。

对望了一眼，二人默契依旧，准备同时行动。方杰锁定刀疤脸的右手，防止他掏枪，李子豪则瞄准他脖子。

这里地处一楼角落，此刻所有人的注意力都在唐鹤轩身上，可以神不知鬼不觉地打晕刀疤脸。

只是刀疤脸在这瞬间看到了叶启山的信号，按照计划是由他来打第一枪，二楼的三个杀手再补枪。

子弹上膛，瞄准唐鹤轩，扣动扳机，整个动作犹如闪电般。

李子豪二人大吃一惊，连忙撒腿扑了上去，就在扣动扳机的一刹那，方杰锁住了刀疤脸的右手，李子豪则一掌劈中了杀手的脖子。

强大的力道将刀疤脸震晕过去，但是枪声也在这一瞬间响起。

随着枪响声，唐鹤轩衣服上一团血花儿散开，歪歪斜斜地倒了地。

"唐先生！"

台下的黄复一脸惊慌地扑上去，几个保镖立刻拥上来，保护住倒地的唐鹤轩。

"砰砰砰——"

二楼的杀手发动射击，将几个保镖击倒，鲜血溅到唐鹤轩身上，浓浓的血腥味肆意扩散。

"好！"

欧文和叶启山不约而同地低呼一声，皆是一脸狞笑，然后迅速地后退离场。

青帮的人拔枪射击，叶启山早埋伏在周边的杀手全都涌了出来。

一时间场面大乱，震耳欲聋的枪声四响。

任在场都是上海滩有地位的人物，但此刻却像惊弓之鸟般哭喊着逃命，一个跑得比一个快。有个贵妇人被人推倒在地又被人踩上一脚，哀嚎不断却没人去救。

生死关前什么道德礼仪全都像伪装的面具被剥了下来，丑陋的人性赤裸裸地呈现着。

舞池中一片混乱，歪倒的桌椅，碎掉的茶具，还有被踩烂的鲜花，和着惨叫声尖叫声，犹如一片混沌地狱。

"阿爹没事吧？"

角落里，方杰大吃一惊。

唐鹤轩确实被打中了，而且是被打中腹部，但杀手的那一枪究竟有没有因为他二人的阻止而成为致命伤还是一个未知数，从这个时候开始，事情就已经脱离了掌握和预判。

李子豪也愣了下，但既没有思考的时间也没有回答的时间，只因为他看见三个杀手顺着悬挂的横幅从二楼落下来，瞄准他二人射击。

要知道这三人都是枪林弹雨中出没的军人，对付他们必须要调动每一根神经。

这时借着手下人的保护，黄复已经背起了唐鹤轩朝外跑。

"我们也撤。"

李子豪低呼一声，抬手一枪打出去，同时迅速后退。

"小心。"

方杰突然把他扑倒，只因为从走廊一侧不知何时冒出杀手来。

李子豪躲过了这一枪，但方杰却被一枪打中，手臂上鲜血直冒。

"阿杰！"

李子豪大惊，愤怒的一枪击杀了杀手，扭头回看方杰，真是感动至极。

虽然他并没有接受唐芊芊的爱意，但是他很清楚他和唐芊芊的事情对方杰造成了多么大的伤害。对方杰而言唐芊芊就是一切，因此即使方杰对他反目成仇，他都觉得理所当然。

然而在这关键时刻，方杰却为自己挡了一枪。

这就是兄弟！

这就是不管发生任何事情都隔断不了的友情！

"小伤。"

方杰满不在乎地说了句，只是右臂已被鲜血染红，也不知道那一枪有没有伤到骨头。

"走！"

李子豪低喝一声，扶起他边走边撤，下定决心一定要带着方杰活着闯出去。

百乐门外也是一片激烈的枪战场景，叶启山接受了马三爷的提议，下决定一不做二不休，索性一次性把包括唐鹤轩、李子豪和方杰在内的青帮精锐一网打尽，从而减小上位后的阻力，因此不止百乐门内埋伏了大量的杀手，外面的街道上此刻也涌出来大量的杀手。

好在青帮的人本来也不少，一时间双方乱战，各有死伤。

黄复背着唐鹤轩飞奔，这个和赵衍并称为唐鹤轩手下两大顶级杀手的男人，此时爆发了恐怖的生存能力。

任由横飞的子弹在漫天地穿梭，他犹如一头猎豹奔驰，硬是扛着唐鹤轩冲出了百乐门，将他送上了车。

"快开车！"

黄复来不及上车，将车门猛地一关，返身拔出双枪将追赶的杀手击杀。

古铜色的面孔上木雕般的表情犹如杀神降世，他孤身横栏在门外，硬是挡住了一群杀手。

情况紧急，生死分秒之间，司机猛地一踩油门，轿车唰的飚射出去。

看到唐鹤轩逃生，青帮众人都大松了口气。

只是就在轿车抵达街尾刚准备转弯的时候，突然间"轰"一声巨响，车身猛地一震，大量的碎渣铁片撞破车窗，洒落了一地，浓浓的黑烟从破碎的车窗里冒出来，似乎还伴随着车内人的惨叫声。

突然发生的爆炸惊呆了青帮上下，也包括李子豪和方杰，因为爆炸绝不是假死计划的一环。

"阿爹！"

方杰悲嚎大叫，眼睛一下子红了。

对他来说唐鹤轩是爸爸，也是天，他从一个孤儿进入唐府，在唐鹤轩的教导和庇护下长大，没有唐鹤轩就没有如今的他。

唐鹤轩若死了，那么便如同天塌了般，这是让他万分难以接受的事实。

"怎……怎么会这样！"

李子豪哑然失声，也难以相信眼前发生的事情，他本能地撒腿狂奔要去营救唐鹤轩，哪怕任何生命都不可能在这样的爆炸中活下来。

李子豪一动，方杰也飞速地跟上去。

比二人先一步的却是黄复，他如猎豹般蹿向轿车。而他这么一退，百乐门里的杀手立刻蜂拥而出，一半追击他，另一半则朝着李子豪二人冲来，乌黑的洞口对准二人，无情的子弹飚射而出。

"妈的，给我让开！"

方杰破口大骂，红着眼睛狂放枪。

"你不要命了！"

李子豪一把抓住他，拼命地将他朝后拉。

这空旷的街道上，两个人绝不可能对付得了这么多杀手，往前冲肯定死，所以只能后退。

"这到底怎么回事？你说啊！"

方杰一边放枪，一边扯着李子豪的领口质问。

他怒瞪着眼睛，犹如一头发了疯的野狗，似乎随时会一口咬断李子豪脖子上的动脉。

李子豪结结巴巴地回答："我……我……是不是我出手晚了？"

他此刻也极其混乱，唐鹤轩一死，罗先生交代的任务也就陷入了僵局。

按照计划，需要唐鹤轩假死，然后他在幕后操盘一切，利用青帮庞大的力量和舆论的优势将叶启山等帮派连根拔起，而后李子豪再伺机刺杀唐鹤轩，让他假死变成真死，这样一来上海滩的地下势力被清了个光，蓝若芸便可得到自由。

但是如今唐鹤轩是真死了，以他和方杰的威望只怕难以慑服青帮诸位大佬，到时候内忧外患，上海滩的局面将会极其混乱，谈何让蓝若芸获得自由？

第二十八章

裂　痕

方杰扯着李子豪靠在一根石柱后面，恶狠狠地嘶吼道："阿爹这么精心地安排，筹划好了一切，现在你告诉我说你出手晚了？"

他一枪抵在李子豪头上，继续怒吼道："你是不是当了干儿子还不满意，还想当老大！炸弹其实是你安排的！"

李子豪心头难受极了，不为唐鹤轩因他而死，而是这个他看成兄弟般的人如此怀疑他。

自加入蓝衣社以来，李子豪有过不少志向相同更有着生死之交的同伴，但在陆续的刺杀行动中这些人也都一个个死去了。因此他格外珍惜这个从监狱一同历经生死过来的兄弟。方杰重情重义，直爽张扬，全然没有心机，虽然相处时间日短但是这份友情却真挚而深刻。

"砰"的一声枪响，子弹擦过石柱。后面的杀手虽然暂时被赶过来的青帮成员拦住，但此刻仍然不是他二人放松的时候。

他一把推开枪，用力按着方杰的肩膀沉喝道："阿杰你冷静一点，我绝不可能设计这样的事情！"

看着李子豪真诚的眼睛，方杰愣了愣神，没了刚才的疯癫却多了失魂落魄，他呢喃着："那这是怎么回事，一切都是安排好的，车子也有人盯着，为什么会突然爆炸？"

说到这里，他又狂吼起来："为什么会爆炸啊！不，我要回去，阿爹一定还活着！"

他推开李子豪就要冲回去，只是没走几步一头就栽了下去，手臂伤口失血过多再加上激动的情绪冲击让他晕了过去。

此刻青帮的防线已经快要被冲溃散了，李子豪连忙赶过去，背起方杰狂奔。

后面子弹狂飞，打在地面上、街边店铺的橱窗上，甚至是擦着皮肤划过去，一时间险像环生。

李子豪背着方杰，不时返身还击，如此穿街走巷一路逃亡。

也不知跑了多远，跑了多久，天色黑得跟泼了墨似的，巷道里的路灯昏黄又幽暗，杀手早被甩远了，李子豪也已筋疲力尽。

自从跟了唐鹤轩以来，他已经很久没有穿梭在死亡线上了，但是现在不能停下，他扶着墙喘了口气又继续走，方杰一直昏迷不醒，流的血染红了俩人的衣服，他很清楚这样继续下去的后果。

在昏暗的视野中不断前进，不久后他幸运地看到了一间小诊所。

"有人吗？"

李子豪顿时精神来了，几大步奔到诊所门前使劲敲门。

诊所里没有任何回应，这个时候已经顾不得那么多规矩了，他侧身猛地将门撞开，拉开电灯一看，心里顿时踏实了不少。

诊所虽然很小，但柜子里的药品工具倒是齐全。

他小心翼翼地将方杰放在地上，接着一肘砸破玻璃门，翻出纱布酒精等工具一一摆在地上，然后用剪刀剪开方杰的衣服。

方杰除了为李子豪挡枪左臂受伤，腹部还有一个枪口，幸运的是子弹刚好从边缘处穿过没有伤到内脏，而后从腹背钻出。

李子豪松了口气，若是腹部重伤那可就真麻烦了。

他拿出小刀在裤子上擦拭干净，点燃了酒精认真消毒，接着用小刀挖起方杰肩膀上的子弹来。

锋利的刀刃顺着伤口刺入，一寸一寸地深进去，既不能伤到经脉又要准确地寻觅到子弹的位置。

额头上的汗水一滴滴地落下来，受过刺杀训练的李子豪不止一次为同伴疗过伤，但这一次尤其紧张，只要出一点差错方杰的手臂就毁了，他很清楚对于一向喜欢耍帅的方杰而言一条手臂意味着什么。

方杰晃动了一下，在疼痛中醒了过来，他双目呆滞然后泪流满面，接着猛地一手抓住李子豪，颤声问道："阿爹死了，那芊芊怎么办？我们怎么跟她交待啊？"

从见到轿车爆炸后，方杰整个人的精神状态就不稳定，时而狂吼暴怒，时而失魂落魄，如今又像个孩子般哭诉起来。

李子豪沉默不语，他也心情沉重，担忧着事态的发展，更问着自己是否能够在这样的情况下保护好他身边的人。

豁然间，方杰站起身来。

刀子一下子又在他手臂上划了一条口子，李子豪连忙将他按下去，沉喝道："现在不是想这些的时候，不把子弹挖出来你这手臂就废了！"

这话似乎打醒了方杰，看到李子豪眼中的关怀，他清醒了些，坐下来靠在墙壁上看着李子豪忙碌地处理伤势。

血染红了纱布，李子豪又换了新的，刀子在伤口处移动。

刀锋刺肉，疼痛让方杰蹙着眉头，但却一声不吭，他只是认真地看着李子豪，良久之后说道："你对兄弟比对女人好。"

李子豪知道他话中的意思，立刻摇摇头否认道："你想多了，芊芊对我而言就像妹妹一样。"

只是这话说出来，脑海里却浮现出那晚上的绮丽风光，唐芊芊骑在他身上，慢慢地靠近着，那微醺的面庞，那炽热的吐息，那粉嫩的嘴唇……

该死！

现在不是想这个的时候，李子豪猛地打了个激灵，把这暧昧的回忆用力地从脑海中驱逐出去。

"但是她喜欢你！"

方杰有气无力地说着，嘴角浮起一抹苦涩。

爱情就是这样残酷，就是这样无情，就是这样无理。

任由他从小到大喜欢唐芊芊，二人又青梅竹马地长大，几乎所有人都认为他将会是唐芊芊的丈夫，将会是这青帮的继承人，但是唐芊芊却喜欢上了这个突然闯进他们生活圈子的男人，这个被他视为兄弟般的人。

"只要你活着，她就可能喜欢上你。"

李子豪低着头，用打火机给小刀消毒。

方杰耸耸肩，浓浓地苦笑。

唐芊芊的性格他再清楚不过，看起来活泼大方但却倔强得很，她喜欢了李子豪，那心里便再容不下第二个人。

他突然按住李子豪的肩膀，用力地抓着："我真搞不懂她为什么喜欢你？"

李子豪板起脸来沉喝道："你这样乱动是不是不想要这手臂了？"

方杰也怒了："芊芊不喜欢我，这手臂有跟没有有什么两样？"

说着他竟然要拆纱布，李子豪眼看事态不对，索性一掌劈过去将他打晕。

看着晕倒的方杰，李子豪一边摸索着子弹的位置，一边沉重地叹息道："你可知道，我多希望芊芊爱上的人是你。"

在李子豪为方杰治疗伤势的时候，整个上海滩已经乱成了一片，四处杀机涌动。

宏帮堂口里，叶启山听着手下人关于百乐门外爆炸的报告，眉头蹙得老高："咱们的计划里没有爆炸这一环啊。"

"不管这里面有没有鬼，尸体总不会骗人。按规矩明后天青帮那边应该就会准备下葬，到时候帮主去检查一下尸体不就好了吗？"大彪摸了摸头，琢磨道。

叶启山深以为是，又一拳砸在桌子上："可惜唐老头的两个干儿子命大，居然没有找到他们，现在青帮的人从各个堂口出来咱们便也不好下手了。"

大彪笑了起来："我看是马三爷胆小，为两个黄毛小子何必这么大动干戈？老的死了，还担心这两个黄毛小子能蹿上天吗？"

叶启山拍着大腿狂笑："还是阿彪你说得对，区区两个小子我叶启山还真不放在眼里。等下葬那天老子去给他们一个下马威，说不定这两小子被我吓得屁滚尿流，到时候唐老头的脸可就丢大了。"

另一边，李子豪背着方杰回到唐府的时候已是深夜。

百乐门枪战之后，随着青帮各个堂口的人马迅速出动，宏帮雇佣的杀手也如潮退般一下子销声匿迹，徒留下一具具尸体。

得到青帮人马的接应后，二人才得以回府。

一进唐府大门，福生便一脸焦急地赶出来，直是合着手拜着菩萨："谢天谢地，二位少爷总算没事，不然这可怎么办啊？"

"阿杰手臂中了枪，我给他简单处理了一下，你快去找医生来。"李子豪说道。

"快快，把阿杰少爷背回屋。"福生立刻吩咐左右，然后领着李子豪赶往主楼。

唐府一向守卫森严，从各堂口挑选出来的几十个保镖个个都是身手不凡，里三圈外三圈昼夜轮流，其森严程度足可以和军事设施相比了。

今晚唐府的保镖人数一下子提升到了百来人，府邸虽然占地不小但如今却是三步一岗五步一哨，而且除了固定的守卫外还有着几队巡逻人马，一个个都是荷枪实弹。凝重而不安的气氛在整个唐府中弥漫着。

一进主楼大厅，便见宽敞的厅室中放置着一具檀木棺材。

穿着一身崭新绸衣的唐鹤轩躺在里面，一半脸惨白，一半脸因为爆炸皮肤焦烂，袖子下的手掌也都是乌黑的，整体看起来真是惨不忍睹，难以和生前的形象联系到一起。

这个在上海滩翻云覆雨的大佬死在自己的假死计划之下，不得不说是一种讽刺。

唐芊芊伏在棺材上泣声不断，眼圈都哭肿了。

第二十九章

悲伤如潮

"自老爷运回来后小姐就一直哭，谁都拉不开，子豪少爷你给劝劝吧。"福生叹着气，一脸悲恸。

看着娇艳的佳人哭得跟泪人似的，李子豪也暗暗心疼，他走过去蹲下来，极其温柔地说道："人死不能复生，芊芊你要坚强。"

扬起梨花带雨的小脸，一看到李子豪，唐芊芊原本只是哽咽如今陡地嚎啕大哭起来，她扑在李子豪身上，一边抽泣一边哭喊着："我爸，我爸他……"

她手足无措，娇躯颤抖着，一串串的泪珠滑落脸颊，打湿衣衫。

李子豪也心揪般难受，他很清楚对于唐芊芊而言唯一的亲人死去会受到多么大的打击。

虽然明知道这样亲近更会被唐芊芊当成依靠，但此时此刻又怎能狠心推开她，唯有让她在怀里尽情地哭泣。

大厅里静悄悄的，一众青帮人马都是黯然神伤。

对于青帮，对于唐府，唐鹤轩都是无可争议的顶梁柱，是他一手撑起了这片天空，如今他死了，人心自然不安。

许久之后，唐芊芊兴许也是哭累了，趴在李子豪胸膛上埋头不起。

"子豪少爷，你先送大小姐回屋吧，老爷这里交给我们。"

福生躬着身提议道。

李子豪点点头，扶着唐芊芊往外走。

待二人走了，福生朝着棺材里深深望了一眼，又看了看站在一边的黄复，后者面无表情，似乎天大的事态也不会让他有半点情绪上的波动。

李子豪扶着唐芊芊慢慢走着，沿着这唐府里的青石小道，两边松柏成群，枝繁叶茂，一块块奇石坐落在草丛间。

快到住处时，唐芊芊突而摇摇头道："我不想回屋。"

"那我陪你去花园里坐坐？"李子豪问道，声音很低也很温柔。

　　唐芊芊有气无力地点点头，一小步一小步走着，若非李子豪搀扶着不知道要跌倒多少次。

　　秋日刚到，花园里的花还没有完全凋谢，有的仍倔强而茂盛地生长着，但在此刻看来却全然没有任何美感。

　　唐芊芊走到空荡荡的秋千前，坐下来低垂着头，好一会儿后才轻轻哼起曲来。

　　"一只麻雀一个头，两只眼睛滴溜溜……"

　　才唱一句，眼泪又冒了出来。

　　这秋千是爸爸亲手做的，至今她还记得七岁那年的夕阳下，爸爸拿着斧头劈开一块块木头，用钉子钉好。

　　那时候每天她都等着爸爸回来，蹲在一旁看着爸爸做秋千。

　　足足一个星期的等待，当在周末的清晨坐上这秋千，被爸爸推动时她发出欢快的笑声。

　　夜色下，花园里开着花儿，蛐蛐们在草丛中歌唱，妈妈抱着她坐在秋千上数着天上的星星，爸爸在后面推着。

　　也是在那个夏夜里，妈妈教她唱会了这小曲儿。

　　那时的日子是多么无忧无虑啊，每一分每一秒都是满满的幸福。

　　后来，妈妈死了。

　　下葬的那一天，她也像现在这样哭成了个泪人。

　　那时爸爸对她说，一定会保护她，让她没有烦恼没有忧虑地过一辈子。

　　时间慢慢冲淡了悲伤，但是为什么当快乐刚刚到来时又迎来了这噩耗。

　　天是黑的，唐芊芊觉得自己的世界也一下子黑了。

　　"两个翅膀两只脚，一个尾巴竖斜斜……"

　　她颤声唱着，记忆中的点点滴滴涌上心头，最后变成决堤般的悲伤，哭声渐渐大了，淹没了歌声。

　　李子豪站在远处，看着哭泣的唐芊芊，深深地叹了口气。

　　他对唐鹤轩的情感很复杂，是唐鹤轩让蓝若芸活了下来但同时也葬送了二人的爱情，收留自己，器重自己，更收自己为义子，让自己负责关乎生死的计划，但同时又和日本人勾结。

他不会因为唐鹤轩的死那般悲痛，但是却心疼唐芊芊。

这世上又多了一个孤儿，从此无依无靠的。那背影是那般的落寞，那般的悲伤，那般的让人怜惜。

李子豪甚至有冲动走过去将她抱住，但是他却知道唐芊芊最好的归宿并不是自己，所以他只有在一边默默地看着。

好一会儿后，唐芊芊没再哭了，只是沉默无语，偶尔又断断续续地唱起小调。

李子豪知道她需要一个人静静，于是叮嘱保镖在一边好好守着，然后才离开。顺着小路到了方杰的住所，推开门时他睡得正熟。

看到他的伤势已被控制，李子豪松了口气，坐在床边的椅子上逗留了一会儿才走。他一走，方杰睁开眼来，一双空洞的眼睛盯着空白的天花板。

在医生给他治疗的时候他就醒了一次，并从医生口中确认了唐鹤轩的死，虽然早知道干爹不可能从那样的爆炸中生还，虽然心里早有准备，但是一旦真正确认下来便感觉似天崩地裂般。

这时凄美的歌声从窗外飘来，缭绕着这诺大的唐府，一字字如泣如诉，方杰听得眼圈一红，他自认是铁打的汉子，除了干妈死的时候掉过眼泪就再没流过，如今这泪水却止不住地往外冒。

悲伤如同潮水般一重重卷来，将他拖入黑暗的深渊中。

李子豪重新回到主楼大厅，福生过来说道："各个堂口的人刚才都过来了，表示一切都听子豪少爷和阿杰少爷的吩咐，只要你们一声令下就去找叶启山报仇！"

"这个仇肯定是要报的，不过在这之前还是先处理后事吧。"

李子豪略想了一下，这样回答道。

眼下事态既然已经发展到这地步，那就只有集合力量把叶启山干掉再说。

这时，在距离主楼有一段距离的小洋楼里，灯光昏暗，如同唐府其他地方一样形如死寂。

女佣人走到房间门口，轻轻敲门道："蓝小姐，您几天没吃东西了，这样下去身子会垮的。"

房间里静悄悄的，没有任何回音。

"哎，老爷也走了，您要是身子也垮了，那我们这些做佣人的该怎么办才好啊？"女佣人愁眉苦脸地念叨着。

"老……老爷走了，走哪里去了？"

里面突而传来疲惫的声音。

"蓝小姐您还不知道吧，老爷今天在百乐门外被汽车炸弹炸死了。"女佣人一脸后怕地说道。

房间里陡地传来脚步声，紧接着房门打开，蓝若芸从里面走出来。

一身丝绸睡袍，一张虽然疲惫憔悴但仍然绝美的面孔。

她盯着女佣人问道："这事情你从哪里听说的？"

那眼神让人发毛，女佣人不敢直视，低着头回道："老爷的尸首就放在主楼啊，这事情只怕除了您不知道，整个上海滩都知道了。"

"他……他死了……"

蓝若芸呢喃自语，既然尸首都在那断然没有假。

她心绪波动起来，说不清楚是悲伤还是惊喜，这个救了她性命让她以为可以依靠一生忘记以前所有事情的男人，却把她当成玩物般让她失身于一个洋人。

正因为爱得深，所以恨得也入骨。

只是她的档案在蓝衣社手里，没有罗大元的话她就走不了。虽然李子豪答应去找罗先生，但是一直没有回音，想来也是对方不肯放人。

所以她这几天都把自己关在房间里，或许内心深处还有一丝的期盼，想着唐鹤轩来找她，把事情解释清楚，或许他并不像自己所想的那样卑劣。

只是几天时间里唐鹤轩却对她不闻不问，这状况让她绝望也悲伤到了极点。

陡然间，她一下子紧张起来，连忙问道："子豪怎么样？"

听到这么亲热的称呼，女佣人一愣然后又释怀起来，这府邸里佣人的消息最是灵通，很多人都知道老爷的女人和干儿子是老同学，这混乱的关系成为不少人私下里的谈资，只是却没人敢当众说什么。

她回道："子豪少爷没事，倒是阿杰少爷中了枪，不过听医生说也没大碍。"

听到李子豪没事，蓝若芸这才松了口气，小手拍拍胸脯，这个时候才发现李子豪在心里的地位从来就没有减轻过。

无论她之前对唐鹤轩有着何等的爱恋，但是在她内心深处那个孩童时代总保护着她的大哥哥，那个在校园里高谈阔论谈着梦想的青年才是最纯净的圣地，这一生一世都抹不去化不开。

然后她突然想到，虽然罗先生押着她的档案，但是没了唐鹤轩的阻碍，若然李子豪愿意带着她逃跑，二人就可以离开上海，忘记这里所发生的一切，到一个无人能找得到的地方重新开始。

这么一想，她陡地眼前豁然开朗，缭绕的黑云散去，光明重新涌现了出来。

"刘妈，我要喝粥，不，我要吃饭。"蓝若芸说道。

"诶，好好，我这就去准备。"女佣人直点着头，连忙离开。

吃了饭，蓝若芸向佣人询问了下府里的情况，原本想立刻去找李子豪说事情的，不过仔细想想现在太晚了，而且李子豪正忙着筹备明天的葬礼，倒也不急在这一晚。

于是，她洗了个热水澡，安安静静地躺在床上，即使唐芊芊那凄凉的歌声也丝毫没有让她不开心，梦里似乎回到了校园时代，一切都是那么的美好。

第三十章

大闹葬礼

第二天一清早，关于唐鹤轩被炸死的消息随着满街的报纸成为最具爆炸力的新闻，一瞬间席卷整个上海滩，在这一向歌舞升平的法租界掀起了巨浪。

谁都以为躲在租界里便可以逃避战争和灾难，便可以醉生梦死地享受这法外之地的太平，然而这青帮大佬的死和百乐门发生的枪战让人们看到了这个光鲜亮丽的租界背后的阴影。

一时间人心惶惶，平日里热闹的街道都一下子冷清起来。

这日的堂口比以往更加肃穆，黑压压的云层覆盖着整片天空，那淅淅沥沥的雨落下来，似乎能下一整年。

凄厉厉的风吹着，天空仿佛也在悲鸣。

堂口内外，一个个身着黑色洋装的青帮成员分列左右，撑起一顶顶雨伞如两条长龙夹道，气氛庄严而凝重。

沧桑的石板路从门口一直铺到大堂，原本的集会之地如今被布设成了灵堂。

一块块白布悬挂下来，中央放置着一具檀木棺材，前方的供桌上摆放着唐鹤轩的遗像，两边依次放置着花圈。

作为唐鹤轩的干儿子，李子豪在大堂口接待着来人，每来一个福生就在他耳朵小声介绍来人的身份地位和与唐鹤轩的关系。

稍里面的地方，方杰伛偻着腰，因为一挺直背的话就会牵动腹部的伤口。唐芊芊坐在他旁边，一身的黑衣，小脸憔悴非常。

陆续有人过来，先到的都是青帮各大元老级的人物，甚至有的辈分还在唐鹤轩之上。

在福生的指导下李子豪应对得体，不少大佬都颇显赞许，但也有的面露鄙夷。

青帮并非是铁板一块，唐鹤轩一死就需要另一个主事的。方杰和李子豪虽然是唐鹤轩的干儿子，但到底辈分低，真算起来在青帮还排不上号。

不久后，马三爷来了。

他今天也穿得一身黑，马褂套在矮胖的身材上，圆脸上镌刻着悲痛般，两眼浮肿仿佛失眠了一整夜。

他一走进来就紧紧握住李子豪的手，又是摇头又是沉重地叹息："阿豪，节哀啊，这老天真是瞎了眼，唐先生这样的大善人竟然就英年早逝了。"

说着，他一把鼻涕一把泪，蹒跚着来到棺材前扶棺诉说，那样子让不知底细的人还以为他和唐鹤轩有多亲近，做派跟死了爹妈似的。

跟着进来的黄老头和鲁帮主对望了一眼，那是打心眼里的佩服：马三爷的圆滑劲儿真是其他人学不来的，这可是连脸皮都不要了，谁也不可能联想到本次刺杀有他出谋划策而且还是最狠的那个。

这二人虽然没表现得那么悲情，但是倒也挤出些悲伤的神色，来到棺材前下跪磕头。

这是江湖上的礼数，他们虽然贵为一帮之主但辈分比唐鹤轩低，即使不是一个帮派但规矩不限门派。献上花圈哀悼一会儿，然后他们和方杰、李子豪、唐芊芊一一握手，仪式工整而规矩，让人挑不出刺儿。

在这葬礼上规矩大过一切，无论来的是什么人，和唐鹤轩之前有过什么过节，人死大过天。

氛围悲伤，一切都有条不紊地进行着。

"叶启山来了。"

突然有青帮成员快步走进来，提前通报这事情。

方杰豁地直起身，眼神中迸射出浓浓的杀机。李子豪将他用力地按下去，摇了摇头。

方杰挫挫牙，最终还是没有站起来。

即使他再如何想杀了叶启山，但也不能在阿爹的葬礼上动手，除了葬礼的规矩外，他也想让阿爹安安静静地走。

唐芊芊咬着唇，两只小拳头攥得紧紧的，努力控制着自己的情绪。

爸爸是怎么死的，被谁杀死的，唐府里早就传开了。

她抬起头来努力让自己的眼神变得坚定，然后便见到了叶启山。

他仰着头负着手，大肚便便，脖子和手上的金链子随着满身肥肉一抖一抖的，活似个暴发户。

"啊嚏！"

他张大嘴巴，声音嘹亮地打了个喷嚏，然后伸出指头擦擦鼻子，将一团黏黄黄的鼻涕甩在地上。

不少人露出厌恶的表情但却是敢怒不敢言，甚至于不少人都低下头去不敢让他看到这表情，即使是那些青帮元老们也没有谁吭个声。

唐鹤轩一死，叶启山便似五行山下冒出头的猴子无人再敢阻挡。

方杰竭力地按捺着怒气，唐芊芊死死盯着杀父仇人，相比之下李子豪显得要冷静得多，他肃然站在大堂前看着叶启山一步步走进来。

看都没看李子豪一眼，或者说叶启山没有看任何人，他昂着头，似乎谁都低他一等般。就这样走到棺材前，嘴巴一张，身体一颤，又打了一个喷嚏，鼻涕连着唾沫星子似乎都溅到了棺材上。

方杰眼珠子都快瞪出来了，极力压制着怒火。

"啧啧，这人真是说死就死，一般人也就罢了，但像唐先生这样在上海滩叱咤风云二十几年，什么场面没见过，真就这么死掉了？"

叶启山眯着眼在棺材前念叨着，然后突然声音一抬："这老狐狸，该不会是假死吧？"

"叶先生这是什么话，唐先生在众目睽睽之下被炸身亡，哪里有的假？这个时候说这话可不合适啊。"福生连忙说道。

叶启山耸耸肩膀，冷笑道："要想不假，除非——把这道棺材板掀开来看看！"

话一落，不待众人反应，他突然一大步跨出去，一把推开了棺材盖。

棺材里露出唐鹤轩的尸体来，一看到他那被炸得焦烂的脸和手，还有那苍白得跟死人一样的肤色，叶启山脸上露出狂喜的表情，困扰了他一夜的悬念和不安在这个时候终于落下帷幕。

"啊呀，我的老大哥啊……谁他妈下手这么狠……除了打你，还要炸你……"

叶启山凄惨地叫起来，只是脸上带着笑，看起来诡异得很。

"他妈的！"

方杰豁然站起身，两只眼睛红得煞气直冒。

福生连忙摆着手示意他别出手，免得乱了这葬礼，接着他快速赶过去扶正棺盖，一边念叨道："叶帮主，人都炸成这样了，你还这样无礼，这是要毁阴德的。"

"哎呀，上海滩没了你以后可怎么办啊。"

仿佛没听到福生的告诫，叶启山哭丧似的叫着，只是脸上越发得意起来。

"这个叶启山太不像话了！"

"早就听说他是个没规矩的人，但没想到在葬礼上都这么没规矩。"

"……"

大堂里各帮派的人小声议论着，都极其鄙视他的行为，但除了说这么几句口水话之外没有人敢站出来义正言辞地讨伐他。

见几个青帮元老都不敢动，叶启山更得意了，他一扭头目落到唐芊芊身上，眼睛肆无忌惮地在她脸蛋上扫过，顺着脖子顺着胸脯一路扫了个遍。

伸出舌头舔舔嘴角，叶启山淫笑道："都说女大十八变，芊芊你比小时候可漂亮多了。你爸死了现在没人照顾你，叔叔可是担心得很，不如你嫁给叔叔做个小吧？"

唐芊芊没有料到这个杀父仇人不仅在葬礼上掀了棺材盖，居然还来侮辱自己，顿时又羞又怒，浑身都在颤抖着。

"轰——"

火山般的怒气在方杰的脑海里爆炸，他一忍再忍，没想到叶启山得寸进尺居然当众调戏起唐芊芊来，而唐芊芊是他的逆鳞，是绝不允许任何人侮辱的。

"他妈的叶启山！"

暴喝一声，方杰如同弹簧般蹿起，狠狠一脚踢在叶启山的膝盖上。

这一脚力道大得惊人，咚的一声响好似骨头都被踢断了，叶启山痛得哇呀叫着，一个趔趄跪倒在地。

大堂口的宏帮人马一见到这状况，呼啦一下就冲了上来，他们速度很快，领头的大彪几乎一下子就蹿进大堂来。

事情发生得太突然，一旦大彪他们冲进来，很可能会借机取了方杰的命。

在场的青帮大佬们那也都是几十年的老江湖，再突然的状况也能够作出反应，但是谁也没动，因为他们都在犹豫着要不要在这种场合下为了一个小辈和叶启山起冲突。

"谁他妈敢上来我就崩了谁！"

危机关头，李子豪陡地一声大喝，如旱地惊雷，同时闪电般一拔枪直接抵在了大彪的脑门上。

他这一动手，手下的兄弟全都拔出了枪。

跟着李子豪的人都是方杰那边分过来的人马，虽然跟着李子豪时间很短，但是对他却是佩服得五体投地，一个能够从第一监狱逃跑出来、能够在诸多杀手的围攻中救下大小姐的人，没有道理不佩服，更何况连方杰都尊称他一声豪哥。

因此李子豪一动其他人也毫不犹豫地动了，一支支枪将宏帮人马阻拦在外。

"当当当！"

这个时候里面又出了状况，方杰一不做二不休，趁着叶启山跪地，一把拎起他的后脖颈狠狠砸在地面上，对着唐鹤轩的棺材重重磕了三个响头。

待到叶启山晕晕乎乎抬起头来，鲜血顺着他的额顶淌了下来。

"救老大！"

大彪急得大喝一声，宏帮的人纷纷拔枪，和青帮人马对峙起来。

第三十一章

瞒天过海

　　一时间堂口里剑拔弩张，浓浓的肃杀气氛弥漫全场，无论是青帮元老还是马三爷等人，都被李子豪二人的行动惊呆了。

　　江湖上有江湖的规矩，帮派之间的宣战也是如此。

　　唐鹤轩之死，叶启山是最大的嫌疑人，但是也只是怀疑，所以青帮需要对百乐门枪战的杀手进行调查，无论是真挖出了线索或者是伪造，都要把线索对准叶启山。

　　这样一来有理有据再加上舆论造势，青帮就可以理直气壮地对宏帮开战，而在这之前一切针对宏帮的行动都是不合规矩的。

　　因此在这样的场合，众目睽睽之下两个小辈对叶启山就动了手，这不但不合规矩而且对这样的羞辱叶启山也有权利报复。

　　如果在这里打起来，那就是一场血腥的搏杀，诸帮派的人都不安起来，生怕等会儿牵扯进来。

　　"都他妈把枪收了！"突然，叶启山咆哮着站起来，他扳了扳脖子，鲜血顺着额头流下来，本来狰狞的面孔更显得煞气腾腾。

　　伸手指着方杰，再指指李子豪，他狞笑道："两个黄毛小子也敢在我叶启山面前逞英雄？你们知不知道我他妈是谁，我叶启山是从死人堆里爬起来，踩着无数死人站在这位置上的！"

　　他嗓门很大，吼起来震得人耳膜直响。

　　话一落，他朝着地下吐了口唾沫，盯着唐鹤轩的遗像说道："老东西，你俩儿子坏了规矩，就别怪老子下手不留情！"

　　说罢，他狠狠地瞪了方杰二人一眼，大步朝外走去。一出了门，又忍不住摸了摸发痛的脑袋，显出三分狼狈来。

　　宏帮的人走了，马三爷等人也立刻离开了，青帮的众元老们像看怪物一样地看着这两个年轻人，又像看着两个死人。

　　"豪哥，谢谢你。"方杰走了过来，真诚地感谢道。

他虽然鲁莽但却很清楚江湖上的规矩，很清楚动怒之后的后果。相比起虽然大家都知道唐鹤轩是叶启山杀的但却没有证据证明，他这样羞辱叶启山实际上却让对方师出有名了。

这件事情他原本不指望其他人来帮忙，但是在关键时候李子豪义无反顾地出手了，没有思考的时间，全凭着一腔情义。

这让他觉得内疚而歉意，这样的一个男人怎么可能是设计杀害阿爹的凶手呢。

"你是我兄弟，我能看着你遭罪吗？"伸手按住他肩膀，李子豪微微一笑。

二人眼神相对，手紧紧地握在一起，之前的猜疑也一扫而空，取而代之的是和钢铁一样坚固的友情。

唐芊芊低着头不知道在想些什么，但是显然满腹怨恨委屈。

从前她有唐鹤轩的保护，是个千金大小姐，过着那般无忧无虑的生活，但如今却沦落到被一个粗俗野蛮的地痞头子调戏侮辱的地步。

"芊芊你别怕，那流氓已经被我打跑了。"

方杰蹲下来安慰道。

"阿杰，你把芊芊带回府吧，从早上忙到现在，她应该也累了。"李子豪说道。他希望唐芊芊能够喜欢上方杰，因为方杰才是她理所当然的归宿。

"豪哥，你陪我回去好吗？"

听到这话，唐芊芊仰起头来，可怜巴巴地问道。

李子豪心头一酸，却硬起心肠来像个大哥哥般说道："干爹的遗体放在这里，我不亲自看着不放心。你先和阿杰回去，晚点我再过来。"

这一说，唐芊芊也只能点了点头，在方杰的陪伴下回唐府去了。

祭拜的人群渐渐散了，只剩下青帮的兄弟们守在这里。

李子豪站在大堂里静静地看着棺材，唐鹤轩这一死，事情全都乱了套。

"蓝小姐来了。"一会儿后，有手下过来通知。

转过身便见到蓝若芸走进来，她穿着黑色的旗袍，头上戴着一朵白花儿。

"你来了。"李子豪轻念了声。

没看棺材，蓝若芸盯着他问道："你去见了罗先生之后就没找我，是因为罗先生交代你刺杀他吧？"

"是。"李子豪点点头，没有否认这事情。蓝若芸本来就聪明，事到如今也没有再瞒她的必要。

"那他死了，你完成了罗先生交代的任务。"

心头的裂痕让她对唐鹤轩已然没了爱恋，所以她根本不在乎唐鹤轩究竟是不是死在李子豪的手里。

"不，这和计划的不一样。"

李子豪艰难地摇了摇头，为眼前的困局而发愁。

葬礼上他见识了叶启山的不可一世，也见识到了青帮内部隐藏的不安定，在这样的环境里方杰和唐芊芊都极其危险。

"不一样又怎么样？莫非你还要继续执行下去？唐鹤轩一死，唐家就倒了，谁掺和在里面都是死路一条！"

蓝若芸说完，眼神温柔起来，声音也柔和起来，撒娇般地道："子豪，你不是爱我吗？爱我就带我走，离开这里。"

李子豪叹了口气。是啊，他在百乐门见到蓝若芸后不止一次想过就这样带着她逃跑，离开这上海滩，但是此刻他却坚决地摇了摇头："他死了，他的罪不能由芊芊来承担，也不能由方杰来承担，在确定他们安全之前我都不能离开。"

蓝若芸焦急起来："你知不知道叶启山是个什么人？他就是个混世大魔王，那手上沾的血能够把苏州河都染红啊。你在葬礼上公然对付他，他是不会善罢干休的……"

话到这里，她几乎央求般道："咱们一起走吧！离开这个是非之地！回到以前的生活！"

李子豪苦涩地笑着，他当然清楚危险，但正因为危险他才不能够离开。

看着蓝若芸，他轻声说道："若芸，我不能离开，但是我会让你离开，不让你再卷进这场劫难。"

"我一个人走又有什么用？我不想再过那孤独的生活，我的生命里不能够没有你。"

蓝若芸拉着他的手，苦苦哀求道："阿豪，我们一起走吧，就现在！不要再考虑什么组织、帮派了，不要再被它们利用了。"

她的泪水如晶莹的珍珠，小脸上梨花带雨，哭起来肝肠寸断。

轻轻拭去她的泪水，李子豪心疼着这个青梅竹马的恋人，但依旧狠心说道："我现在不能离开。"

蓝若芸一愣，呆呆地看着李子豪。

从小到大青梅竹马，她对他的性格实在太了解，无论什么时候只要自己这般哭泣他什么条件都会答应自己，就连蓝衣社他也愿意为了自己脱离，但是现在李子豪是何等坚决、无情甚至陌生。

然后她陡然回想起在唐府外唐芊芊等待的情景，颤抖着声音问道："难道你是舍不得芊芊？"

李子豪没说话，或许是不知道该怎么回答，因为看着蓝若芸哭的时候他脑海里第一时间浮起来的就是唐芊芊的影子。

看着李子豪的眼神，蓝若芸这才如梦初醒，原本已经碎掉一半的心这次彻底地碎掉了，刚刚消停的眼泪一下子又涌了出来。

她无力地松开手，就像在河流中松开了浮木一般整个人都失了依靠。

她转身欲走，走了两步又停下来，扭头回望凄凄惨惨地说道："阿豪，你不能像害了我一样害了她。"

看着伤心欲绝的蓝若芸，李子豪心头泣血般地痛，他紧紧握着拳头，遏制住挽留她的冲动。

他不否认自己喜欢唐芊芊，而蓝若芸在心里的位置也极深极重。但凡有半点可能，他绝不愿意伤害蓝若芸。

但是他很清楚，只有完成任务才能够让蓝若芸真正地自由，同时也可以借这机会保护好唐芊芊，因此他现在纵然再如何不忍心也不能够挽留蓝若芸，他所能做的便是看着那悲伤的背影慢慢消失在视野里。

在大堂里坐了一天，入夜的时候，福生过来说道："子豪少爷，这里就交给我吧，您先回府上去休息休息，明天就准备下葬了。"

李子豪点点头，带着手下离开了堂口。

"关门。"

人一走，福生一扬手，青帮弟子把堂口大门一关。

遣散左右，大堂里只剩下福生、黄复、赵衍和几个心腹。

走到棺材前，黄复推开棺盖，然后摸出一个小盒子，从中取出一只注射器来。

针头扎进唐鹤轩的手臂，过了一会儿工夫，唐鹤轩的脸色由苍白转为润红，眼皮慢慢抬起，他苏醒了过来。

"老爷。"

福生叫了声，将他从棺材里扶了起来。

唐鹤轩捂着胸口轻咳了两声，把脸上焦烂的假皮肤扯下，从棺材里走了出来。

福生扶着他沿着大堂内的走廊走去，经由少有人知道的密道抵达了一条小巷子里，搭乘着早准备好的车辆开往了郊区。

郊区一处隐秘住所的地下室里早布置好了各种家具，唐鹤轩一坐在沙发上便忍不住笑了起来。

这么多年混迹江湖，能够在这青帮大佬的位置上风雨不动，那是因为他做事情从来都有底牌。

就如同这次假死计划一般，李子豪确实是极其重要的一环，但是他仍然留有后招，那就是制造汽车爆炸。

他事先命令黄复将炸弹放在汽车里，同时对汽车进行了改装。在从百乐门出来汽车行驶到街尾的时候，他先从汽车下的暗板逃出后才引爆了炸弹，然后又用医生早准备好的假皮肤和能够令人进入假死状态的药剂达到完美伪装的目的。

这一切进行得很顺利，瞒天过海，骗过了所有人。

第三十二章

各怀鬼胎

"老爷这招金蝉脱壳，真是妙极了。"福生奉承道。

唐鹤轩也难掩兴奋，情绪一激动，又咳了声。

"老爷要保重身体啊，幸亏那子弹没有打中骨头和内脏，否则就麻烦了。"

福生关心道。

"那一步棋确实惊险。"

回想起竞选酒会上发生的那一幕，唐鹤轩也不由嘘了口气，四个神枪手啊，枪枪都能要命。

一要靠李子豪和方杰动作迅速，虽然没能阻止杀手开枪，却让那一枪打偏了，打中了腹部然而并不致命。

二是黄复和手下保镖反应及时，挡住了二楼的三个枪手。

这两个条件若缺了一个，当时都是死。

想罢，他又问道："叶启山没在葬礼上捣乱吧？"

福生神色一凝，把葬礼上发生的事情说了遍。

"册他娘，居然敢打芊芊的主意！"

唐鹤轩大骂，一巴掌拍在沙发上，因为情绪波动又咳了一声。

福生连忙给他抚着背，又倒了杯茶过来。

喝了口茶平息了下心情，唐鹤轩一脸深沉地说道："阿杰这小子太沉不住气了。"

福生说道："也怪叶启山欺人太甚，掀了棺材盖不说，还欺负到大小姐头上，阿杰少爷哪能忍得住？"

"阿杰少爷对大小姐是真的好。"

一向少言寡语的黄复也为方杰说了句话。

唐鹤轩点了点头，阿杰是他看着长大的，又怎么会不清楚唐芊芊在他心目中的地位，他是那种可以毫不犹豫为唐芊芊献出生命的人。

他说道："叶启山接下来肯定是要报复的，你们要盯着宏帮的一举一动，帮阿杰和子豪对付叶启山。"顿了下，声音严厉起来，"还有芊芊，我不希望事情发生第二次。"

福生和黄复都点点头，接着唐鹤轩又叮嘱了一些事情之后二人才离开。

回府后，夜色正浓。

福生前脚进了住所，不一会儿又从唐府后门悄悄离开了。

作为唐府的管家，福生是唐鹤轩的眼睛和耳朵，他做任何事情都没有人去质疑也不敢质疑，更何况如今唐鹤轩已死，他作为唐府的元老级人物，地位自然更高，因此即使半夜出门也没有任何人敢拿这事情四处谈论。

福生开着车出了租界，在一条偏僻的巷落里停下车，脱下西装换上长衫马褂，戴上一顶帽子，沿街巷走到码头乘着夜色渡过河，抵达了对面一条更加古朴寂静的长街，一直走到巷尾的药铺，里面一如上次来时灯光昏黄。

福生正是前阵子和罗大元会面的神秘人，这个跟着唐鹤轩足足二十年的忠心管家，亦是蓝衣社在唐鹤轩身边安插的最大棋子！

推开药铺，罗大元正坐在柜子前思考着什么事情。

见到福生来了，他立刻问道："唐鹤轩真被炸死了？"

"这只是假死计划的一环，他还活着。"福生摇了摇头，明确给了他答案。

"呵，果然是只老狐狸。"

罗大元冷笑一声，倒也没有太大的意外。自从他任职蓝衣社上海分社头目以来，一直把唐鹤轩当成重点观察对象，他清楚他的手段，知道他的事迹，因此可以说谁都可以死在那场爆炸下，但这个城府深如海的枭雄却让人不得不产生疑惑，如今果然应验。

话落，他又深深看了福生一眼，说道，"不过，福生兄你也真沉得住气。若是在车上稍微动下手脚，他就死定了。"

"让他假死本来就是罗兄的计划，我当然不会去破坏。"福生淡淡说道。

他很清楚唐鹤轩的能力，如果真的贸然行动，在车上动手脚，到时候只怕死的会是自己，这老狐狸仿佛能够看到所有事情。

罗大元点点头，说道："唐鹤轩现在若真死了，青帮分裂，你即使上台掌握的也只是一个残碎的青帮，更何况还要对付叶启山他们。但如果在唐鹤轩的操盘下，先清内患除外敌，到时候再死掉，你上台后就可以一统上海滩的地下势力了！"

福生一向低垂的头突然抬了起来，向来内敛的眼神也骤地爆发出光泽。

作为蓝衣社的卧底，他在唐鹤轩手下隐忍二十年，像个奴才般伺候着，车前马下无不周到，为的不止是取得唐鹤轩的信任从而获得更多的青帮情报，更重要的目的则是找机会取代唐鹤轩成为青帮大佬！

经二十年筹备他累积了极多的人脉威望，铁血般的手腕也令人闻风丧胆，提起福生的名字江湖上谁人不敬上三分。

但是一步之遥却是奴才和主子的区别，如今终于快要跨出这一步了，想想终有一天他不再是躬着身伺候人，而是披着风衣叼着雪茄、上百人簇拥着的青帮大佬，那颗一向安定的心脏就不受控制地狂跳起来，掩盖的野心正在迅速复苏。

谈了一会儿事情，福生准备离开，起身后波澜般的表情又恢复了平静，犹如深山古井中的水面沉静得可怕。

快走到门口的时候，罗大元突然说道："无论发生什么事情，你要记得你是绝对安全的。"

福生没回头，只是微微颔首表示明白，为了帮助他上位蓝衣社可能会采取些行动。

待到福生走了，罗大元走进屋子深处，取下一块角落里的墙砖，摸出一个小盒子。

打开小盒子掀开里面包裹的旧布，一块块金条露出来。

这时，罗大元白胖的脸上露出贪婪的笑容，痴迷地道："金子，可真是好东西啊。"

蓝衣社虽然不错，但眼下战乱四起，日本人攻下东三省占领北平，天知道什么时候就会拿下上海，到时候总得有条后路不是？

夜色下，叶启山在宏帮堂口的靶场里提着一挺机关枪，几十梭子子弹把一堆木靶打得稀烂还不解气。

堂口位于繁荣的码头附近，周边工厂林立，厂房里的涡轮声再加上过往船只的汽笛声，把这枪声掩盖下来才不至于闹出大动静。

众手下面面相觑，生怕叶启山盛怒之下拿他们出气，这种事情不是没有过。有一次手下人办事不力，叶启山当众枪决了十人，当真是伴君如伴虎。

"两个黄毛小子居然敢这么着辱老子？老子若不把他们活剥了皮挂在唐府门口，以后还怎么在道上混？"

将机枪丢给手下，叶启山一屁股坐在椅子上，拳头在扶手上敲着。一张脸五官纠结，额头上破皮的伤口刚缝了针。

"小的倒以为今天发生事情是好事。"

大彪突然说道。

"好事？"

叶启山一瞪眼。

"帮主想想，我们在百乐门闹出那么大动静，虽然没有任何证据直接证明唐鹤轩是我们宏帮杀的，但是我们是最大的嫌疑人。青帮必定利用舆论造势伺机而动，但是现在两个小辈在葬礼上坏了规矩，帮主你便可以名正言顺地对付他们。"大彪说道。

"废话！"

叶启山有点不高兴了，大彪说的道理他还能不清楚？

大彪躬着身，继续说道："对付方杰二人并不是目的，目的是把青帮的其他元老一个个拖下水。"

叶启山眼睛陡地亮了起来，他摸着下巴说道："你是说，我们借对付两个小子的事情解决其他人？"

"是，如果直接对付青帮这些元老就怕他们突然联合起来，虽然我帮必胜但难免损失人手。不过若然对付两个小子的时候说葬礼上的事情是某个元老背后指使的，那咱们就大有理由直接打上去，其他元老估摸着会隔岸观火。就借这理由一个个解决他们，等到他们发现不对的时候已经无力回天了。"大彪说道。

"大彪，你这脑袋瓜子真是越来越灵光了。好，等这事情解决了，我把青帮一个大堂口交给你来管。"

叶启山心情大悦，随即哈哈大笑起来，虽然受了点羞辱还破了相，但是如果能够以这点代价直接发动宏帮人马，绝对可以把散沙般的青帮打得爬不起来。

于是这一夜，叶启山睡了十年来第一个安稳觉。

混江湖的最怕没有仇家，没有仇家就代表你不够强大。同时也最怕有仇家，毕竟被人盯上那并不是一件令人快乐的事情。

但今天叶启山一闭上眼就做起美梦来，这一直压得自己喘不过气的大山终于倒塌了，以后在面前就是一条通天大道。

这一晚同样做着好梦的还有欧文，确认了唐鹤轩的死亡让他也少了一块心病，可以毫无顾忌地和叶启山合作了。

一夜过去，清晨醒来时，欧文拍拍身边女人的屁股，穿上丝绸睡袍懒洋洋地走到阳台上。

放眼望去今日的天气前所未有的晴朗，阴霾一扫而空，燥热消失不见，剩下的是秋高气爽。

"Nice day!"

欧文赞了句，伸了个懒腰，心情无比愉悦。

第三十三章

春风得意

　　曾几何时，他把唐鹤轩当成值得信赖的生意伙伴，认为这个中国人很有帮他赚钱的能力。但没想到唐鹤轩为了一个大烟馆就翻脸不认人，而且还找了日本人撑腰。

　　这让欧文大动肝火，而这时叶启山靠了上来。和骨子里清高不愿意做鸦片这行当的唐鹤轩不一样，叶启山是个彻头彻尾的恶棍。他不仅毫不犹豫地同意开大烟馆，而且还放言要将烟馆开到上海滩每一个角落。

　　别的不说，至少这态度让欧文很欣赏，所以他不惜动用重金帮助叶启山聘请杀手。如今事情终于成功，放眼望着这片和繁荣的法国不一样的贫瘠之地，却好似一座金山般蕴藏着数不清的财富。

　　金子不止在这片土地上好使，在法国也一样。到时候赚得满满钵钵回国，买座城堡甚至是贵族的头衔，光是想象便不由得激动起来。

　　当然，散播鸦片会对这里的人民造成什么样的后果，欧文一点都不关心。

　　慢悠悠地吃了早餐，换上一身干净而得体的西装，打好领带拿着公文包，欧文开着小车前往领事馆。

　　坐落在岳阳路的法国领事馆是一栋三层楼的花园别墅，红砖白墙，透着浓浓的西方气息，而那门口两尊大石狮子又平添了几分东方韵味，就这么一个小地方却是法租界这偌大地盘上任何重大决策的诞生地。

　　走进门廊，守卫恭敬地行着礼，沿途过来的工作人员见到他也比前阵子更殷勤。

　　在政府部门做事情的一个个都是人精，谁要落了水谁都会毫不客气地踩上一脚，就如同前阵子欧文因为大烟馆的事情，惊动了法国政府派出清查组过来。

　　那时候谁都以为欧文完了，一旦查实他不止会被取消公职还可能要吃牢饭，所以虽然欧文当时还是领事但是身边的人已经开始刻意疏远，生怕被牵连进去。

如今唐鹤轩一死，风向顿时变了，嗅觉灵敏的人立刻巴结过来。

享受着手下人的奉承，欧文一路轻飘飘地到了办公室里，喝着咖啡处理着公文，悠哉悠哉地晃到了大下午，快下班的时候有职员敲门进来通知说是要开会。

来到会议室里，参赞等人都已经到了，欧文坐在左侧第一张位置上，代表着他在这个领事馆里是二把手。

不一会儿，一个五十来岁的老头走了进来，干巴巴的脸上写满皱纹，眼神也有点浑浊，但他却有着法国总督同时代任领事馆公使的双重身份，地位毋庸置疑。

众人都站起身来迎接，总督威廉摆摆手，理所当然地坐在最大最豪华的主座上，然后咧嘴笑了起来："可笑的日本人，想扶持一个中国人在我们法租界的地盘上插上一脚，现在人被炸死了，想必日本公使的脸很是难看吧。"

众法国人都笑了起来，上海滩的资源就那么点、地盘就这么大，哪个国家多占一点其他国家就要少占一点，因此对日本人想插手华董这件事情大家都是带着敌意的。

威廉又道："现在日本人必定方阵大乱，我们就要趁着这个机会扶持我们的人上台。"

欧文立刻说道："总督大人，宏帮的帮主叶先生是个不错的人选，一直和我合作得不错，是华董的不二人选。"

屋子里的人纷纷点头，即使他们是法国人但对上海滩的局势还是很清楚的，这地下势力里除了唐鹤轩最大的就是叶启山。

"好，这事情就交给你来办。"威廉颔首，又加了句，"清算组那边我会帮你说话的。"

"谢谢总督。"

欧文一脸谦逊地低低头，同时又不免暗骂了一句。

这些天清算组那边他可没少打点，那些人一个个都是吸血鬼，千里迢迢从祖国跑到这穷乡僻壤来，不捞足了怎么可能回去。

不过只要这位置保住了，有的是赚钱的机会，所以他并没有吝啬钱财，只是钱给了事情却还悬着，如今威廉这么一说那这事情基本就定了调。

于是众人就此散会，待到走的只有欧文和威廉总督两个人的时候，威廉又再三叮嘱："这件事情不能拖啊，否则难免有什么变数，那些日本人可不是省油的灯。你也知道，我要离任了，可不能出什么乱子……"

"是是，总督放心，我立刻就去办。"

欧文点着头，心思则被最后一句话吸引了，总督一离任公使的位置就空了出来，若然把这次的事情办好，说不定能够一步坐上公使的位置，到时候整个法租界那就是自己说了算，大烟馆当然要开多少就开多少。

这么一想，他顿时激情澎湃起来。

欧文先派人去通知叶启山，然后开车来到了百乐门。

唐鹤轩被炸死的消息在这两天传得沸沸扬扬，百乐门里的枪战更被渲染得极其惨烈，最夸张的说是死了几百个人，把地板窗户大街都染红了，尸体横七竖八地叠着跟座小山似的。

但是百乐门依然热闹繁华。醉生梦死的租界里，事情传得快人也忘得快，人一死便如过眼云烟不再存在于大家的记忆中。枪战后的第三天，经过重新装修的百乐门又营业起来。

欧文来到百乐门的时候夕阳已落，门外的霓虹灯光芒四射，远在三条街外就可以眺望到百乐门醒目的招牌。

门口花篮簇拥，红色的飘带上写着各行业知名人士的名字和祝福，庆祝百乐门重新开张。

街道两边一如以往停靠着小车，密密麻麻的，一个个西装革履，光鲜亮丽的人物联袂而来。

经理站在门口带着乐队亲自迎接，和诸位大人物握手感谢，见到欧文来了更是快走两步、躬身相迎。

百乐门换了崭新的旋转门，打烂的桌椅窗户也都翻了新，歌女在舞台上尽情地舞动，爵士乐欢快地演奏着，时髦的男男女女沉醉在歌舞中享受着青春和激昂。

只是在那撑起百乐门的一根根柱子和横梁上仍然留有的枪眼痕迹，提醒着人们这里曾经发生过的惨烈战事。

舞台上，一身蓝色旗袍抹着淡妆的蓝若芸正唱着歌。

柔情蜜意的歌曲今晚听起来格外动人甚至令人心碎，那字字句句仿佛诉说着歌者忧伤的内心，让人痴迷之极。

此刻的蓝若芸是失魂落魄的，她因为爱上了唐鹤轩，无法全心全意地对待李子豪，因此拒绝了他的复合之请。但却没想到即使如何自信于魅力，自己对于一心权势的唐鹤轩而言也不过只是一个情人。

而当她想再度投入李子豪的怀抱时，却发现他的心已经转到唐芊芊身上了。

她心碎得无人倾诉，唯有用歌声来发泄此刻内心崩溃的情绪。所以百乐门的经理到唐府请她演唱时她并没有拒绝，或许只有在这喧嚣的世界里歌唱，才会让心痛少那么一点点。

台下，叶启山咕咕噜噜地灌了杯酒，他不懂欣赏音乐，听不出这歌声里的悲伤，只是为蓝若芸那绝色的脸蛋、诱人的腰身所诱惑，被撩得欲火中烧。

蓝若芸的美艳恰如其分，多一分就俗了，少一分又没有那味道。从前唐鹤轩在，叶启山望着看台还有几分顾忌，如今唐鹤轩死了他便肆无忌惮，好似眼神就将这女人剥了个精光。

"欧文先生来了。"

旁边的手下低声说道。

叶启山连忙收回眼神，站起身来迎接。

欧文走过来，朝台上瞄了一眼，嘴角勾起邪笑。

他对女人一般不会过多记忆，只要捕获过一次就没兴趣了，但是这个中国女人确实不一样，让他有些流连忘返。

他坐下来，一脸笑意地赞道："前有杀手、后有炸弹，叶先生你的连环计还真是狠，让那唐鹤轩死无葬身之地。"

叶启山脸上掩饰不住得意，顺口说道："马三爷那个小子也出了不少力，平时没看出来，一到关键时候还挺管用的。"

"那就多用用他，现在正是用人的时候。到时候铲除了青帮，整个上海滩都是你的。"话到这里扫了一眼这喧嚣的舞厅，欧文笑道，"在这之前，这百乐门已经是你的了。"

一听这话，叶启山仰头哈哈大笑，西装上的扣子绷得紧紧的。

百乐门不仅是法租界繁荣的象征，同时也是权势的象征，之前百乐门归青帮管，但现在只怕得易主了。

笑罢，他贪婪地朝着台上瞥了一眼，试探道："这台上的女人就是欧文先生的了。"

"早就是了。"

欧文深邃一笑。

叶启山一愣，然后跟着大笑起来。

笑声落下时四周掌声四起，蓝若芸一首歌唱完，博得掌声无数。她返身回后台，另一个妖艳的歌女上场，舞动腰姿地唱起来。

欧文打开一瓶酒，倒在放了冰块的杯子里端给叶启山，同时说道："我听说了葬礼上发生的事情，没想到唐鹤轩的两个干儿子跟疯狗一样，在葬礼上就敢对你动手。"

"疯狗岂能和猛虎争锋？"叶启山竖起拇指朝自己指了指，一脸狰狞地道，"等我当上华董，有的是方法对付这两个小子。"

喝了口酒，欧文沉声说道："你们中国有句古话叫夜长梦多，这事情我看不能拖，明天就做干净！"

"没问题！"

叶启山爽快地答应下来。

二人喝完一瓶酒后，欧文先行离开，叶启山却没走。乘着酒意，他快步赶往后台。后台没有人敢拦，如此他一路到了化妆间。

第三十四章

马三爷的计策

　　叶启山一把推开门，把正在补妆的蓝若芸吓了一跳。

　　"你想干什么？"

　　蓝若芸一脸警惕，同时顺手抓住了化妆台上的剪刀。

　　看着蓝若芸紧张的样子，叶启山哈哈大笑，摸着肥肉颤颤的下巴，金链子跟着抖动："蓝小姐别怕，我叶启山虽然是个粗人，但从来不对女人动粗。"

　　蓝若芸哪会信他的话，百乐门里从来不乏各种消息传闻，在青帮掌控这里的时候关于叶启山的事情也流传得很多，每一件都和凶残狠毒有关。

　　她紧紧抓着剪刀，想着若然这家伙真个要来欺负自己，还不如当场了断算了。

　　叶启山一身酒气熏熏的，他竖起大拇指，嬉皮笑脸地说道："我这过来是想称赞一下蓝小姐，你的手段比我想象中真是高明多了。这一脚搭着唐老头，一脚还搭着个洋人，真是让人刮目相看啊。"

　　"你……"

　　蓝若芸气得浑身发抖。

　　她和欧文的事情当然是纸包不住火，只是当初分明是被欧文灌醉侮辱了，如今却成了她故意似的为了站稳脚不惜出卖身体，这样的羞辱让她既难堪又愤怒，恨不得把剪刀甩过去扎死这流氓。

　　叶启山淫笑着慢慢走过来，他扯开领口，露出长着浓密胸毛的胸膛。

　　蓝若芸则一步步后退，直到退到墙角。她紧咬着唇把锋利的剪刀抵在脖子上，怒视着这恶徒："你再走一步，我就死给你看！"

　　叶启山停下步子，拍着掌哈哈大笑："蓝小姐的演技真是高，不知情的人还真以为你是个贞洁烈女呢。"

　　蓝若芸颤抖着身躯，小拳头握得指骨发白。

被欧文侮辱，被唐鹤轩伤透了心，她确实想过自杀，只是一想到那样子李子豪会孤独地活在这世上，又怎么都下不了手。

叶启山大剌剌地坐在蓝若芸的凳子上，拿起她刚用过的假发放在鼻子下用力地嗅了嗅，一脸的陶醉，然后抬了抬浮肿的眼皮说道："我说蓝小姐，眼下的局势你也看清楚了，唐老头可死掉了，你应该重新再找个靠山。"

蓝若芸咬着唇，手里的剪刀攥得紧紧的，既恨不得扎死这个流氓，又怕他真的扑上来做坏事。

"没事没事，你慢慢想，我叶启山随时欢迎你过来给我暖被窝。"

叶启山张嘴大笑，满口黄牙喷着酒气，然后拍拍屁股站起来，走了几步又回头看看她，饥渴地从上到下扫了一遍这才带着狂笑声扬长而去。

待到叶启山走了，蓝若芸眼圈一红，眼泪不争气地就冒了出来。她趴在化妆台上大声哭泣，哭得肝肠寸断。

事情怎么会变成这个样子，如果时间能够倒流，她多想永远停留在校园里而不是在这个残酷凶狠的世界中。

出了百乐门，叶启山大摇大摆地上了车，同时通知手下叫马三爷到堂口来议事。

马三爷的速度很快，叶启山前脚才到堂口他后脚就到了。

"叶先生，您找我？"

马三爷笑眯眯的，如果有条尾巴的话相信那尾巴一定摇晃得比家犬更欢快。

叶启山招呼他坐下，然后说道："欧文先生要求我明后天就解决掉李子豪和方杰，我准备出动大批人马直接杀进唐府里，不过最近忙的事情多，能够抽调的人手不算多，所以想找你借点人马。"

一听这话，马三爷眼珠儿滋溜溜地一转。

虽然唐鹤轩死了，但唐府的人马仍在，要想闯进去大开杀戒那人员伤亡是难以避免的。

叶启山找他过来借人，一则是他斧头帮的势力比起黄老头他们的势力要强，二则当然是因为他在刺杀唐鹤轩一事中卖了不少力气，因此格外器重他。

但是这种器重对他来说可不是件好事啊，把人借给叶启山，到时候死了一堆，这帮派实力不就被黄老头他们赶上了嘛？

他帮叶启山的忙那是为了占便宜，可不是为了削弱自己的势力。

马三爷迅速地思考着，想着如何解决这个问题又不会惹恼叶启山。

只一下子他脑海中灵光一闪，立刻说道："叶先生，那唐府地盘大，听说唐鹤轩为了逃生还修了什么密道。如果咱们大张旗鼓地杀进去，到时候人跑了这可没办法向欧文先生交代啊。"

"有密道？"

叶启山眉头皱起来，随即骂道："他妈的老狐狸，死了都不让人省心！欧文先生明天就要答案，这可怎么办？"

摸摸圆溜溜的脑袋，马三爷笑眯眯地说道："我看倒不如故技重施，不必直接对付方杰他们，先把唐芊芊绑了！他们一急，自己不就把脑袋给递过来了。"

大堂外，秃鹰如同标杆般站着，脸上全无表情。

"哎哟，马三爷，你小子这脑袋真够灵光的。"叶启山眼一亮，大赞了一句，然后捏着肥嘟嘟的下巴琢磨道，"到时候先对付李子豪那小子，这小子坏了我两次大事，先干掉他。至于方杰，那就是个愣头青，随时可以解决掉。"

"叶先生放心，这件事情就由我亲自来办。不过为了确保事成，我想叶先生再给我派些人手。"

马三爷自告奋勇地说道。

"人手、武器都没问题，我立刻调拨给你。你若把这事情办好了，青帮在北面的地方我多划五条街给你。"

叶启山大手一挥，原本已经谈好分给黄老头的地盘直接割了一块给马三爷。

马三爷欣喜若狂，他毛遂自荐做这事情是心里有自己的盘算，借叶启山的人手完成对李子豪二人捕杀可是大功劳一件而且不费吹灰之力，事成之后在叶启山心目中的地位可是其他帮派比不上的。

没想到叶启山比想象中豪爽，一句话又给了一大块地盘，当然他可不管黄老头知道这事情的脸色。

很快的几十个全副武装的宏帮成员跟着马三爷出了门，一上车他就朝着秃鹰得意地笑："幸亏我早早派人监视着唐府，唐芊芊这个时候应该在教堂，咱们就趁着夜色把她给绑了！"

"三爷高明。"

秃鹰微微低头，木然的面孔上陪着笑。

马三爷一行来到教堂外的时候，那里门口停着好几辆车，教堂入口处一行青帮成员警惕地监视着周边的情况。

"直接杀进去，一定要抓住唐芊芊。"

马三爷一挥手，几辆车呼啸着开过去，宏帮和斧头帮的人马开枪射击。

夜色下灯光昏暗，突如其来的袭击让不少青帮成员一下子丢了命。

虽然保护唐芊芊的青帮人马也有二三十人，但是马三爷这边多了足足一倍，而其中几个拿着机关枪的杀手更是以一敌十，很快的青帮成员就被悉数射杀。

教堂里，唐芊芊正跪在地上合手祈祷，站在一边的神父神情肃穆地捧着《圣经》。

唐芊芊轻声念着，祈祷爸爸和妈妈的灵魂能够在天堂里相遇，祈祷着方杰的伤能够赶快好起来，祈祷着李子豪能够平平安安。

突然响起的枪声打破了教堂里的平静，两人都吃了一惊。

一个青帮成员从门外跑进来，大喊道："大小姐快跑！"

话才说完，他背后中了一枪，顿时重重扑倒在地，鲜血顺着地面扩散。

"阿志！"

唐芊芊掩嘴儿惊呼，几步跑到他跟前想将他扶起来。

阿志是她从小的玩伴，和方杰一样都是爸爸捡回来的孤儿，虽然没有像方杰那样成为干儿子，却成了她的保镖。

当然唐芊芊从没把他当下人看，一直把他当成大哥哥。

"小姐，快走！"

阿志强撑着上身，用着最后的力气猛地甩开她的手，大声喊道。

"砰——"

又一声枪响，阿志再中一枪，眼神顿时黯淡下去，脑袋耷拉在血水中没了气息。

唐芊芊颤抖着唇，看着儿时的同伴惨死在眼前，小手上染着的鲜血刺得心痛。

马三爷一脚踏进教堂大门，看着一脸悲痛的唐芊芊，笑眯眯地说道："唐大小姐，叶先生让我请你去做客。"

"你们怎么这么残忍，非得要把人都杀了？"

唐芊芊昂起头，愤怒地质问道。

马三爷听得一笑，玩味地说道："这世上最没资格说这话的，怕就是唐小姐你了。"

这话唐芊芊没听懂也没时间听懂，马三爷的手下已经扑了过来。

这时神父抢先一步拦在了唐芊芊面前，他一手捧着圣经，义正言辞地说道："阿门，这里是教堂，你们不应该在这里杀人。"

见到洋人挡道，几个手下都立刻停了下来，回头望着马三爷。

马三爷冷笑了一声，踱着步子走了过来说道："神父，我呢是为你们洋人做事的，你如果有什么问题可以去找法国领事馆抗议，但这人我必须得带走！"

说罢，他大手一挥，几个手下不管神父的阻拦，硬将唐芊芊给绑上从教堂里带了出去。

人来得快走得也快，教堂里徒留下一脸无奈的神父和一具具尸体。

第三十五章

杀机腾腾

事情进行得很顺利，马三爷一行连夜就将唐芊芊绑到了宏帮堂口。

人一到了堂口，得到消息的叶启山就赶了出来，见到唐芊芊顿时大笑起来："芊芊，葬礼一别，有没有想叔叔我啊？"

"呸！"

唐芊芊不屑地别过头去，紧紧咬着唇。

"跟唐老头儿一样，脾气挺倔的。"

叶启山也不生气，走过去捏起她的下巴笑眯眯地说道。

无法别过头去，唐芊芊就瞪着眼怒视着他，毫无畏惧地说道："子豪哥和阿杰一定会来救我的，你有本事就等着。"

"你以为我怕他们来，不，我是怕他们不来。"

叶启山耸着肩大笑。

周边的马三爷等人也都笑了起来，笑容一个比一个阴险，一个比一个深沉。

"你们是想……"

唐芊芊也是冰雪聪明，一听这话顿时明白了叶启山的阴谋，小脸顿时流露出惊慌。

"你呢，就好好呆着，等事情完了就给叔叔做小老婆。"

看着她犹如受惊的兔子，叶启山笑得更大声了，一挥手，令手下人将她押了进去。然后叶启山大步走回大堂，一屁股坐在椅子上。

这唐鹤轩一死，叶启山当真是大道通天，做什么事情都顺得很，等到灭了李子豪和方杰，踏平了青帮，到时候把蓝若芸和唐芊芊都弄回家，想想两个娇艳美人陪床一时满脸春意。

对于马三爷如此快就办完事，他当然也不免夸奖了一句。

马三爷低头哈腰地接受着夸奖，又道："叶帮主，我想咱们要不趁这机会扫掉唐府辖下的几个堂口，再激怒一下他们，到时候两个黄毛小子肯定大失分寸，还不是任由我来摆布？"

"好，就按你小子说的做！"

叶启山立刻拍了板，叫人去行动。

马三爷这才离开，一路回到马府后他又叮嘱秃鹰今晚就要把人手布置好，明天的事情须得万无一失。

秃鹰自是恭敬领命，朝手下人吩咐好之后这才驱车回家。回家后他立刻换了身衣服悄悄离开，辗转抵达了茶楼。

"有紧急事态。"

进了茶楼，他朝着掌柜说道。

掌柜的立刻叫来伙计，派他赶往唐府，同时将秃鹰引到了二楼的茶间里。

一会儿工夫，福生匆匆抵达了茶楼，进了屋关上门立刻问道："有什么紧急事态？"

"关乎到唐府几位少爷小姐性命的事态，恕我贪心，价钱不能和平时的情报相比。所以，要这个数。"

放下茶杯，秃鹰竖起五根手指。

"五十根金条？没问题，你也知道阿杰少爷从来不是个小气的人。"

这价格极贵，但福生一点都没有犹豫，爽快地答应下来。

他是唐府的管家，当然很清楚唐府的财力，几十根金条对于一般人来说那是天大的数目，但对于控制着近半个上海滩的唐鹤轩而言这根本不成问题，毕竟第一句话就说明了情报的分量。

说完，他拿起早准备好的手提箱，说道："因为紧急事态，所以我准备了三十根金条。剩下的一会儿叫人送过来。"

接过手提箱，秃鹰满意地笑了起来："杰少是什么样的人，我也有所耳闻，希望以后能够像和唐先生合作一样和杰少继续合作。"

他虽然是马三爷的心腹，但却绝不忠心，正如马三爷左右逢源一样，他也早早就和福生搭上了线，偷偷贩卖帮派里的情报。

这是学马三爷的，而且青出于蓝而胜于蓝。

接着，秃鹰就将马三爷绑架唐芊芊、同时准备对付方杰二人的事情说了出来。

福生听完已是神色凝重，说道："兄弟在这里再坐一会儿，我先走一步，等会儿会有人把剩余的金条送过来。"

秃鹰点点头继续坐着喝茶，他和福生合作好几年了，对方的信用问题丝毫不用担心。

福生迅速离开，一路来到郊外的隐蔽住所，将得来的情报告诉给了唐鹤轩。

"册他娘！马三这个混账东西！"

正在下棋的唐鹤轩勃然大怒，将一盘棋推倒在地，棋子散落得到处都是。

他满脸铁青，眼神阴冷得渗着寒气。

"平时看不出来，这马三爷还真够歹毒的，下手又快，秃鹰连提前送信的时间都没有。而且谁也料不到他敢在教堂里动手，那里可是有洋人在啊，现在府里的人还不知道发生了这事情。"福生说道。

一旁的黄复冷冰冰地说道："老爷，要不要我今晚潜入宏帮去营救大小姐？"

"这可不行啊，宏帮人多，大小姐又在他们手里，出点差错怎么得了？"福生连忙制止道。

唐鹤轩坐在沙发上，双手按着扶手，整个人像陷入了黑暗的阴影般沉默不语。

福生和黄复都露出畏惧的表情，躬着身站在一边不敢说话。

跟了唐鹤轩这么多年，他们太熟悉唐鹤轩的性情了。此刻的他就是一座随时可能爆发的火山，就算突然拿起枪对二人动手也毫不意外，毕竟事情关乎到唐芊芊，而且他已经三令五申要保护好她，不能让当初回国时的事态再发生。

屋子里静悄悄的，二人的心跳扑通扑通加速。唐鹤轩只是那么坐着，却散发着一股强横莫匹的压力，似乎二人被一座大山压着，直是喘不过气来。

也不知道过了多久，唐鹤轩的脸色恢复正常了些。他站起身来，透过天窗望着一轮明月，淡淡说道："叶启山绑架芊芊是想将她作为诱饵，把阿杰和阿豪诱出来，因此没有干掉他们之前芊芊的安全都不成问题。"

"是是，老爷判断得极是。"福生连忙附和。

黄复则轻轻吐了口气，刚才那压力差点没让他窒息。

"那么，只要阿杰和阿豪解决掉叶启山，芊芊自然可以重获自由。"

唐鹤轩自言自语似的说着，然后陡一回头，盯着福生一字一句地说道："秃鹰要五十根金条，我再给他二十根。你让他打点好叶启山的手下，要绝对保护好芊芊的安全！"

"是。"

福生应声离开。

"阿复，你也回去。记住喽，无论任何情况一定要保护好芊芊。否则——"

唐鹤轩沉声说道。

话没说完，但黄复这杀人如麻的杀手却不由得打了个激灵，唐鹤轩的潜台词再清楚不过，如果唐芊芊有个三长两短那么他也不用再活了。

他躬躬身快速地离开，平日面无表情的脸上多了一层忧虑。

待到屋子只剩下唐鹤轩一人，他又坐了下来，瘦长的脸上镌刻着阴沉，犹如黑云密布般久久不散去。他独自坐在这屋子里，渐渐和黑夜合为一体。

和方杰一样，唐芊芊是他的逆鳞也是他的软肋，如今心爱的女儿被绑架，让他的心情糟糕到了极点，愤怒到了极点。

但偏偏他不能够亲自行动，否则这一盘棋就全毁了。

"如果芊芊有个三长两短……"

他低沉沉地说着，眼神陡然杀机四溢，声音也冷得好像从万年冰窖中飘出来，"我要所有的人都偿命！"

他重重一掌拍在扶手上，真皮沙发被震得一抖。

黄复刚刚回到唐府，正好碰到马三爷到来。

马三爷是刚从堂口休息好，算准着时间过来的，一见到黄复便打着招呼道："黄兄弟。"

"马三爷。"

黄复不冷不热地回了句。

即使他知道马三爷做的事情，但表情上丝毫看不出任何异象。

这时一个保镖匆匆赶过来，在黄复耳边快速地说了几句话。

黄复点点头，朝着唐府里的办公室走去，马三爷自来熟地跟在后面。

来到办公室，刚推开门便见到方杰用力将大红色的请柬甩在桌子上，怒吼道："叶启山现在可是明目张胆地对着我们来！"

办公室里站着赵衍等保镖，一个个都是神色严肃。

李子豪坐在椅子上，对于宏帮送请柬的事情显得比方杰要冷静得多。

走进来时，黄复和赵衍对了下眼色。赵衍和他一样都是少有知道唐鹤轩还活着的人，二人的任务也有分摊，黄复大部分时间都呆在唐鹤轩身边，赵衍则负责唐府的护卫。

如今黄复突然在这个节骨眼上冒出来，赵衍便知道有什么状况要发生了。

马三爷一脚踏进来，恭敬地将帽子放在唐鹤轩平时所坐的位置上，在一旁坐了下来。

他夹着雪茄吸了一口，说道："阿杰，华董会是一定要参加的，否则以后没法跟其他帮派交待，这是江湖上的规矩。不过一旦去了，叶佬儿必定是百般挑衅。所以……咱们得去，但得阿豪去……"

方杰听得眉头皱得老高，知道马三爷是说他鲁莽，生怕又像在葬礼上那样闹出大事情来。

这时，一个小弟慌张跑了过来，叫道："大小姐被绑了！两个堂口也被叶启山的人端掉了。"

"他妈的叶启山，居然敢动芊芊！走，跟我去宏帮，跟他拼了！"

方杰豁然起身，冲动地往外赶。

李子豪也为这消息大吃了一惊，但听到方杰的话立刻起身拦住了他，沉声说道："阿杰，你冷静一点。"

第三十六章

将计就计

"你他妈就知道冷静！芊芊怎么爱上你这么个没血性的人！"

方杰勃然大怒，猛地一把推开他。

只要关乎到唐芊芊他就完全没理智，而且在他看来这个时候最该冲动的是李子豪才对，没想到李子豪居然阻拦他，自然心头冒起一股无名怒火。

马三爷抽着雪茄冷眼旁观，嘴角有着一丝不易察觉的冷笑。

他来这里的目的就是为了分化两人好各个击破，但没想到二人和唐芊芊之间居然有着这般复杂的恋爱关系，看来事情比想象的更容易顺利地实施。

黄复则在一旁盯着他，如同盯着螳螂的黄雀。

"越是这个时候越要冷静。"

盯着方杰，李子豪寸步不让，一手抓着他的手臂。

唐芊芊确实危险，他也担心得很，但是宏帮更是龙潭虎穴，这么没有准备地冲进去，到时候全都得死，他不能眼睁睁看着兄弟去送死。

"你个懦夫！"

方杰死死盯着他，咬牙切齿地蹦出句话，然后猛地一挥拳砸在他肚子上。

关乎到唐芊芊，方杰下手根本没留余地，打得李子豪痛苦地弯腰捂肚，但是即使这样李子豪也没有放开手。

"妈的你给我放开，你是想眼睁睁看着芊芊死吗？"

方杰怒喝着用力甩手，试图挣脱李子豪。

"阿杰少爷……"

一个手下这时一个箭步赶过来，试图拉开方杰。

"滚！"

方杰生起气来是六亲不认，一推开手下朝着李子豪又是几拳。

眼看他发狂起来，李子豪索性一把抱住他，两个人滚在地上撕扯。

最后李子豪用手肘死死压住他，腹部的痛让他声音有些颤抖："叶启山在上位之前芊芊应该是安全的，我们现在轻举妄动就是上了他的当！"

"安全个屁！我看你就是胆子小，芊芊真是瞎了眼！"

方杰被压着起不来，愤怒地咆哮着。

"好了好了，不要打了，都是自家兄弟嘛。"

悠闲地抽了口雪茄，马三爷见时机差不多了，出来打着圆场。

只是无论方杰还是李子豪哪会听他说，方杰使劲试图挣开，李子豪则使劲压着不断规劝。

这么折腾一阵两人都喘起气来，这时黄复和赵衍对了下眼神，二人带着人过去控制住方杰，让场面得以安静下来。

盯着方杰，李子豪语重心长地说道："芊芊我们肯定要救，但是得从长计议，这样鲁莽冲过去，只会害得大家都丢了命。"

方杰狠狠一瞪眼，火气仍没消下去："你能等，我等不得！"

见到二人又卯上了，众人面面相觑也不知道该怎么劝。

马三爷刚才没喊住二人有点尴尬，这次他清了清嗓子，声音陡地一抬道："两位兄弟听我一言！唐爷生前带我不薄，我向来知恩图报。今天他叶启山既然非要硬来，我们就将计就计！"

大嗓门一喊，众人这才扭头望过来，而听到马三爷这么一番"真挚之言"，李子豪和方杰都是一脸诧异。

这一向圆滑的马三爷突然变得忠肝义胆起来，让人有些接受不了。

放下雪茄，马三爷蒲扇般的大手按着胸膛，一脸正气昂然地说道："明天百乐门竞选，外面是黄老头的人，里面是宏帮的人。到时候你们兄弟的人在外面解决黄老头，百乐门里面就交给我。咱们里应外合，不仅要救芊芊大小姐，还要杀了叶启山！"

办公室里的气氛有点诡异，有人质疑，也有人被马三爷的豪情感动，毕竟他在葬礼上演的那一出着实也迷惑了不少人。

李子豪突而感慨道："都说患难见真情，关键时候还是马三爷靠得住！"

一句话似乎肯定了马三爷的举动，马三爷则肃然说道，"我马三平时确实瞻前顾后的，但这一次，一想到唐先生生前对我的恩情，我若还不站起来那不是让天下人耻笑吗？所以那叶启山想要乱来，还得先过我这一关！"

"那么我们就来商量一下该如何行动。"李子豪直是点头，似乎也被他感动了。

方杰此刻气消了不少，恢复了理智，也知道李子豪刚才的劝阻确实不无道理，越是这个时候确实越需要冷静。

他当然不信马三爷的话，因为他记得唐鹤轩说过这马三爷就是个两面三刀的人物，信不得。

阿爹的话对他而言就像圣旨一样，阿爹说马三爷不可信那就绝对不可信。

他正准备说话却见李子豪递了个眼色过来，便硬生生地把快要吐出口的话又吞了回去。

"不管芊芊大小姐被关在哪里，只要抓住叶佬儿就好办了。不过明天百乐门肯定戒备森严，叶佬儿是不会让你们乱了他的就职典礼，因此他才在外面让黄老头布置了大量人手。但是他不会防备我，所以我带着人进去杀他个措手不及，你们在解决了黄老头的人之后再进来，到时候叶佬儿插翅也难飞！"

马三爷简单说了一下计划。

"好个攻其不备，里应外合。马三爷，明天就看你的了。"

李子豪很是满意地点着头，约定明天一起去百乐门大战，然后才派人送他离开。

待到马三爷走了，方杰迫不及待地问道："豪哥，你该真不会信了马三爷的鬼话吧？"

李子豪冷笑一声，一脚踩在马三爷刚才坐过的凳子上："我当然不信，马三爷肯定是叶启山派过来的，看他的举动估摸是想分化我们两人，各个击破吧。"

他进入这圈子时间并不长，不过察言观色的能力并不差，和马三爷打的交道虽然少但仍能感觉到此人的不可信任。

旁边的黄复轻轻点了下头，眼神中流露出难得的赞许和钦佩。赞许的是李子豪能够这么快判断出马三爷的目的，钦佩的则是唐鹤轩看人的眼光，毕竟不是谁都能够被他看中来当干儿子的。

"这姓叶的太阴险了，生怕咱们不上钩。叶启山、马三爷和黄老头他们三方联手，是非得置我们于死地啊。"方杰痛骂着，硬朗的面孔上怒气腾腾。

"还有个鲁帮主，虽然势力不大，不过加在一起还真是够呛。"

赵衍加了句，众人神色更是凝重。

"马三爷这边，二位少爷不必担心。"

这时，黄复突然说道。

李子豪二人都望了过来，便听黄复说道："马三爷手下的心腹秃鹰极为贪财，一直以来都偷偷贩卖情报给唐先生，如果我们以重金收买他，相信他会反水。"

"这样的话，那我们也将计就计好了！"一句话让李子豪豁然开朗，立刻问道，"黄复，宅子有炸药吗？"

"有，只要组装一下就可以用。"

黄复答道。

"好，你先去召集人手，明天我们有一场大仗要打！"

李子豪握紧拳头。

于是，黄复和赵衍等人离开去各堂口召集人马，李子豪则和方杰来到了地下室。

地下室里摆放着大量的杂物，二人寻找了一会儿，在一个大木箱里发现了炸药。

清出一块空地来，李子豪开始熟练地组装着炸药，又将组装好的炸药放在袜子里刷上黄油。方杰在一旁看着，钦佩道："豪哥，你怎么连炸药都会做？"

"土木工程知道吧？我大学的专业。建房子就需要用到炸药，多少涉足一点。"

李子豪埋头组装，顺口回答。

"上学是个什么滋味儿？"

方杰歪着头问道。

"这问题你可以去问阿泽他们三个……"

李子豪说道。

阿泽三人自从进了教会学校一直很努力学习，老师说他们品行端正勤奋用功，这让李子豪很是欣慰。

"豪哥，你说死是什么样的感受？"

方杰叽叽喳喳地问着。

李子豪继续制作炸弹，没有理他。

这兄弟什么都好，就是有两个坏毛病，一个是只要和唐芊芊有关的事情，他就能立刻发狂，好似得了狂犬病般见谁咬谁；第二个就是话多，什么事情都能够在嘴里唠叨上一两天，而且你只要搭腔他就能没完没了地一直说下去。

所以面对方杰的搭话，李子豪非常明智地选择不搭理。

组装炸药可容不得半点分心，一个差错足以把两个人炸死掉，还谈什么去救唐芊芊。

方杰可没察觉到李子豪的心思，继续说道："死之前，你帮我写下遗嘱吧。"

说完，他歪着头想了想，说道："就写——唐芊芊是我的，方杰绝笔。"

"神经病。"

李子豪听得哑然失笑，空出手来锤了他一拳，只是一抬头却发现方杰一脸认真的神色。

是了，在唐芊芊的事情上他不会开玩笑。

想着和唐芊芊的关系伤害了方杰，李子豪也满心内疚，即使事情并不是他主动。

他埋着头开始制作第二个炸弹，然后说道："明天各自随机应变，得手就走，打不过不要强撑。"

"你知道，救不了芊芊我是不会走的。"

方杰肃然回道，话落又一笑道："如果我被困住了，到时候你会救我吗？"

抬头看了他一眼，想起一路走过的生死历程，想起在百乐门外他为自己挡枪，李子豪毫不犹豫地说道："我当然会救你，如果救不了你，我就陪着你！"

第三十七章

马三爷的末日

简简单单一句话令方杰微微一愣，胸腔里热血沸腾，感动得眼眶一红，他用力地拍着胸口，掷地有声地说道："豪哥，你若被困住了我方杰也会舍了命来救你！"

"我知道。"

李子豪慨然一笑，毫不怀疑他的话，低了头继续制造炸弹。

方杰又问道："豪哥，那你有什么身后话吗？"

"我？"

李子豪沉默了一下，脑海中闪过唐芊芊又闪过蓝若芸，一时间平静的心绪又被撩动起来。

坐在地上，一手撑着下巴，方杰自顾自地念叨着："我曾经做过一个梦，梦见整个上海滩都是我的……芊芊牵的是我的手……"

"等你把她救出来，你就是她的英雄，到时候她一定会牵你的手！"

李子豪按着他肩膀沉声说道。

"她爱的是你。"

方杰神色黯然起来。

"人只要活着，就有机会！"

李子豪鼓励了一句，然后将黄油炸弹甩在墙上，给方杰示范使用的方法，接着沉声说道："如果非要留一个身后愿的话，那就是明天如果我死了，我希望你还活着。"

方杰看着他，然后一拳锤在他胸膛上，肃然说道："如果我死了，替我照顾好芊芊！"

二人对望着，手紧紧地握在一起，男人的友情如同火山般炽热滚烫。

组完炸药之后天已经快亮了，李子豪从地下室出来，想着要叮嘱蓝若芸一声。今天是百乐门的生死战，她是万万不能牵扯进去的。

到了小洋楼，也顾不得避讳什么他直接敲起门来。

结果半天没有动静，他叫来刘妈一问才知道，蓝若芸从前天开始就去百乐门上班了，而且直接住在了百乐门里。

百乐门的三层和四层都是酒店，像蓝若芸这样的头牌那是有专门房间的。

李子豪心头不安起来，自葬礼拒绝了蓝若芸后，他一直忙着帮派的事情，也没有时间去找她，心里想着就这样让她伤了心，让她好好地呆在唐府里别卷入这场旋涡中。但哪里知道蓝若芸居然跑去百乐门了，而且还住在了里面。

但是现在如果派人去通知的话，百乐门里到处都是宏帮的眼线，又怕让叶启山察觉到些什么，只有到时候随机应变了。

清晨时起了大风，深秋的天气越发的凉了，唐府里的松柏也落了叶子，光秃秃的枝丫显露出几分凄凉。

李子豪穿着黑色的西装镇定地走下楼，刚毅的面孔上剑眉斜挑，双目深邃，那股子气度直逼劲松。

他身边的青帮兄弟一个个也都是西装加身，表情清一色的冷峻。黄复和赵衍走在前排，犹如两尊杀神。

庭院里，马三爷的车子早到了。

李子豪站在车门外，胖脸上满是和善的笑意。

在他旁边，秃鹰平静地站着。

见李子豪下来，马三爷打开车门热情地招呼："李先生，坐我的车吧？今天特意来接你，咱们路上说说话吧。"

一句"李先生"显出前所未有的恭敬甚至带着几分巴结，似乎已经认为李子豪继承了唐鹤轩的地位，如此讨好自然让人难以拒绝他的邀请。

李子豪点点头，钻进了车里，和他并排坐在后座上。

马三爷的人坐到后面几辆车上，接连缓缓驶出唐府。青帮人马在更后面的车上跟着离开，犹如一条长龙。

清晨的街道上树叶满地，大秋天了人都起得晚，只有零零散散的路人，显得有几分冷清。

车里，马三爷瞥了眼旁边的李子豪，见他一脸平静、目光坚定，心里便嘀咕着，这姓李的小子果然有些胆色，唐老头的眼光还真不错，若是换了个年轻人遇到今日这场面，只怕早吓得尿裤子了，哪里敢去和叶启山对着干。

快要经过一个岔路口时，司机从后视镜里瞄了瞄，观察了一下后面车队的动静，然后猛地一脚油门拐弯扎进了岔路。

后面斧头帮的几辆车也都纷纷进入岔道，狭窄的道路使得青帮的车辆被拖得长长的。

等到开出岔路的时候，剩下的一辆斧头帮车辆陡地朝着另一条路飙去，而马三爷等人的车辆早就开得没了影踪。

青帮的车辆停了下来，中间一辆车上压低帽子的方杰抬起头来，朝着赵衍说道："阿豪那边就交给你了。"

"杰少放心。"

赵衍简短地回答道。

方杰下了车，上了黄复所在的另一辆车。

车队紧接着分成两路，一路随着方杰去百乐门，另一路则朝着市郊开去。

另一边，在马三爷的车上李子豪似乎并没察觉到异常，只是专注地望着窗外。好一会儿后他发现路不对，这才说道："三爷，绕这么大圈子，我们不会晚到吧。"

"宏帮的人把守了重要的路口，只能绕圈子过去。不过李先生放心，只会早，不会晚。"

马三爷笑眯眯地回答，车辆在颠簸中继续前行。

这理由很是恰当，李子豪便没再问下去，就这样静静地坐在车里，犹如在暗处等待猎物的猛兽。

一路行驶直到抵达郊区一处废钢厂的空地上时，随着尖锐的刹车声，后面的斧头帮车辆突然加速，前后拦住了马三爷的车。

车门打开，马三爷的随从们纷纷下车，里三圈外三圈地围过来。

马三爷迅速推开门从车里走了出去，别看他身材矮胖，动作却迅猛得跟貂子似的。

一出了车门和李子豪拉开了距离，他脸上立刻露出了笑意，点燃雪茄悠哉悠哉地抽了一口。

"三爷，你这是做什么？"

李子豪坐在车里，冷眼看着他。

马三爷咧嘴笑着："老弟啊……你空有一肚子才学，就是还太年轻。唐老头一走，这上海滩就是叶启山的天下喽，他和欧文一联手，谁敢不听他的话？现在他要杀你，你可别怪老哥我啊。"

"三爷真决定这么做？可知善恶终有报，坏事做多了迟早有一天走夜路撞到鬼啊。"

李子豪安然地坐在后座上，淡淡说道。

马三爷听得哈哈大笑，一瞪眼道："老子就是活阎王，还能怕小鬼？今天说要送你上路，你就休想活着走出这门！"

然后他掏出怀表，打开来看了一眼道："看来今天的招待宴我是真的要晚到了，老弟啊，别啰嗦了，下车受死吧。"

外围的打手们拿着砍刀棍棒，一个个凶神恶煞的，平日里寂静的废钢厂此刻涌现着浓浓的杀机。

李子豪缓缓打开车门走出来，挺直着腰杆，乌黑的短发下神色冷峻。

"老弟，早死早投胎啊——"

马三爷仰望着长空，随意地挥了挥手，此时的李子豪就犹如一只随手可以捏死的蝼蚁，以至于他根本没兴趣去看接下来的惨剧。

只是悠闲地吐了口烟圈却又觉得事情有点不对劲，这周边怎么没有一点动静，没有手下人冲上去的脚步声，没有棍棒的打砸声，也没有李子豪的惨叫声。

他慢慢低下头来，只见李子豪安静地站在原地，周边散落的手下人却是一动不动。

"他妈的都耳朵聋了，没听见老子的话？给我上，打死这小子！"

马三爷顿时动了怒，将雪茄朝着地上狠狠一丢，大声呵斥道。

平日里他这么发怒，手下人都是吓得惊慌失措，但今天情况诡异得很，手下人一个个竟然用狠毒的眼神盯着他。

这么多人盯过来，让一向八面威风的马三爷也有些惶恐起来，搞不清楚发生了什么状况。

"三爷，我说了，坏事做多了迟早夜路上撞鬼。"

李子豪靠在车门上抱着手臂，嘴角微微斜勾着，带着几分讽刺的口吻说道。

"秃鹰，你在搞什么，上，快上！"

马三爷心慌起来，连忙朝着最信任的心腹下令。

一侧的地方，不似往日般恭敬地压着腰，秃鹰直挺着腰背，脸上浮现着冷漠，对他的指令也没有半点响应。

"你……你……你竟敢背叛我！"

马三爷难以置信地大叫起来，此刻他已失了之前的镇定，整个人处于极度的惊恐状态，以至于声音都颤抖起来。

别说一个老江湖了，无论换了谁在他的位置上，都能够清楚察觉到此刻的局面：他手下的所有人都背叛了他！

秃鹰终于说话了："三爷，对不住了，李少爷出手可比您阔绰多了，兄弟们总得要过日子不是？您常说做人总要有两手打算，兄弟们这么做也是遵循您的教导，想来您不会责备我们吧？"

马三爷气得呛了口血，他平日里是风吹两边倒，非但不以为耻反而认为这是一种能耐，所以在帮派里时常炫耀。他私下里想着自己出手也算大方，手下人理应忠心耿耿才是，但哪里知道这些人也是当面一套背面一套，如今为了钱财居然把自己给出卖了。

"三爷，把你的话送给你——早死早投胎啊！"

　　李子豪沉声说罢，打手们立刻蜂拥过去，一棍棍砸向马三爷。

　　马三爷虽是帮派头头，但早过了打打杀杀的日子，平日里养优处尊的，哪里是一群壮汉的对手，几乎没有反抗就被打得趴地不起，直呕着血。

　　李子豪默不作声地看着他，打手们一棍子一棍子地砸在马三爷的身上，血汩汩地从他身上冒出来。

　　马三爷瞪凸着眼，惨叫的声音越发的虚弱，视野也不断地模糊。

　　他伸出手，想要抓住什么。

　　权力！

　　地位！

　　财富！

　　原本完成这件任务之后，他斧头帮要成为上海滩的第二大势力，但眼下这些原本唾手可得的东西突然变得那么遥远。

　　在死亡前的一刻，马三爷内心深深地悔恨，若然一直做着墙头草或许不会是这样的结局，只是人性贪婪，走错了一步，结果把自己的命都搭了进去。

　　马三爷气绝时，赵衍一行的车也开到了废钢厂外，两支队伍合一朝着百乐门而去。

第三十八章

一身虎胆

这日大上午的时候，百乐门迎来了这一年最为盛大的场面。

作为公董局第一任华董的就任仪式，在法租界领事馆的牵头下办得声势浩大，一排排一米多高的花篮沿着大门一字排开，足足几十个，而每一个花篮的飘带上都留有极具分量的名字。

沿街道路上也挂起了一条条横幅，写着租界里各政府机关、各大公司的名字，那名头是一个比一个响。

叶启山一身定制的西装，披着进口的法国风衣，在手下人簇拥下走进百乐门，一进会场，里面满满的人都齐唰唰地望了过来。

各大黑帮的头目乃至租界地的官员们纷纷迎上恭喜道贺，正如叶启山之前所想的一样，前阵子华董竞选酒会上那些对他不屑一顾、认为唐鹤轩能够当选的人此刻也都转了风头，一个个笑脸相迎，恭维之词是一个比一个说得利索。

叶启山高昂着头大步而来，享受着众人的吹捧和巴结。

前排的席位上坐着欧文和几个法国领事馆的工作人员。以往见了欧文，叶启山都要压压腰，但今日不一样了，他背挺得直直的，感觉自己如今已经可以和欧文平起平坐了。

欧文并不在意这细微的改变，他一边给叶启山道贺，一边盘算着等处理好竞选这件事情之后如何大开烟馆、如何坐上领事馆公使等更为重要的事情。

舞台上挂着一条横幅，上面用醒目的字体写着"庆贺第一届华董就职仪式"。

穿着白色燕尾服的主持人走上台去，拿着话筒说了一番开场白之后，声音一抬："下面有请法国总领事欧文先生致辞。"

台下顿时掌声雷动，叶启山象征性地鼓着掌，同时左右看了看。

右侧有着一张空桌子，在这个人满为患的大厅里显得很是惹眼，那里正是唐府人马的座位。

大会已经开始了，人却还没来。

叶启山颇为满意地点点头，觉得马三爷做事情确实称心如意，想必这个时候李子豪已经被解决了。

"真像大彪说的，到底是个黄毛小子，没什么可担心的。"

他嘀咕了声，心里踏实得很。

虽然那个叫李子豪的小子坏了自己两次事情，不过这一次是在劫难逃了。至于方杰，那就是个莽夫，以前有唐鹤轩罩着还能保平安，现在随时可以掐死他。

他招了一个小头目过来，低声吩咐道："再加一队人巡视左右，两个侧门都不准任何人进出。"

前方，欧文慢条斯理地走上台去，朝着舞台下方一角的蓝若芸微微一笑。

这笑容在别人看来极其绅士，但在蓝若芸看来却只有羞辱，她脸色一下子沉了下来，恨不得立刻就离场。

来到话筒前，欧文含笑说道："今天是我们新一届华董的授勋仪式，首先我代表法租界对各位的到来表示衷心地感谢，谢谢各位抽出时间来参加本次活动。"

台下又是掌声响起，百乐门里热闹非常。

百乐门外，热闹之余则潜伏着杀机。

青帮的车队在距离百乐门还有三条街的时候就停了下来，人员分散开，沿着小路巷道接近百乐门。

来到百乐门外方杰左右观望，敏锐地判断出黄老头手下人马的分布。

"不止是黄老头的人马，还有宏帮的人马。"

黄复沉声说道。

这时，一个青帮小弟赶了回来说在侧门那边还没人守卫。

"好，我从侧门进去！"方杰做了决定。

宏帮到底是刚接管这一片，对百乐门还不是很熟悉，所以忽略了侧门的防守，而那里进去后可以直抵地下室。

按照李子豪的计划，由方杰带着炸药潜入百乐门地下室，安装炸药制造混乱。到时候乱起来，黄复和赵衍等人再领着青帮人马杀过来，在外围牵制住对方的人马。李子豪则和方杰联手利用带进会场的人马挟持叶启山，只要叶启山到手了，就可以找到唐芊芊。

这计划中无论是李子豪还是方杰任务都极其艰巨，但只有这样才可能救出人来。

"杰少，真不用我跟着吗？"黄复担心道。

"不必了，我一个人更方便行动。"

方杰摇了摇头，将背包系紧了些。救唐芊芊的计划不能够有半点失误，潜入地下室更适合一个人去做，多了人反倒不方便。

黄复便没再说什么，他很清楚方杰的身手。

话一落，方杰立刻行动。他高速穿过人群，借着行人的掩护经由守卫空挡的侧门进入到百乐门内，一路轻车熟路地蹿进地下室里。

等他刚进去，宏帮小头目一行才赶到侧门，这情况让黄复等人都不由捏了把汗，这正事还没开始便已经惊险起来了。

百乐门的地下室是专门用于避难的，一条条巷道交错，有着大量的闲置房间，平日里这里大门深锁，一个人都没有。

但现在大量的保镖在地下室里巡逻着，因为从地下室可以直通地上从而潜入会场中。

方杰刚闯进去，迎面就碰上几个保镖，不等保镖反应过来，他闪电般蹿过去，几记掌刀将保镖劈晕过去，接着继续前行。

同时在会场里，欧文的演讲结束，迎来了各大佬的掌声。

叶启山又带头鼓掌，然后又陡地想起事情来，回头一望，豁然发现马三爷的席位居然是空的。

陡然间，一个不好的预感涌上心头。

这时手下一个小头目突然赶过来，低声说道："帮主，有人闯进地下室了。"

"黄老头这小子，办事情也太不利索了！"

叶启山脸一沉，朝着大彪厉声吩咐道："把所有出入场口都封死，连只苍蝇都不许给我飞进来！"

这是他的就职仪式，为了不让青帮的人捣乱，他在外围那是布设了重重人马，黄老头几乎把半个帮派的人都安插了过来，但叶启山还是不放心，所以加派了宏帮的人手。

哪里知道即使这样，还是有苍蝇会飞进来，而他绝不能允许今日的场合出什么岔子。

大彪冷着脸回应，带着一群手下迅速离开，直朝着地下室赶去。

舞台下，蓝若芸一直观察着叶启山这边的动静，不为别的，因为她太熟悉李子豪的性情了，而且她也从李子豪的口中得知过许多次刺杀行动的步骤，像今天这样的场合实在太适合刺杀了。

这也是她为何忍着欧文的羞辱也绝不离开的原因，只因为站在这里才能够关注全场，或许在关键的时候还能帮一下李子豪。

毕竟她可是百乐门的皇后，即使此刻欧文和叶启山是今日的主题，但是她的一举一动仍然吸引着众人的目光。

如今见到叶启山这边有了动静，她的心一下子揪紧了起来。

前面的欧文尚未发现下方的异常，讲完话后便朗声说道："下面有请新华董叶启山先生上台致词讲话。"

叶启山傲然起身，向大家鞠躬致辞，百乐门内掌声雷动进入高潮。

尤其是黄老头和鲁帮主，那掌声响亮得很，脸上也乐开了花。他们是两大帮派角逐中出力最少但却占了大便宜的人，只待叶启山正式上台摧毁青帮势力，到时候便可大肆扩张地盘，源源不断的保护费和赌场等收益那就是金山银山。

相比之下同样出席的青帮元老们，这个时候考虑的则是如何守住自己的地盘。

叶启山走上台去，俯瞰着众人。

多少个年头了，唐鹤轩一直压着自己，任何场合里但凡他出现必定抢了自己的风头。如今他死了，上海滩还有谁又能和自己争锋呢？

他不免心情澎湃起来，对地下室有人闯入事件略有的担忧也消失一空。

他大手一挥，极有气度地喊道："今天欢迎大家来捧我叶某人的场子，以后有我叶启山一口饭，就有在座的一口饭！跟着我干，保证大家吃香的喝辣的……"

诸帮派人士听得直是点头，宏帮上上下下都准备着，只待叶启山说完就发出热烈的欢呼声。

工商界和官员们虽然觉得叶启山的话粗俗了点，不过话糙理不糙，确实也是这个道理。

"梆——"

就在这时，突然间一声巨响，会场的大门被撞开来，李子豪带着青帮兄弟和马三爷的心腹秃鹰等人走了进来。

大门外还可以窥见倒了一地的人马，那些守在门口的宏帮人马一个个被打晕在地。

舞台上，叶启山一愣，对这突发的状况一时没反应过来，顿时语塞。

还没下台的欧文也骤地脸色一沉，既为叶启山办事不牢靠而不高兴，又为李子豪这般大肆闯入而担心。

站在一角的蓝若云见到李子豪来了，神色立刻紧张起来。

一如她所预料的，李子豪果然要来淌这浑水，但没料到的是他竟然这般明目张胆地过来，这不是给人家当靶子吗？

果然，会场里的宏帮人马立刻严阵以待，甚至有不少人都暗中掏枪对准了李子豪等人。

蓝若芸紧咬着唇，小手不自觉地握在一起，心"砰砰"狂跳，心里念叨着，若是李子豪死了那她该怎么办才好？又像白渡桥事件之后，因为感动，委身给一个把自己当成情妇的男人吗？

不，她做不到！

这一次她无论如何都不会放手，她要和李子豪一起活下去！

第三十九章

会场惊变

全场鸦雀无声，气氛更凝重得让人窒息。

作为唐鹤轩的干儿子，李子豪出现在这个圈子里虽然不过几个月时间，但却如同一颗彗星般升起，吸引了大量的目光。

如今即使唐鹤轩死了，但他这么一出现竟有种压倒全场的气势，隐隐间似乎是唐鹤轩附体，竟没人敢吭半个字。

黄老头本来想出头，只是脑袋一冒起来又缩了回去，脑海里想起了葬礼上的情景，这小子在葬礼上就敢动枪，当然犯不着在这个时候出头。

"马三恐怕遭殃了。"

旁边鲁帮主小声说了句。

马三爷要对付李子豪这件事情虽然是机密，但是在场的可都是老成精的人物，一看马三爷和唐府的席位都没有人，再加上唐芊芊被绑架的事情不胫而走，大家都能够联想到事情的谜底。而眼下最大的佐证，就是马三爷的心腹秃鹰和斧头帮的人都跟着李子豪。

这一句话落下，诸大佬间顿时弥漫起一股不安的情绪来。

马三爷是谁，就像条泥鳅似的，别看他平时不招谁，但要想对付他可不容易，尤其是他心腹秃鹰那可是出了名的忠心。

如今秃鹰跟着李子豪，就这能耐谁也不敢小看这青年人。

没有人阻拦，谁也不想做出头鸟。

李子豪一身笔挺的西装，披着大佬风范的风衣，五官立体的面孔上一双眼睛犹如锋利的刀刃。

他如入无人之境大步而来，旁若无人地走到台前，大刺刺地坐在马三爷的位置上，将手中的雪茄往马三爷的名牌上一按，对着台上喊道："叶先生！兄弟被一个死人绊住了，所以就来晚了，不好意思呀，您继续！"

李子豪亲口确认了马三爷的死，叶启山脸色一沉，火气都冲到脑门上却又无法发作。

众目睽睽之下，总不能就这么拿着枪开干吧？

再说了，李子豪本来就在邀请之列。

场内各个方面大佬们看看李子豪，又看看台上的叶启山，都盘算着一旦出现火拼怎么明哲保身，怎么置身事外。

面对众人的眼光，叶启山只好努力挤出一个微笑，算是打招呼了，一边硬着头皮继续致辞一边盘算着怎么灭了李子豪。

台下，李子豪时不时吐口烟雾，享受着雪茄的味道，显得镇定自若，大局在握。

秃鹰护在他左边，森冷的眼神和凛冽的杀气让场中的气氛更是不安。

只是谁也不知道李子豪镇定的表面下，心里却在担心着方杰，希望他一切要顺利。

此时，大量宏帮人马在大彪的带领下沿着走廊进入地下室，逐门逐室地搜索起来。

比起大彪撒网式的搜索，方杰则快一步抵达了计划的地点。

这是一个空荡荡的杂物间，在地下室诸多房间中毫不起眼，但是如果看过百乐门的设计图纸就会知道，这杂物间的上面就是会场舞台。

这也是青帮掌管百乐门多年来从中获得的一些资料，如今恰恰派上用场。

方杰迅速从包里掏出炸药，按照李子豪传授的方式将一包包黄油炸弹粘在天花板上，紧接着他摸出怀表看着时间，等待着时机的成熟。

会场里，李子豪悠然自得地抽着雪茄，一脸玩味地看着台上的叶启山，那样子好像是来参加朋友聚会般，只是周边黑洞洞的枪口提醒着所有人在这种悠闲下浮动的杀机。

在他的注视下，台上的叶启山却如芒在背。

不知为什么，这李子豪只是个黄毛小子，但今日看来却怎么有几分唐鹤轩的影子；马三爷提出的计划这么完美，居然被干掉了。

　　秃鹰的背叛绝非偶然，那就意味着对方早就埋下了这枚棋子，这样一来的话他和马三爷的阴谋一早就在对方的算计之内。

　　他搞不清楚对方究竟打的什么牌，接下来又要如何行动，唐芊芊是不是已经被人解救出来了。

　　这么一想着脑袋乱糟糟的，额头上汗珠直冒。

　　看着叶启山的窘态，李子豪微扬着嘴角，再看看台上一脸不安的欧文，他知道自己越是这样镇定对方越琢磨不透，时间也流逝得越快，只要在约定的时间内叶启山能站在台上，那事情就成功了。

　　这时，主持人看到情况不对，立刻大喊道："请蓝小姐为叶先生授勋。"他并没有试图化解局面的意思，只是想着赶快做完事情下台，免得等会儿火拼起来丢了命。

　　只是这么一喊，李子豪脸色便不由得一变。

　　来时他放眼环顾全场没有发现蓝若芸的身影，心里还暗松了口气，想着蓝若芸估摸着也讨厌这样的场合不会来参与，但没想到她居然就在台下，刚才只是被身材高大的保镖挡住了而已。

　　但见蓝若芸拿着丝带走上台，若换成其他时候此时台下定然一片掌声，只是眼下气氛紧张，场内反而显得异常的寂静。

　　深深看了李子豪一眼，蓝若芸暗自祈祷他能够从这里退出去，千万别闹事才是。

　　而看着蓝若芸给叶启山授勋，李子豪心脏狂跳起来，看了一下表，还有 1 分钟到 11 点，11 点就是约定的时间。

　　这个时候方杰应该已经把炸药的引信点燃！

　　台上的仪式不可阻止，欧文将蓝若云手里的绶带佩戴在叶启山身上，此刻他和叶启山也从慌乱的状态中醒悟过来，想着赶快结束。

　　蓝若芸站在台上，一点也没有下来的意思，李子豪又不敢打眼色，否则一旦叶启山察觉到不对劲，一切就前功尽弃了。

　　李子豪的表情是悠闲的，但是桌下的拳头却握得紧紧的，他用余光瞥着怀表，秒针在迅速地跳动着，还有 20 秒！

台上，叶启山与欧文握手，向台下鞠躬，竭力保持着镇定和风度。

秒针继续滴答地响着，像击打在李子豪的心上，他双眼血红地盯着欧文旁边的蓝若芸。

想象中，地台下粘着的黄油炸弹引信越燃越短，秒针距离约定时间已经不过3秒了。

来不及了！

李子豪突然把雪茄一扔，像出膛的炮弹般射向舞台。

这突如其来的动作把所有人都吓了一跳，几个机警的宏帮成员连忙射击。

子弹在身后打出火花，李子豪已先一步跨到台上。

"你……你敢……"

叶启山吓得大退了几步，差点没摔倒。他完全没有想到李子豪疯到这程度，居然众目睽睽之下就冲下来，下一步肯定拔枪射击。

欧文也吓得脸色大变，哪里还有平时的绅士风度，几乎下意识地将蓝若芸往李子豪身前一推，借机滚到台边。

"阿豪你不要……"

蓝若芸惊呼着，生怕和李子豪这一面就是永别，在场那么多宏帮人马，他居然冲上来刺杀，这不是找死吗？

只是话没说完，她已被李子豪扑落在地。

李子豪抱着她迅速翻滚，刚翻到台边舞台就突然发生了爆炸。

轰隆隆的巨响声震得整个会场都为之一颤，舞台上升起一团浓得化不开的尘雾，将叶启山团团淹没。

惊慌的叶启山还没回过神来，脚下陡地传来崩裂的声音，他低头一看裂开的地面连忙朝外跑。只是一只脚还没踩稳，舞台已经塌陷下去。

叶启山惨叫着坠入地下室，一头撞在杂物箱子上差点晕过去。

早就等候着的方杰从门口边穿过来，抓起他就朝外拖去。

"救帮主！"

宏帮的成员从舞台外慌张赶过来，一个个高喊着跳入地下室中，结果刚跳下去就见到逃跑的方杰顺手丢进来的炸药。

几个宏帮成员吓得面无人色，想要逃跑，但是这从上面跳下来容易再往上爬出去那可就难了，而这炸药又恰恰丢在门口阻了出路，一时间连个躲避的地方都没有。

炸药的引线在他们的惊呼声中燃尽，紧接着轰然爆炸，伴随着惨叫声滚滚黑烟携带着带血的碎片涌出舞台砸落在附近。

"快走，快走！"

会场里的人纷纷惊呼，你推我嚷地朝外赶。

各大佬在保镖的护送下朝着百乐门外狂奔，欧文也在几个宏帮小弟的保护下逃跑，刚才还喧嚣热闹的百乐门一下子又陷入混乱中。

因为之前发生过激烈的枪战，而今一见唐府这边居然连炸药都使用上了，从方杰和李子豪在唐鹤轩葬礼上的行径看，二人把百乐门炸塌都不意外，大家哪里还敢呆在这里。

他们当然不想卷入这么疯狂的报复战中，都拼了命地往外冲。

"子豪……"

舞台边上，蓝若芸惊魂未定地喘着气，她没想到李子豪使用这么暴力的手段，若是他刚才不来救她，她肯定被炸死了。

"走！"

没有时间解释什么，李子豪低呼一声。

此时虽然烟尘滚滚，但是叶启山的手下已经赶了过来，一见到二人，立刻举枪射击。

李子豪一边还击一边护着她朝舞台后方赶去，刚刚发生的爆炸和潮水般的人群无形中帮了他的忙，阻止了不少宏帮人马。

二人沿着舞台后方的长廊狂奔，拐了弯后李子豪将蓝若芸带进了一间隐蔽的房间里。

第四十章

千钧一发

"若芸，你躲在这里，千万不要出来。"

李子豪沉声叮嘱道。

"子豪，情况太危险了，你别离开我好吗？"

蓝若芸睁着大眼睛，泪花闪动着，小手抓着他的手臂，几乎快哭出来。

李子豪看着她，想起今日或许就是生离死别，或许这就是最后一面，压抑已久的情绪一下子迸发出来，他抱住蓝若芸激吻起来。

蓝若芸也拼命地吻他，双手紧紧按着他的背，好似要将他揉进自己身体般，直到外边传来杂乱的声音二人才又惊醒过来。

李子豪朝外望了一眼便要准备离开，蓝若芸却使着劲不放开他的手。她用力地摇着头，这一次说什么也不放开，她不想让李子豪再卷入这样可怕的事件中，不想再担惊受怕，不想再次分别。

"芊芊被绑架了。"

李子豪只得说道。

"芊芊被绑架了？被叶启山？"

蓝若芸陡地大吃一惊，她虽然恨唐鹤轩，但对唐芊芊却一点恶意都没有。

"只有叶启山才知道芊芊关在哪里，所以我和阿杰才用了这种方法。现在阿杰已经逮住叶启山了，肯定能逼问出芊芊的下落，只要救出芊芊我们就立刻离开。"

李子豪继续说道。

"但……但是……"

蓝若芸声音颤抖起来。

她想着要无赖把李子豪留在这里，但是她却不能够以一个无辜女孩儿的生命为代价来挽留他。

"若芸，干完这件事情我带你离开上海！"

李子豪声音柔和起来。

他的眼神真挚而热情，让蓝若芸仿佛又回到了白渡桥分离之前、他在河边向自己许下离开组织的诺言时的情景。

"这一次，我们不会再错过了吧？"蓝若芸仰望着爱人，美目闪烁着犹如天上的繁星。

"绝对不会！"

李子豪沉声说着，深深地吻着她的唇。

蓝若芸的手慢慢松开了，看着他消失在视野中。

她双手合十，闭目祈祷。她从来不信神灵不信菩萨，但这个时候却期望有着他们的存在，她和李子豪已经错过了一次，绝不能再错过第二次了啊。

灯光昏暗的地下通道里，方杰拉着叶启山一路奔跑，同时怒喝道："你把芊芊藏哪了？"

叶启山摸摸头上摔伤的口子，一把的血，他恶从心起，非但不回答反倒咆哮着威胁道："你最好想明白了，小子！杀了我你别想活着离开这！"

方杰停下步子，面无表情地盯着他，然后一扣扳机打中他的腿。

叶启山痛得嗷嗷直叫，方杰一枪抵在他肩膀上，一字一句地冷冷说道："我不杀你，我一会一枪枪打断你的手脚，打断你身上的每根骨头，我看你什么时候能回答我的问题！"

芊芊是他的命，为了救芊芊他什么凶狠的事情都做得出来。

方杰的凶狠劲让叶启山脸色大变，好汉不吃眼前亏，等脱身了再说，他当即朝着上面一指道："在楼上！"

"你最好不要骗我！"

方杰狠狠瞪了他一眼，拖着他继续前行。

后面，一群群的宏帮人马蹿上来，在狭窄的空间中发动枪战，方杰一边退一边拿叶启山做挡箭牌。

"他妈的你们眼睛瞎了，敢打老子！"

几次差点被打中，叶启山气得破口大骂。

这么一骂，众手下都是胆战心惊，生怕打中叶启山。这下子顿时便宜了方杰，他枪法本来就准，一连射杀了好几人，然后打爆事先埋在墙上的黄油炸弹阻截追击，拖着叶启山朝会场上层赶去。

爆炸声为正在地下室寻路的李子豪指引了方向，他直接破开窗户顺着管道和阳台朝楼上爬去。

在爬到第三层楼的时候，正好遇到被宏帮人马围追堵截的方杰。李子豪一跃撞破玻璃，顺手丢了颗手雷为方杰解了围。

"在楼上！"

方杰大喊一声，二人挟持着叶启山继续朝楼上走。

指挥着解救行动的大彪一看状况不妙，立刻吩咐道："快去把楼上那娘们押过来！"

二狗和几个手下立刻行动，朝着三楼跑去。

三楼的房间里，唐芊芊早就听到了动静，轰隆隆的爆炸声让她坐立不安，生怕听到什么噩耗。

几个宏帮成员正在门口警戒着，见到二狗带人上来，领头的立刻问道："二狗哥，下面情况怎么样了？"

"帮主被唐鹤轩的两个干儿子挟持了，正朝这里来，大彪哥让我们带着这娘们下去。"

二狗大声说道。

唐芊芊听得又惊又喜，喜的是豪哥和阿杰都没事而且还挟持了叶启山，惊的则是自己若真被押下去那就麻烦了。

逃跑！

她必须逃跑！

唐芊芊在这瞬间下了决定。

"唐小姐，你可别乱动，我的枪可不长眼睛。"

一个瘦个子一边给唐芊芊解开绳索一边威胁着。

唐芊芊和板凳之间的绳索一解开，她豁地撞开瘦个子夺路狂奔。

她的速度很快，就像是受惊的兔子般，等到二狗几人反应过来时她都快跑到楼道尽头了。

"追追追！"

二狗急得大喊，这人若是跑了那可是掉脑袋的事情。

唐芊芊在飞奔，心跳加速，脚步飞快，神色慌张，走廊犹如一条无尽的深渊，怎么跑都跑不到尽头。

二狗一群人在后面紧追不舍，不时还放一枪，子弹打在旁边的墙上，打在廊道的壁灯上，打在花盆花瓶上，每一枪都惊心动魄。

前面突地到了通道尽头，唐芊芊慌不择路地撞进一个豪华套间里。

"小娘们，看你往哪里跑！"

瘦个子大笑一声，紧跟着撞进门来。

一脚踏进来的瞬间，门背后的唐芊芊举起花瓶猛地一砸。

"啊——"

瘦个子瞪大眼睛，只觉得天旋地转，嘭的一声倒在地上。

唐芊芊连忙拾起枪，对着门外就是一阵狂打。

然而和打酒瓶不一样，外面的宏帮成员那是活的，一个个都会躲，而且子弹的数量还是有限。

只开了几枪子弹就用完了，二狗带着手下走了进来，脸上带着阴彻彻的笑。

唐芊芊惊慌地朝后退，一步步从正厅一路退到阳台边上。

阳台外视野一片空旷，朝下望则是一片光秃秃的水泥地，从三楼跳下去必死无疑。

唐芊芊靠着阳台边已经没有了退路，深秋的天气冰冷得让人发抖，心也紊乱地颤栗起来。

二狗狂笑道："你跳啊！跳啊！陪老家伙去！你死了省得老子动手。"

唐芊芊咬着唇看着这些发狂的歹徒，再看看楼下的地面，先是惶恐不安而后眼神又逐渐坚定起来。

她多想活下来啊，但是如果因为自己活下来而拖累豪哥和阿杰的话，那还不如就此告别这个世界。

虽然她是多么的不舍，多么想和豪哥在一起幸福地过一辈子，只是这世道比自己想象中要残酷太多，任何美好的愿望都被碾得粉碎。

豪哥，来生再见！

唐芊芊把心一横，泪水婆娑间猛地朝外跳去。

人在空中，脑海里和李子豪在一起的画面一页页地翻开。

教堂外下着小雨，他为自己撑着伞披上大衣；在李子豪房间里，二人那般亲密地紧贴在一起，唇与唇之间只有一毫的差距；在自己房间里，模模糊糊感受到那印刻在脸蛋上温润的亲吻……每一个片段都是那么温馨而甜蜜，又那么绝望而悲伤，只因为这样的情景再也不会有了。

满心的酸楚弥漫开来，她闭上眼睛，双手伸展开准备迎接死亡。

"砰——"

一声枪响突然惊醒了她，唐芊芊睁开眼时看见屋子里的二狗瞪大着眼睛，直挺挺地倒在地上，几乎同时其他几人纷纷被击杀。

一道黑色的影子如同闪电般扑来，那张面孔刚毅沉稳，那双乌黑的眼睛充满着无比的担忧。

是李子豪！

楼顶的枪声是最好的指南针，李子豪和方杰顺着枪声而来，在破门的刹那击杀了二狗几人，李子豪用最快的速度飞奔过来时唐芊芊正好跳下去。

"豪哥！"

唐芊芊大声呼唤，眼泪如雨珠飞落，她使劲伸直手但却有股无形而不可抗拒的力量将她往下引。

此刻身体犹如千斤重般，任由她使劲伸手却距离阳台越来越远。

"啊！"

李子豪嘶声力竭般暴喝，双目血丝爆满，这一刻他把身体的本能提升到极限，经过了这么多难关，怎么可能让唐芊芊死去！

他一手抓住栏杆，大半个身体翻越过去，一手用力地往下抄。

电光火石之间，他紧紧地扣住了唐芊芊的手腕！

"豪哥！"

神来之笔般的救援让唐芊芊欣喜若狂，李子豪那强有力的手犹如闪电般击中她的心房，让她痴迷昏眩，觉得一切仿佛是在做梦。

虽然此刻身体还悬在空中，但内心的激动却像火山喷发般涌冒出来，让她快乐得要大声喊叫。

第二次！

第二次在自己生死关头的时候，李子豪又救了自己，这或许就是命运吧。

这一刻唐芊芊知道在自己心里这辈子都不会有第二个男人，也再容不下第二个男人。

踏过二狗几人的尸体，方杰从后面赶上来抓住李子豪朝上一拖，借力之下李子豪终于将唐芊芊救了上来。

一落地，唐芊芊立刻扑在李子豪怀里，用最大的力气抱紧他，如痴如醉般地呢喃道："我就知道你会来救我，而且一定救得了我。"

李子豪和方杰却不约而同地长吐了口气，刚才实在太惊险了，若是晚了半秒甚至更短的时间唐芊芊必死无疑，所幸今天运气站在他们这一边。

"咚咚咚——"

脚步声从走廊传来，密密麻麻的，是大彪带着人赶上来了。

"退到里面的房间。"

李子豪果断作出判断，他拉着唐芊芊，方杰拖着叶启山一路到了最里面的房间。

把门一关，李子豪走到窗口处朝着下方望了一眼，和阳台下面光秃秃的地面不一样，这下面一楼外面恰好有个咖啡厅，上面还搭了个凉棚。

他朝着方杰点了下头，方杰立刻将叶启山拖到椅子上，从背包里拿起绳子将他五花大绑。

"你们这俩混蛋，今天别想活着离开这！"

叶启山扯着嗓门狂吼。

他叶启山是什么人？那是宏帮的老大，那是上海滩最大的流氓头子，今天更是他任职华董、以后要在这上海滩一手遮天的日子啊。

就这样的日子，居然被这两个黄毛小子给搅得一团糟，他真是满肚子的火气。

第四十一章

大 洗 牌

"闭嘴！"方杰使劲扇了他一巴掌。

叶启山被打得一愣，他已经忘记了多少年没被打过，正如他多少年没挨过枪子儿一样，今天这两样都凑齐了。

李子豪拿出黑布口袋套在他头上，然后又将炸药塞在他身上。

"你们两个臭小子，你们知道对抗我叶启山是什么后果吗？"

叶启山拼命挣扎，同时暴喝怒吼，但怎么挣扎都无法从椅子上挣脱出来。

"梆梆梆——"

门外传来撞击声，是宏帮的人在撞门，只是叶启山被固定在门前阻挡着，所以怎么都撞不开。

椅子上的绳索拖在地上，尾端在李子豪手中。

"芊芊，别怕。"李子豪说道。

"嗯。"唐芊芊乖乖地点点头，享受着李子豪的保护，小脸上洋溢着满满的幸福，虽然刚才差点丢了命，但此刻她却觉得这天底下无论有什么难关，只要有李子豪在身边都能够闯过去。

"叶启山，你偿命的时候到了！"

方杰点燃引线，同时冷冷地丢下这话，然后三人飞速地奔跑，紧接着一跃跳出窗外。

三人的重量拉扯着绳索将叶启山连人带椅拖到窗下的墙壁上，叶启山一仰头，罩着脑袋的黑布口袋掉了下去，低头时便豁然见到胸前绑着的炸药，那引线正在高速地燃烧。

"梆——"

没了叶启山抵门，房门终于被撞开了，大彪带着几个手下一马当先地冲了进来。

只是一看到叶启山那满身绑着炸药且引线就快燃烧结束的画面，大彪脸色陡变，这个时候什么忠心都没了，他一把推开身后的人猛地朝外狂奔。

他这领头的一跑，其他的手下哪里还敢停留，一个跑得比一个快，要知道叶启山身上绑的炸药数量足以把这一层楼给炸平啊。

"他妈的两个黄毛小子！"

叶启山此时也惊呆了，他没有想到李子豪他们居然把炸药绑在他身上，此刻见到手下人全跑光了，引线也马上就要烧尽，他顿时咆哮暴怒。

他痛骂李子豪和方杰，痛骂大彪和手下，发誓要将他们碎尸万段。

至死他都是凶残的，对自己所做的事情一点都没有任何悔意，所想的只是用无数的酷刑对这些想对付自己和背叛自己的人进行残酷的报复。

他的生是黑色的，死也是黑色的。

"轰——"

炸药爆炸之时，大量的砖石碎片连同碎肉块从窗户里暴射出来，火浪犹如海啸般顺着房间朝里外涌去，几个跑得慢的宏帮成员被震出窗外，惨叫着从高空落下。

与此同时，李子豪三人抱成一团重重地摔在凉棚上。塑料棚子被砸了一个大洞，三人继续坠落，直到把桌子砸得粉碎才停了下来。

"少爷，大小姐！"黄复和赵衍从对面的街道跑过来，同时手下人马迅速扩散开来形成一个保护圈。

"芊芊，芊芊你没事吧？"

方杰率先跳起来，也不顾手上被木块扎伤，迫不及待地询问道。

"我没事，豪哥你呢？"

唐芊芊摇着头爬起来，虽然身上有点酸痛，但却明显没有大碍。

"我也没事。"李子豪站起身来，一眼就看到对面花坛里落着一个焦黑的脑袋，正是叶启山的头颅。

他立刻捂住唐芊芊的眼睛，不让她去看这血腥的画面。

其实唐芊芊已经看到了那脑袋，想着爸爸的仇终于报了，掩盖心头的阴霾也一扫而空。如今李子豪这般体贴的动作让她心里更是吃了蜜似的，便顺势靠在他肩上感受着那粗糙、厚实却又温暖的手掌和那宽阔的臂膀，心头像有小鹿撞着般。

"叶启山，你也有今天！"

方杰怒气冲冲地冲过去，一脚将脑袋踢得老远才解了些气，然后又朝着手下大喊道："把这东西扔进黄浦江里喂鱼！"

待手下赶过去拣起脑袋后一行人才离开，百乐门则在炸药的余威影响下继续传来阵阵声响。

当天下午，关于百乐门爆炸和叶启山被炸死的消息迅速传遍了上海滩，这个消息和当初唐鹤轩的死同样令世人震惊。

短短时间内上海滩两大地下势力的巨头级人物接连死亡，便注定了这个深秋的上海滩地下势力将迎来前所未有的大洗牌。

以往以唐鹤轩为首的青帮和叶启山的宏帮对峙，便犹如天平的两端，使得上海滩的地下势力处于一个微妙的平衡状态。

唐鹤轩一死，叶启山一家独大，上海滩的格局虽然注定改变但还在可控制的范围内。然而当叶启山也死了，整个上海滩就陷入到群龙无首的混乱中。

黑帮分子为了争夺地盘互相砍杀，各种商铺、舞厅乃至赌场都被这场灾难波及，每天的报纸上几乎都写着城市各处的江湖火拼。

而在这场争斗中，黄老头无疑是其中的胜利者。黄老头的帮派原本不过是上海滩的三流帮派，比起马三爷的斧头帮还要逊色一筹，不过如今山上无老虎猴子称大王。

就在叶启山死的当晚，他就立刻下令手下夺取宏帮的几个场子，事情进行得很顺利，叶启山一死，宏帮四分五裂，几个场子很快被接管过来，短短几天的时间里黄老头的势力范围就扩大了整整三倍。

这天，他从百乐门走出来，显得踌躇满志。

他来到百乐门是和一些工商业的领袖会面的，商量着让他们推举自己成为新一任华董，这一步虽然迈得有点大，但是这种形势下黄老头认为就是他一步登天的机会。

一想到很可能过一段日子自己就能够成为上海滩地下势力的魁首，他不由得欣喜若狂，从百乐门里一步踏出来，仰头深深地吸了口气。

低下头的瞬间，对面人群中一个黑衣人突然举起枪。

"砰——"的一声，黄老头直挺挺地倒了地，额头上一个洞口冒着血水，瞪大的眼珠子里还停留着对权势的奢望。

另一边，在繁华的南京路上，鲁帮主在几个保镖的簇拥下走出轿车。

"他娘的黄老头儿，姓叶的一死就翻脸不认人，居然抢起老子的地盘来了。"鲁帮主叼着雪茄阴冷冷地骂着。

"若不给他点颜色看看，他还以为这上海滩姓黄了呢。"旁边一个心腹讥讽道。

鲁帮主脸色更冷，盘算着怎么对付黄老头。

如今上海滩各方牛鬼蛇神都冒出头来，但凭借抢夺先机鲁帮主的势力最近发展得很大，只要再把黄老头踩下去，他就是上海滩第一人。

突然间几个黑衣人从对面的巷道里冒了出来，拿起机枪狂扫。

"他妈的黄老头！"

被机枪扫中时鲁帮主破口大骂，壮硕的身体被打了十几个窟窿。人倒在大街上，没有抽完的雪茄掉在一边被鲜血浸泡着。

这样的场面在上海滩上演着，有大帮主被小人物捅杀，也有小帮派被大帮派横扫，这个时候大家都在比着狠比着快，有的势力一夜之间冒出头来第二天就销声匿迹，洗牌的速度远超想象。

这日清晨，在黄浦江码头的一艘巨轮上，一脸落寞的欧文站在船舷眺望着这个东方城市。他一如以往的西装革履，只是许久未剃的胡子显出几分沧桑，眼神也早没了以往的精神。

在他身边是清算组里的法国警察，一个个紧紧盯着他，似乎怕他跳江。

叶启山一死整个上海滩乱得不可开交，尤其是法租界治安乱到极点，作为一手推选叶启山上位的幕后者欧文当然有不可推卸的责任。

威廉总督从之前的器重他一下子换了张面孔，强硬地命令他辞职，更致命的则是明明打点好了的清算组的人居然把收的金条都退了回来，而且还给他安上了一个行贿的罪名，同时又落实了他开设大烟馆的罪行，两罪加在一起要押送欧文回国审判，等待他的将是无尽的牢狱之灾。

这个时候，他想起来一句中国人的古语：多行不义必自毙。

在远离江湖喧嚣的郊区地带，夕阳西下，一杯咖啡，一支雪茄，唐鹤轩坐在藤椅上看着报纸，报纸上写着"江湖大佬唐鹤轩遇刺为哪般""青帮头目叶启山买凶杀人""法国领事欧文被迫下台""江湖乱战上海滩帮派大洗牌"等显眼的标题。

"老爷真是诸葛在世，一盘死局不止下活了，而且还是大胜局。"福生恭维道。

一向不喜形于色的唐鹤轩也不免长笑一声："福生，该我们打扫卫生了。"

"老爷的意思是……"福生有点不明白。

叶启山、马三爷、黄老头……都死了，甚至青帮的一些窥视唐鹤轩地位的元老也都死在了这场混战中，而欧文也下台了，那么还要打扫什么卫生呢？

疑惑间，唐鹤轩递了一个大信封袋过来。

福生打开一看，豁然大吃一惊，同时一下子明白了那天罗大元的话。

好狠的一招，但又是好聪明的一招。

故意泄露蓝衣社的成员名单，虽然牺牲了一部分同伴，但是却消除了他的隐患，让唐鹤轩对他的戒备降低到极点以利于日后的上位。

他当然可以救这些人，但是为了完成组织伟大的目标，有时候有所牺牲也是理所当然的，成大事者当不拘小节！

他便问道："老爷想从哪个人下手？"

"最亲近的。"唐鹤轩眼神阴冷地说道。

福生躬躬身，带着人朝唐府赶去。

第四十二章

伤 离 别

上海滩的乱局牵扯着各大帮派，甚至青帮中一些势力也被卷了进去，唯独处在这暴风圈之外的便是唐府。

没有任何势力敢涉足这个地方，毕竟连极其凶残的叶启山都被唐鹤轩的两个干儿子干掉了，谁又能敢跑到这里来捣乱。

李子豪走进小洋楼里时，蓝若芸正在收拾东西。

"就这么点？"

看到就一个小包，李子豪有些意外。

环顾了一下布设豪华的厅室，蓝若芸没有半点留恋，她轻声说道："该留在这里的，就让它们留在这里吧。"

一身朴素的蓝布旗袍和百乐门里唱歌时所穿的全然不一样，没有奢华，没有高贵，普普通通的犹如平民人家的女子。

没有金银珠宝，没有涂脂抹粉，此时的蓝若芸就像刚刚住进唐府时一无所有，而那份骨子里的清纯也从未改变过。

看着此时的蓝若芸，李子豪微微一愣，然后露出笑容来。

这才是蓝若芸呐，虽然经历了这么多坎坷，但若能因此换得长相厮守，就当是上天给予的磨炼吧。

笑罢，他说道："我去跟他们道个别。"

"嗯，我等你。"蓝若芸温柔回应，将他送到门外。

还没开门她又突然有些紧张，一把抓住了他的手。

"我们真的就要离开了吗？不是做梦吧？"

她多么担心这是一场梦，一醒过来又到了残酷的现实中。短短的日子里她有过太多太多的悲伤，身体和心灵都是千疮百孔的。

李子豪笑了笑，转身吻了她，柔声说道："是真的，你就等我一会儿。"

这一吻消除了她所有的不安，她轻轻放了手，目送着李子豪离开。

待他走远了，蓝若芸轻轻拍了拍胸脯，安慰着不会再出什么变故。毕竟李子豪也只是去另一栋楼，来回不过几分钟又能够出什么问题呢？

想到终于能够从囚笼般的世界里走出去，和李子豪去一个没人认识的地方重新生活，她的内心燃起了希望。

而就在李子豪的背影消失在小道上时，福生带着几个保镖走了过来。

"蓝小姐，请跟我们走一趟吧。"福生沉声说道。

"去哪里？"蓝若芸愣了下。

"去了你就知道了。"福生不由分说地一挥手，几个保镖走上来将她押走。

蓝若芸不知道福生要带她去哪里，但是她却知道福生的手段，她恐怕连喊叫的机会都没有，唯有揣着不安被带进车里，想着福生究竟要做什么。

另一边，李子豪来到主楼大厅里，一进门里面尽是乌烟瘴气的，有着一股浓浓的焦味儿。

方杰瘫坐在板凳上，一脸生无可恋地盯着天花板，餐桌上是一盘一盘的食物，和平日里唐府精致的小碟不一样，每一盘卖相都不好看。

"豪哥你总算来了，你可要救救我啊，你赶快跟芊芊说，说你不想吃饭。"

一见李子豪来了，方杰像找到救星般连忙说道。

"豪哥你来了，快来尝尝我做的菜。"

听到声音，唐芊芊从厨房里蹿了出来，将一盘热乎乎的菜放在桌子上。

"芊芊你会做菜？"

李子豪有些惊讶。

"不会啊，但是我会学。"

唐芊芊穿着围裙，手里拿着锅铲，一脸甜蜜的笑，她柔声说道："我想豪哥你是北平人，可能吃不惯上海菜，所以我就跟大厨请教了下，学做了几样北平菜。"

说着，她朝刚出炉那皮色焦黑还冒着黑气儿的鸭子指道："你看，我做的烤鸭，快尝尝味道怎么样？"

李子豪终于明白过来，同时也哭笑不得。

唐芊芊真的没有做菜的天分，这烤鸭能做成这样子还真是心不甘情不愿。

不过他又感动得很，虽然他如何如何将唐芊芊往方杰那边推，但事实上经历了百乐门爆炸事件后，唐芊芊对他的依恋更胜了三分。

如今，这从未下过厨的千金大小姐居然为了自己的口味学起做菜来了。

"阿杰，怎么样，我刚做的菜味道怎么样？"

唐芊芊拉着李子豪坐下来，又不忘询问方杰的意见。

"好……好吃……"

方杰僵硬一笑，颤抖着手竖起个大拇指。

"那你多吃点呀，我辛苦做的，可不能留。"

唐芊芊满意地说道。

方杰听得差点要翻白眼了，他天不怕地不怕，但如今面对唐芊芊做的菜，那握着筷子的手都在抖啊，偏偏唐芊芊没有自知之明，还以为自己做的菜多好吃。

这时，李子豪撕了块鸭皮，丢进嘴里吃掉，然后赞道："好吃。"

"真的好吃吗？豪哥，以后我天天都做给你吃好不好？"

得了心爱的人称赞，唐芊芊惊喜之极。

李子豪微微一笑，没回答。

但唐芊芊已经很是满足了，她欢快地说道："你们等着，还有菜呢。"说完又蹿进厨房里，一边下厨一边哼着小曲。

"真好吃？"

方杰瞪大眼睛，看着李子豪一口一口吃着烤鸭，看得都呆了。

"好吃。"

李子豪点点头，突而有些哽咽，他低下头不让异样的表情被方杰看到。

唐芊芊很好，但是他必须狠下心肠离开。如果唐芊芊没有他，她还有方杰照顾，但如果蓝若芸没有他，她必定孤独伶仃。

这一餐饭就当是最后的晚餐吧，无论味道如何糟糕，吃在嘴里都是香的。

另一边，蓝若芸被福生带到了废钢厂的厂房。

她内心忐忑不安，路上询问福生究竟怎么回事也没有得到确切的答案，如今走进来一看，在十几个青帮成员的簇拥下，唐鹤轩豁然坐在中间的椅子上。

蓝若芸如遭雷击，简直不敢相信自己的眼睛。明明死掉了的唐鹤轩居然又活生生地站在眼前，简直就像见鬼了般。

而一刹那她就明白过来，唐鹤轩竟然是假死的！

百乐门里的风尘历练让她不再是那个清纯的校园女孩子，那惊讶刚浮起又立刻被镇定代替，她很清楚，如果被察觉到背叛会是什么后果。

她立刻掩着小嘴，用惊喜交加的声音叫道："天啊，老爷，你怎么还活着！"

眯起眼观察着她微妙变化的表情，唐鹤轩玩味地说道："怎么，不希望我活着？"

"怎么会呢，老爷你可是我的天，你可知道你走了就像天塌了一般，若不是放心不下芊芊，我都想陪着你去算了。"

挤出两滴眼泪，蓝若芸伤心道。

唐鹤轩轻叹一声，说道："我也不容易啊，那一枪也挨得惊险啊，差一点送了命！为了唱这出戏，还搭进去两个下面的弟兄。"

说着他倒了一杯酒，又道："你一个弱女子也不容易啊，在上海滩混迹，无依无靠的。"

蓝若芸扭着腰走过来，给自己倒了杯，顺势坐在唐鹤轩身上万般妩媚地道："谁说我无依无靠，老爷您就是我的靠山！"

她媚眼如丝，声音娇滴滴的。

只是心里却是万般的厌恶，对这个让自己失身于洋人的男人她没有一点的留恋，但此时此刻却又不能够露出半点异态。

轻轻抚着怀里的蓝若芸，唐鹤轩笑道："就凭你这句话，我就得赏你，说吧，你想要什么打赏？"

蓝若芸一把搂住唐先生，撒娇道："老爷，我要的就是你。"说着，按捺着心头的厌恶凑过小嘴儿去。

微微一偏头，唐鹤轩避开蓝若芸的吻，看着怀里的娇艳佳人呵呵笑道："小芸，等这个事情过了我就娶你，你说怎么样？"

蓝若芸此刻后悔不已，若刚才不让李子豪去告别，那么二人现在已经远走高飞了，现在只能答应下来再找离开的机会，她故作惊喜道："我做梦都想老爷娶我，只是老爷还要处理什么事情啊？比娶我还重要？"

唐鹤轩意味深长地看着蓝若芸，看着这个戴着假面具欺骗了自己的女人，脸色陡地狰狞起来，他一把抓住蓝若芸的头发，声音如同从冰窖里飘出来般："古语说得好啊，'王氏出塞假和亲，美人施计是精髓。从此西人懒东进，祸水西引顶边陲'。"

蓝若芸被扯得头皮生疼，腰也被唐鹤轩铁钳般的手按着动弹不得。她目露惶恐，装作听不懂的样子娇呼道："老爷您说的什么啊，我……我听不懂。"

"听不懂？"

唐鹤轩冷笑一声，然后陡地朝前一推，蓝若芸踉跄几步差点摔倒在地。

唐鹤轩如毒蛇般盯着她："小芸，你以为我唐鹤轩是美人计能对付得了的？蓝衣社把我想得太简单了吧，你啊，千不该万不该骗了我！"

"蓝衣社"三个字一出，蓝若芸顿时脸色惨白地瘫坐在地上。

这个曾经让她惶惶不安埋藏在她心底深处的定时炸弹竟然在这个时候爆炸了，一下子将原本点燃的希望毁灭得干干净净。

"福生，把阿杰和阿豪叫过来。"

唐鹤轩冷冷吩咐道。

一句"阿豪"让蓝若芸猛地打了个寒颤，她低着头、颤着手，一时间脑袋短路似的失去了思考的能力。

"至于你——好好地把你知道的事情都给我交代出来。"唐鹤轩冷漠的脸上眼神冰冷，一旁的手下拿着一条皮鞭子慢慢走了上去。

对唐鹤轩而言他最容不下的就是背叛，因为他性情本就多疑，因此哪怕分给他人一丝一毫的信任，对他而言都是极其珍贵的。对这个枕边人，如果没有一点点的信任又怎么可能让她和自己睡在一张床上。

如今她身为蓝衣社卧底的身份暴露出来，这让唐鹤轩感觉分出的信任被重重地丢在地上让人践踏，这种羞辱般的痛苦让他又变成了那个无情而残酷的青帮大佬。

第四十三章

残酷的真相

唐府主楼里，方杰朝李子豪竖起大拇指，一脸钦佩地说道："豪哥，你真是我大哥，小弟服气死了。"

对面，李子豪脸上挂着淡淡的笑容。

餐桌上一盘盘菜肴都被吃了精光，其中的主力自然是李子豪。

唐芊芊的菜品好似地狱里的食物般，不仅卖相差味道更堪称凶残，什么油盐酱醋好像一瓶瓶往里面倒似的。

饶是方杰也经不起这样的折腾、早早败下阵来，但李子豪却真当美味佳肴一般品尝了个遍。

"做个饭满身油烟味，豪哥，我去洗澡，你等着我哟。"

唐芊芊从厨房里出来，欢快地说道。

李子豪没回答，只是深深而留恋地看了她一眼。

脑海里浮现着从码头到现在一幕幕相处的记忆，那张灿烂如阳光的小脸，那温情而甜蜜的笑容，那依存和爱恋的眼神，是啊，是她让自己从泥沼的阴霾中走了出来。

他知道自己永远都不会忘记唐芊芊，她也永远都会在自己心里占据一席之地，但是喜欢甚至爱恋并不代表拥有。

待唐芊芊踏着轻快的步伐消失在眼前，那婀娜的背影深深地刻在心里时，李子豪又转头看着方杰。

英俊的面孔，硬朗的线条，还有脸上那永不会消失的玩世不恭的轻佻笑容，让这个兄弟有着独特的魅力，相信有一天他一定会靠着自己的执着打开芊芊的心扉。

"阿杰，我走了。"

李子豪轻轻说道。

"不等芊芊啦？"

方杰意外道。

"你就跟她说，我有事先走了。"

李子豪淡淡说道。

"好好好，我这当兄弟的给你当挡箭牌。"

方杰仗义地拍拍胸膛，等会儿唐芊芊回来见李子豪走了，一不高兴又会耍脾气，到时候又是他方杰背黑锅。不过没问题，谁叫李子豪是他兄弟呢。

对方杰这样一根筋的人而言，他压根也察觉不到李子豪这话中的深意，当然李子豪也不会让他察觉出来。

李子豪很清楚，如果直接向唐芊芊告别，唐芊芊肯定不会让他走，她那大小姐脾气一发作起来，肯定要死要活的。而向方杰告别，他也不会放人，因为方杰绝不会做出任何让唐芊芊伤心的事情，而自己的离开必定会令唐芊芊伤心。

所以他只能默默地走，悄悄地走。

再深深看了一眼方杰，李子豪朝外走去。

这一走或许就是永别了，但他会永远记得在这里发生的事情和这个兄弟，紧握的手、真挚炽热的眼神，还有那生死与共的豪言壮语至死都会留在记忆中。

眼里泛起几分湿润，但步伐却未曾停留。

走到厅口时他又回望了一眼，心里想着或许不知道多少年之后，待这天下太平了，他和蓝若芸会带着孩子重新回到上海滩。

那时方杰和唐芊芊也带着自己的孩子站在唐府的家门口迎接，四人相识一笑，孩子们欢快地在一起玩耍，那是多么幸福的画面啊。

想到这里，他眼神坚定起来，快步朝外走去。

就在踏出走廊就要穿过大门的时候，突然一身黑衣的福生从对面迎了过来。

瘦脸上表情平静，眉宇低垂，无论对着唐鹤轩还是李子豪几人，他的视线似乎总是对着脚，那谦卑好似刻在骨子里般。

微微躬身，他说道："子豪少爷，阿杰少爷，老朽有要事要和你们商量。"

厅里面，方杰扭过头来问道："福生叔，什么要事啊？"

"我们车上说吧。"福生低着头。

朝着小洋楼那边眺望了一眼，李子豪略犹豫了一下，还是点了点头。

福生为人向来谨慎，不会刻意夸大一件事情的严重性，他说是要事，没人怀疑，估摸着是帮派下的某个堂口出了事情，而且是大事情。

最近江湖混乱，到处都是厮杀，虽然一般人不敢来惹唐府的势力，不过也难保有胆大妄为的。

既然还没离开，李子豪觉得自己也有义务去帮忙，毕竟离开的时间也不差这一时半会儿。

车出了唐府，越开越远，方杰很快瞧出了不对劲，道："福生叔，我们这是要去哪儿？好像堂口不在这片区域啊？"

"等到了，阿杰少爷就知道了。"福生回过头低眉顺眼地答道。

这一说方杰便也不问了，福生的忠心在他看来是毋庸置疑的。只是李子豪突然有种不安的感觉，心跳莫名地紊乱起来，连手都在痉挛。

不知何时密布的乌云遮住了月牙，突起的风摇动着沿途的树木，车辆停在废钢厂外时小雨落了下来。

细细的雨粒砸在陈旧的厂房上发出清脆的声响，恰似玉珠落盘。明明悦耳得很，但这种密密麻麻的敲击声却令李子豪心情紊乱，不安又增加了几分。

快成废墟的厂房外杂草丛生，散落着一些杂物和轮胎印，厂房的墙壁上长着一些苔藓，雨夜里显得绿油油的。

李子豪不是第一次来这里，上次马三爷就是在这里被杀的，很显然这里是一个黑帮习惯杀人灭口的地方！

心跳更加剧烈起来，李子豪控制着呼吸才不至于大口喘气。

废钢厂里空空荡荡，灰色的砖墙犹如黑白电影里阴暗的色调，浓浓的金属锈味扑鼻而来，让人鼻子痒痒地极不习惯。

李子豪二人跟着福生一路深入，到了厂房尽头沿着那锈迹斑斑的铁梯上行。

皮鞋踩在铁梯上发出声音，一阶一阶的节奏分明，伴随着频繁的呼吸气氛也好似叠加般凝重起来。

待到走进厂房深处，电灯照亮了视野时，便见到十几个神情冷煞的青帮兄弟站在那里。

唐鹤轩金刀大马般坐在中间的椅子上，瘦长而写着沧桑的面孔上一双眼睛深邃如海洋。

黑色的帽子，黑色的西装，还有垂落在地的皮质风衣，让那青帮大佬的气势油然倾泻出来。

黄复和赵衍犹如两尊杀神站着左右两边，让气氛更多了几分肃杀。

一看到唐鹤轩，方杰先是大吃一惊，而后欣喜若狂地大叫道："阿爹！您……您还活着？"

"外面的事情，辛苦你们了。"

唐鹤轩笑了起来，显得慈祥温和。

但在李子豪看来这笑容是多么阴险啊，他一下子明白了整个事情。

叶启山的怀疑并没有错，这真是个老狐狸，而且是得道成精的老狐狸，即使亲眼看到了尸体也当不得真啊。

"阿爹您真是吓死我了，芊芊若是知道您还活着，不知道多高兴呢。"

方杰拍拍胸口，心头里一副重担子放了下来。

阿爹的复活让失去支撑的唐府又可以重新站起来，而芊芊知道这事情，更不知道会高兴成什么样子。

唐鹤轩呵呵发笑，笑声很是普通，只是在李子豪听来却有些毛骨悚然。身为一个刺客他有敏锐的眼力来判断场合的气氛，而现在的气氛分明古怪得很。

厂房里的青帮成员似乎神色都不太对，那眼神中浮现着暴戾，再看福生也是目光阴冷，那手上不知什么时候多了个文件袋。

在他后面有着一张大红布覆盖着什么大机器，红布虽旧但这么罩在那里，看起来格外有些惹眼。而且厂房里值钱的旧机器早被人卖光了，又哪里有什么大物件。

方杰在笑，丝毫没察觉到气氛的诡异。

唐鹤轩也在笑，他是这气氛的源头。

李子豪也陪着笑，勉勉强强心神不安。

"哒哒哒——"

雨声突然大了，如同冰雹般砸在薄薄的屋顶上，穿透进来在空旷的厂房里产生巨大的回声，令人精神紧绷。

这时唐鹤轩打了个手势，手下人将大红布一拉。

只见后面豁然是一个巨大的透明鱼缸，在鱼缸里一个穿着蓝布旗袍的女子披头散发地躺着，绳索勒进肉里般紧紧缠着她，散乱带血的短发下可以看到一条绳子勒在嘴里。

这女子被鞭打过，原本雪白粉嫩的肌肤被打得皮开肉绽，血肉模糊的似乎只剩下一口气了。

"轰——"

李子豪只觉得脑袋里一下子爆炸了，整个人愣得僵直不动，完全失去了思考能力。

这鱼缸里不是别人，正是蓝若芸啊。

"咦，这不是干妈吗？阿爹……"

方杰凑近了一看，顿时又吃了一惊。

唐鹤轩则盯着李子豪，喊了声："子豪。"

李子豪回过神来，拳头握得紧紧的，此刻惊恐和愤怒混杂在一起，他口干舌燥地说道："我……我和若芸真的没什么。"

"你以为我认为你和小芸背着我做什么，所以才对她下这么狠的手？"

唐鹤轩摇摇头，朝着福生努了努嘴。

福生冷着脸走过来，将文件袋里的一个信封递了过去。

李子豪抽出来看了一眼，顿时脑袋里嗡嗡一片，简直不敢相信自己的眼睛——这是蓝若芸在蓝衣社的档案！

一旁，福生面无表情地念道："蓝若芸，圣约翰大学学生，三年前加入学生暗杀组织，参与了暗杀陈祖光、苗薪、乌兰纳得……在刺杀乔义生的事件中负伤，就此改头换面，最早到上海大世界演出……"

"干妈是蓝衣社的？"

方杰张大嘴巴，今天的震惊是一个接着一个，让他有些消化不了。

唐鹤轩摆摆手，几个手下提着水桶走过去，开始往鱼缸里注水。

蓝若芸的身子一点一点被水淹没，她在鱼缸一动不动，一个弱女子受了这么重的刑罚，已经完全失去了行动的能力。

李子豪的拳头握得更紧了，指甲深深嵌入肉中，胸口是撕心裂肺的痛。他没有时间去考虑为什么蓝若芸的档案会落到唐鹤轩的手里，所有的思想情绪都被眼前这残忍的一幕夺去，牙齿一挫发出低沉的痛苦声。

记忆仿佛又回到了"4·12"学生运动时那白渡桥下的情景，那个时候他也是这般无力。

第四十四章

香消玉殒

唐鹤轩一脸平静，声音不高不低地问道："阿豪，你和小芸是青梅竹马长大，更是大学时候的恋人，蓝衣社这件事情你清楚吗？"

李子豪眼神晃动、心绪不安，冷汗也一滴滴地冒了出来。

他不怕死，但是如果自己死了，谁来救蓝若芸。所以他不能死，要想不死就不能够在唐鹤轩面前露出半点异象。只是看着心爱的女人被如此折磨，就好像身上的肉被一块块生生撕扯下来，痛得让人哀嚎。

视野中的蓝若芸犹如垂死的鱼，却用尽力气努力挪动脸庞，试图禁止他说话，禁止他营救，那般动作让他更感到撕心裂肺的痛。都这个时候了，蓝若芸考虑的是他的安危。

唐鹤轩站起来，伛偻着腰踱着步子，慢慢走近鱼缸。

他指着蓝若芸冷冷说道："阿豪，青帮最容不得的就是叛徒。这个女人是蓝衣社安插进来的刺客，目的是来杀我的——"

话到这里他声音陡地一抬，那并不强壮的身躯爆发出野兽般的吼声："你知道吗？"

李子豪一抬头，一双眼睛喷涌着愤怒的火焰，张口欲答。

他不知道！而且蓝若芸也并不是来杀唐鹤轩的！

只是蓝若芸在鱼缸里也猛地抬起头，用尽力气摆动脑袋，用眼神拼命地遏制他，"知道"这话一旦出了口，两个人都必死无疑！

李子豪一下子低了头，呢喃道："不知道……我……不知道。"

"阿爹，豪哥他……"方杰这时开了口，想为李子豪说句话，在他看来李子豪怎么可能和蓝衣社扯上关系。

唐鹤轩一摆手，强硬地打断他的话，然后拿了一个木勺子舀着水，对准蓝若芸的伤口，往鱼缸里倒。

那冰冷的水浇在伤口上何其疼痛，而她却连挣扎的力气都没有。她只是望着李子豪，眼中充满着绝望和忧伤。

"阿豪，你的女人嘴巴倒是挺硬的，挨了几十下鞭子都没泄露蓝衣社安插在我身边的其他人。可惜我早就花了重金托日本人弄来了这些档案，不过是想在她嘴里确认一下罢了。当然，确不确认其实并不那么重要。"

漠然地看着受难的蓝若芸，唐鹤轩对这个枕边人没有一点点怜惜。

说完，他放下木勺子，一伸手，一旁的福生递了一个大信封过来。

唐鹤轩随手丢给李子豪，说道："阿豪你看看，这些就是隐藏在我身边的人。"

这话一说，旁边的青帮人马中有几个脸色明显变了下，但是却不敢有任何的轻举妄动，或是抱着侥幸的心理，或是因为黄复像头蟒蛇般死死盯着。

而身为两大杀手之一的赵衍，这时眼皮也陡地跳动了一下。

李子豪抖颤地掏出里面的一张张文件，一个个人名跃然纸上，全都是在青帮中的成员，或熟悉或听闻，但这些人清一色地都有着蓝衣社的背景。

"阿豪，你给我念念。"唐鹤轩面无表情地吩咐道。

李子豪嘴唇颤抖，胸腔中一股怒意爆发，他多想现在就拔出枪，将唐鹤轩一行击杀，但是理智告诉他，这样做的后果是包括蓝若芸在内的所有人都得死在这里。

他别无选择，只能无力地念出声："赵衍。"

话落间赵衍目露惊恐，还未来得及作出任何反应，他后面一个青帮成员已经一棒子将他敲倒在地。

铁棒砸得头破血流，赵衍捂着头发出痛苦的呻吟声，这个和黄复并称为唐鹤轩手下两大杀手的人却是蓝衣社埋伏在青帮中的卧底！

两个青帮成员按住他的手臂，另一人揪起他的头发扳开他的嘴巴，最后一人拿着一只漏斗将一瓶铅水灌进他的喉咙。

赵衍瞪凸的双眼中流露着恐怖，浑身颤抖间呕出了一口铅水后，整个人迅速地凝固起来，以一种极其恐怖的姿态倒在李子豪脚边。

见到同伴死亡，李子豪极力按捺着怒火还有恐惧。

对面的黄复，平时冷峻无情的表面这时也产生了一丝细微的波动。

他没有看过名单，不知道蓝衣社的卧底究竟有哪些人，但从未料到这首当其冲的就是自己的兄弟赵衍。

其他人的死他可以无情地对待，但是对赵衍这个曾经不知多少次为自己挡过子弹、出生入死十几年的兄弟，他却感到极度的悲伤。

只是这种悲伤却也只有压抑在心里，因为在青帮，叛徒的下场只有死。

"继续。"

唐鹤轩无情地吩咐着，好像处死的并不是一条人命，并不是一个跟在自己身边做牛做马伺候了十几年的下人，而只是一条野狗。

李子豪大口地喘着气，颤抖着手往下翻。

刚念出名字，那个卧底就被一刀子抹了喉咙，他捂着脖子倒地，像只垂死的虾一般抽搐着，带着泡沫的血液不断从指缝中喷涌出来。

一个个名字就是一道道催命符，一个个潜伏在青帮内部的蓝衣社成员被各种残酷的刑罚清杀。

同伴的鲜血浸湿了地面染红了鞋子，李子豪站在血泊中，眼神中流露着绝望。

这是唐鹤轩设下的陷阱，所有人都是他的猎物，唯一的区别只是死的方式和先后顺序而已。

最后一页了，他自嘲地笑了起来，悲哀于自己的命运、同伴的命运还有蓝若芸的命运。把心一横，他猛地翻页，却发现这一页是空白的。

他竟然不在名单上！

对面，唐鹤轩目落到蓝若芸身上，冷冷说道："蓝衣社不简单呐，在我身边埋伏了这么多人。小芸，你真的希望我被他们干掉吗？"

看着这么多人死在眼前，蓝若芸早是泪流满面，对唐鹤轩只有越来越深的恨。这是多么可怕的刽子手啊，简直就是恶魔一般，枉费她还曾经痴心一片想着要嫁给他，现在回想起来是多么的可笑又愚昧。

唐鹤轩走回座位，努了努嘴道："阿豪，你的女人，我交给你去处理了。"

李子豪压抑的愤怒在这一刻豁然爆发了，他冲过去打碎了鱼缸，蓝若芸随着鱼缸里的水冲了出来落在他脚边。

李子豪单脚跪下，抱着躺在地上的蓝若芸，看着她痛苦的脸，脑子里迅速盘算着计划。

虽然他不在名单上，但唐鹤轩让他下手杀蓝若芸，就是为了让他表现忠心，这个时候无论如何出手都是死路一条，但是他能够眼睁睁看着蓝若芸死吗？

若要死，那就一起吧！

这一刻李子豪已经抱着必死的决心，他已经失去蓝若芸一次，又怎么能够失去第二次？

李子豪把心一横，转手掏枪却摸了个空。

再转头，发现蓝若芸不知何时拿了自己的枪。

枪口抵在太阳穴上，她嘴角微微泛起笑容，没有凄凉，没有痛苦，就犹如当初在校园里漫步时仰望着星辰。

那时的她，多么让李子豪痴迷啊。

此刻的蓝若芸也痴痴地望着眼前的男人，那乌黑的发、如剑的眉，那星星般闪亮的眼睛，那轮廓，那五官是多么的熟悉啊。

十几年青梅竹马相依相恋，他在她的生命中是不可或缺的，不，他就是她的一切。

所以就像在白渡桥已经快突围的她义无反顾地回去保护李子豪一样，今天她也要做同样的事情。

子豪，为了我，好好地活下去！

"砰——"

枪声响起，蓝若芸笑容凝固，倒在了李子豪的怀里。

厂房恢复了安静，如死寂般，只有雨水不知趣地滴落下来扰乱着人心。

"福生，收拾一下吧。"

唐鹤轩一脸漠然地起身，在黄复的陪伴下离开。

李子豪跪在地上，两眼呆滞地看着蓝若芸，手颤抖着，嘴颤抖着，一时间难以接受这个事实。

好一会儿他才仰天悲嚎，犹如一匹受伤的孤狼。

空寂的厂房犹如屠宰房般血水横流，福生和几个青帮兄弟站在一边，冷静地看着李子豪。

"豪哥，我知道你重感情，但是人都死了，别太伤心了。"

方杰蹲下来，劝说道。

李子豪闭着眼睛仰着头，泪水止不住地流着。

在白渡桥事件之前，他和蓝若芸提起刺杀日本商人的事情，蓝若芸便劝他不要再做这样危险的事情，当时他允诺完成了这个任务之后就陪蓝若芸离开上海到其他地方看看。

然而，白渡桥发生的惨剧却将他们分开。

难得再见面已物是人非，而几经波折眼看两个人又能在一起，想想如果在小洋楼时果断地带着她离开，不去选择和方杰他们告别，就不会有这样的惨剧发生。

悔恨、悲伤和愤怒交织在一起，犹如重锤般将他砸倒，一时间心如死灰，怎么都站不起来。

生死离别竟是如此突然，残酷的命运毫不给人接受的时间。

方杰将他扶起来，福生的手下走过来要将蓝若芸搬进尸袋，但李子豪却死死不放手。

"到船上再说吧。"福生微微摆手，让手下人去搬运其他尸体。

跟着唐鹤轩这么多年，为了取得他的信任，福生早练就了一副铁石心肠，不过这并不意味着他体会不到李子豪的悲伤。

作为蓝衣社的同伴，这是他能够为李子豪做的仅有的一点事情。

为了民族的大业，为了蓝衣社的目标，为了自己能够取代唐鹤轩一统青帮，这样的牺牲是无奈的抉择。

"我……我送她最后一程。"李子豪颤抖着声音，像老了几十岁般。

"那我先回唐府。"方杰叹了口气，谁叫干妈是蓝衣社的，造化弄人也怪不得阿爹心狠啊。

第四十五章

一招之差

方杰回到唐府的时候，平日里寂静无比的府邸已经热闹得沸腾起来。夜色下灯火通明，整个府邸里泛涌着激动的情绪。

唐鹤轩的复活对于人心惶惶的唐府人马而言简直就是一记强心针，同时这个消息也迅速地从唐府传出，成为撼动上海滩的地震级事件。

书房里，唐鹤轩召集部下开始制定一统其他地下势力的计划。

方杰来到大厅里时，唐芊芊正坐在沙发上捧着小脸傻乎乎地笑着。

"阿杰，我爸还活着！"

一见方杰，唐芊芊立刻欢呼着跳起来。

这世上没有什么事情比亲人死而复活更能让人惊喜的了，尤其对于唐芊芊，自妈妈死后就是由唐鹤轩一手抚养长大，这感情更是比一般的亲情更加浓烈。

"嗯。"

方杰有些心不在焉，担心着李子豪。

这家伙虽然不冲动，但是越镇定越压抑越容易出事情，想起他刚才大受刺激的样子，突然后悔自己就这么离开，万一那家伙想不开跳江怎么办？摇摇头又想着不至于会这样吧。

"你怎么了，有心事？"

见到方杰这古怪的样子，唐芊芊大是意外。

要知道只要她和方杰说话他向来兴致极高，更何况谈的事情是爸爸呢。

看了眼唐芊芊，方杰迟疑了一下。

"是豪哥出了什么事情吗？"

唐芊芊敏感地察觉到不对，连忙追问，脸色一下子就变了。

"不，不，豪哥没事，不过干妈有事。"

见唐芊芊担心起来，方杰立刻回答。

"干妈能有什么事？"唐芊芊没了兴趣。

"干妈死了。"

方杰压低声音。

"什么？"唐芊芊大吃一惊，扯着方杰追问。

方杰便把蓝若芸是蓝衣社刺客的事情说了出来，当然这其中省略了厂房里发生的种种惨剧。

唐芊芊可不知道蓝衣社是什么，但一听到蓝若芸是李子豪青梅竹马的恋人，而李子豪在蓝若芸死后失魂落魄的悲伤情况之后，立马扯着他出了门。

清晨的黄埔江雾气未散，江面朦朦胧胧地隐约可以看到几个小黑点，那是早起的渔民开着的打鱼船。

江中心一艘不起眼的汽船上，青帮成员将蓝若芸的尸袋丢入江里。

李子豪静静站在船舷上，看着尸袋沉入江中，直到最后消失不见，眼神中充满着落寞和悲伤。

这世上再没有什么事情比失而复得更惊喜，也再没有什么比得而复失更悲痛，而短短一年多的时间，他就经历了这两种，如今心碎如破镜。

打开珍藏的怀表，那张和蓝若芸的合影依旧如昔，二人年轻的脸在画面上笑得灿烂而深情。

黄浦江的水无情地流着，李子豪的眼泪干了，心里的伤痛却永远无法弥合。

上了岸，福生一言不发地看着李子豪落魄离开。

死了这么多人都是为了保护他和李子豪的存在，只是这话不能对外人说，即使唐鹤轩死了他坐上了青帮大佬的位置，这个秘密都要永远地埋在心里。

李子豪独自上岸，雨越下越大，原本清静的秋日清晨显得更加寂寥，街上罕有行人。

他在大街上漫无目的地走着，失魂落魄犹如一具没有灵魂的躯壳。

不知不觉间就走到了百乐门，抬头望去百乐门依旧繁华，富丽堂皇的装修，夺目璀璨的霓虹，依然那般光华四射。

只是物在人已逝，百乐门再也没有一个叫蓝若芸的女人了，这世上也再没有一个叫蓝若芸的人，就好像她从来就没有出现过一般。

死亡就是这么残忍，能够把一个人的存在无情抹除掉。

李子豪神经般地笑了起来，衣服早被雨水浸湿。

一辆车突然在拐角处停了下来，唐芊芊撑着伞快步跑过来给他遮住。

"豪哥，你全身都打湿了。"

她娇声说道，一脸的关切。

"离我远点！离我远点……我……"

李子豪用力将她推开，继续朝前走，只是才走了一步脚一软扑通就跪了地。

"就算你再怎么推开我，我还是要陪着你！"

唐芊芊将伞一丢不顾一切地抱住他，二人跪在雨地里任由雨水打在身上。

李子豪仰天哭泣，泪水和雨水混在一起。

唐芊芊心疼地抱着他，也跟着哭。

她不知道蓝若芸在李子豪心里有多重，但她知道失去一个人会有多痛。而她能做的就是陪着心爱的人一起度过难关，让他知道这个世上还有着一个爱他的人会一直陪着他。

所以李子豪再如何推开她，她都不顾一切地抱着他，用暖热的体温和爱情来温暖他。

远处，方杰在车里使劲抓着头，唉声叹气。

不知从什么时候开始，他已经接受了唐芊芊爱上李子豪的事实，也没有要去争夺的意愿，这或许就是兄弟间的友情吧。

如今见到这两人你哭我哭，他却不知道是该过去陪着哭还是坐在这里等他们哭完，但不管怎么做，心里也是酸溜溜的。

下雨天对于第一监狱的犯人而言是坏日子，难得一点放风的时间就这样取消掉了。对于狱警而言则是乐得轻松，至于对审讯科科长秦重典而言今天却是至关重要的一天。

放下电话他脸上笑开了花，刚才市秘书长打电话过来告诉他，下任监狱长的职位已经内部敲定了，就由他来任职。

"果然有钱能使鬼推磨。"

点了根烟，秦重典吸了一口又忍不住笑起来。

只要打点得当找对了人，要想升官当真是再容易不过的事情。

当然，眼前上海滩的局势也为他的升职提供了有利的外部条件。

上海滩的局势这么乱，上面的人也是焦头烂额，因此需要一个手腕强硬的监狱长来管理监狱，以期达到震慑黑帮的目的。

正高兴着，突然门外传来急促的敲门声，紧接着一个胖狱警赶了进来，低声说道："头儿，不好了，阿石被杀了。"

"什么？"秦重典大吃一惊，随即暴怒地一锤桌子，怒斥道，"怎么他就被杀了？"

阿石自从泄露了和蓝衣社的联系方式，促成秦重典和罗先生会面从而取得了名单之后，秦重典并没有放他自由，而是将他和其父母一起软禁在了城北边上的一处宅子里。

从第一次审问阿石下来，秦重典认为他手里估计还有着更重要的情报，但他并不着急盘问。

如今盘问的时机才刚刚成熟，只要当上了监狱长，那么能够挖出蓝衣社的领导人绝对是大功一件，毕竟政府里看不惯蓝衣社举动的还是大有人在，其中就包括市秘书长。

如果事成那么这监狱长的位置不止无人动摇，而且还制造了下一个升职的契机。

"小的也不知道，听院子里守卫的兄弟说就听到一声枪响，进去也没抓到杀手。"

胖狱警搔着头回道。

"一群窝囊废！"

秦重典黑着脸痛骂了一句，立刻起身朝外赶去。

一会儿之后来到了城北的宅子里，这里地势偏僻，周边民宅不多，这栋宅子显得也不起眼，秦重典同时还派了两队人马共十二个狱警在这里看守，可谓里里外外都监视得到。

秦重典走进宅子，狱警们都缩着头提心吊胆着，这办砸了事情天知道会有什么惩罚。

秦重典面无表情地来到后院，一眼便见到了阿石的尸体。

他在石桌旁被人一枪爆头，瞪着眼睛躺在血泊中。

在院子一角的墙壁上还有个黑色的脚印，似乎杀手是从这里翻进来又逃出去的。

"都还愣在这干嘛，去给我找线索，找不到你们就别回来！"

秦重典厉吼一声，全然没有平日的镇定，这么一个大金元宝就丢了，他真是痛心极了。

跟进来的狱警哪敢迟疑，连忙赶了出去，院子里只剩下秦重典和胖狱警两人。

"阿柱，我是多么信任你啊，把这么重要的事情交给你办，你……"

看着阿石的尸体，秦重典肚子里有一股火气无处发泄，他阴冷冷地说着，慢慢扭过头准备好好地训斥一番手下。

只是扭过头时话突然一顿，只因为看到了黑洞洞的枪口。

"阿柱你想干什么？"

秦重典吃了一惊。

阿柱在第一监狱里以前不过是个打杂的，是秦重典看着他老实忠心，所以将他慢慢提拔起来，又趁着第一监狱暴乱的时候把他安插进了审讯科当了个不大不小的队长。

平日里的阿柱低头哈腰最会拍马屁，脸上总是奉承的笑意。然而如今他好像换了个人般，一脸冷煞地举着枪，眼神中涌冒着杀机，分明就像是一个冷血杀手。

"罗先生向你问好。"

阿柱面无表情地说罢，果断地扣动了扳机。

没有任何反应的时间，也没有躲避的空间，秦重典被一枪打中额心。

他重重摔倒在地，脑浆和鲜血混杂着从脑门的血窟窿里冒出来，濒死的他嘴里呢喃着一个词："罗……罗先生……"

他自己也说过，罗大元和他是同一类人。

但是他却忘记了，他留着阿石做后招，准备作为下一步晋级的筹码，那罗大元又怎么会束手就擒呢？

罗大元当然早早就有安排，凭借着蓝衣社无孔不入的渗透力将阿柱安排在了他身边，借刺杀叛徒阿石的契机获得了和秦重典独处的机会而将其刺杀。

可笑秦重典还做着上位的美梦，如今一招之差命丧黄泉。

第四十六章

利欲熏心

入冬了，上海滩的天气骤冷下来。

大清早的时候，唐鹤轩迷迷糊糊地醒过来，习惯性伸出手朝着枕边推了推："拿衣服。"

话落下来屋子里安安静静的，这时他才陡然发觉蓝若芸已经死了。

自从雅致死后他很少有女人作陪，像蓝若芸这样在身边呆了一年多的绝对是例外，不可否认的是他迷恋她年轻的身体和绝色的容颜，只是究竟带有多少感情唐鹤轩自己也不清楚。

此刻他突然发现这屋子里显得那么空空荡荡，心里泛起一股奇怪的感觉，似乎是落寞……

蓝若芸在身边时总是伺候周到、温柔体贴，早上醒来无论多累多困，只要唐鹤轩推醒她，必定乖乖起床伺候着他穿衣服，甚至有时候还下下厨。

现在回想起来，她的厨艺还不错，做的京味美食味道很可口；她捏背的功夫也一流，每次肩膀酸软一捏就舒服了……

这么一想，唐鹤轩皱起眉头，为这突然冒起来的情绪和回忆感到有些烦躁。

"不过一个女人而已！"

他哼了声，独自起床穿衣，一走出门那心里的一丝落寞立刻消失得无影无踪。

走下楼，喊来黄复吩咐了一下，他才赶往书房。

书房里除了古董之外还有着一柜子的书，那些都是雅致喜欢的读物，以前雅致总是喜欢坐在书房里读这些东西，而唐鹤轩则在一边下着棋，二人各有各的爱好却又相得益彰。

摆好棋盘，唐鹤轩左右手各执一子分演两角，棋盘上杀得不分胜负。

棋还没下完，黄复推门进来，身后跟着一个青年，二十来岁的模样，长得普普通通的。

"阿水见过唐先生。"

青年低着头恭敬行礼，眼中流露着敬畏。

"从你跟阿豪开始，他每天去的什么地方你都记得吧？"

一边执棋思索着，唐鹤轩一边随口问道。

"记得。"阿水点点头，对自己的记性很是自信。

"很好，你把这些日子以来阿豪去过的地方都给我圈出来。"唐鹤轩朝着书桌一指。

从李子豪进入唐府起，他就将阿水安插做了李子豪的手下作为监视，并且下了严令，无论李子豪去什么地方都必须跟着。

究其原因，一是对这个一无所有的人本来就不信任，二是让李子豪执行重要的计划，当然需要对其进行严密监控。

之前他认为李子豪如果有别的身份，很可能是其他帮派派来的人，而从阿水禀告的情况看李子豪并没有和其他帮派接头的迹象，所以这方面的怀疑也就淡了。

然而如今蓝衣社的事情爆发之后，他有了新的怀疑，因此再次叫来了阿水。

书桌上放着一副上海滩的地图和一支笔，阿水站在桌前边想边勾勒，不过一会儿时间就弄好了。

唐鹤轩接过地图，只见上面圈着的地方很多，有商店酒楼教堂，也有青帮的堂口和其管辖的赌场之类。

商店这些地方不消说，都是方杰和唐芊芊带他去的了，至于堂口这些地方也是很正常的去处，但独有一处小街和这些地方格格不入。

"他什么时候到的这里？"唐鹤轩指着这地方问道。

阿水略一想便答道："是阿豪少爷陪着大小姐去了教堂后的当天晚上。"

唐鹤轩微微眯起眼来，眼缝里渗透着精光："也就是说，是在百乐门见到小芸之后的第二天。"

黄复低头看了下说道："这里朝前走一小段就是码头，过了河对面是一大片老街，地形可复杂的啊，阿豪少爷去了哪里还真难讲。"

"小的倒是知道阿豪少爷去了哪里，我看他一直没回来所以就在河边抽烟去了，恰好看到他乘船过了河到了对面老街街尾，虽然距离有点远但还是能看清是进了一间药铺。"阿水答道。

"好。"

唐鹤轩眉宇一展，双目透亮，他随手打开抽屉来，摸了几个银元丢过去。

"多谢唐先生。"

阿水接过银元，满心大喜地退了出去。

待关上门，唐鹤轩指着地图说道："阿复，我太熟悉贪财的人了，高田二郎虽然花了重金但买到的绝不是全部的资料，这就意味着在我身边还有人潜伏着。"

"老爷是怀疑阿豪少爷？"黄复问道。

唐鹤轩没回答，只是深沉地说道："你带上人，跟我去这药铺走走。"话一落又加了句，"别告诉福生。"

福生太像自己了，手段冷酷城府很深，虽然表现得很忠心，但唐鹤轩对他仍然保留着三分警戒。至于黄复，这个冷血的杀手反倒简单得多，虽然有赵衍叛变的先例但是有一点是所有人都不知道的，那就是黄复和他还有一点亲戚关系。

黄复是雅致的远亲，当年从北边逃难过来后被唐鹤轩选中，从此就跟在了身边，一晃就是这么多年。

黄复微微愣了下，接着点了点头，他感觉到了唐鹤轩对周边人极度的怀疑心理，简直就是风声鹤唳般，而唐鹤轩能够把这机密事情交给他就足以让他感动了。

一个小时后，唐鹤轩带着青帮人马出现在了老街对面，辗转来到了药铺外。

破旧的药铺毫不起眼，和这条老街一样显得冷冷清清的。

黄复走在前面，一把推开门进去。唐鹤轩走在后面，一身黑西装，一双平静的眼睛里却暗藏着鹰隼般的锐利。

罗大元正在柜台上清点药材，抬头一见来人，眼神顿时闪过一丝诧异，他迅速地掩饰着不安，热情地招待道："二位想买点什么？"

唐鹤轩可是老成精的人物，本来就有所怀疑，如今见到罗大元表情上一闪而过的异象，心里已有了数。

他饶有兴趣地观察着罗大元，含笑说道："我想要一副药，治心病的药。"

"心脏病的药？小店可没这种东西，恐怕先生要到大药房去看看。"罗大元暗呼不好，脸上却装着糊涂。

大清早时他刚收到阿柱传来的消息，说秦重典已经死了。

罗大元顿时心头一块石头落地，秦重典一死便可以将名单泄露的黑锅推给他，就说是秦重典联合叛徒阿石窃取的资料，如今杀了他和阿石为同伴报仇，不仅没损失还能够树立更大威信。

但没想到死了小鬼来了阎王，这唐鹤轩居然找上门来了！

他是通过什么途径找来的已经不重要，重要的是眼下性命攸关。他想掏抽屉里的枪却又不敢动。因为他很清楚唐鹤轩身边那个冷面男子的手段，只怕自己还没摸到枪就要吃枪子了。

"恐怕这药只有这里才有，是吧——罗先生！"

唐鹤轩微微一笑，加重了几分口气。

罗大元脸色顿时一僵，罕有人知道执掌蓝衣社上海分社的领导人叫罗先生，不过无论是像秦重典还是像唐鹤轩这样的人物知道却一点都不奇怪。

如今他一口喊出来，果然是知道了自己的身份，心头最后一丝侥幸也落空了。

黄复在一边冷冷看着，暗道唐鹤轩的高明。

这罗大元虽然执掌分社多年，但到底也才三十来岁，相比起叱咤上海滩足足二十年的唐鹤轩还是嫩了些，只一见面便露了异象，也难怪被吃得死死的。

心思一转，罗大元又镇定下来，他冷冷说道："这间药铺子周围有着好几个暗哨盯着，一旦我死了消息会很快传到蓝衣社总部。杀了我就等于向整个蓝衣社宣战，唐先生应该知道这意味着什么！"

唐鹤轩听得笑了起来，他在一边的椅子上坐下来，点了根雪茄抽上，慢悠悠地说道："罗先生不必这么紧张，我一早就说了我过来只是买药。病人求医只问药，哪有要医生性命的道理呢？"

话到这里，他朝着一旁的手下示意了一下，那手下立刻将两个手提箱放在了柜台上，一打开里面是几十根金条。

罗大元眼皮剧烈地跳动了一下，唐鹤轩看在眼里，说道："罗先生，这是我出的价位，我需要所有潜伏在我身边的蓝衣社成员的名单。"

罗大元蹙着眉头，一边警戒地盯着他一边迅速地盘算着，而眼神深处又涌现着贪婪的光泽。

这箱子里快有八十根金条吧，加上之前获得的那可是有一百多根啊，有了这东西，离开上海滩随便找个城市都可以当个大富商了。

或者干脆出国去，在那洋人的世界即使蓝衣社的人想找自己也找不到。

之前已经卖过一次名单，那么再卖一次又有什么关系呢？

再说了现在他别无选择，名单就在屋子里，对方这么多人，就算搜也能搜到。

罗大元很快说服了自己，福生、李子豪与其他那么多蓝衣社成员一样，对他而言并没有那么重要，无非都是在胜利路上一个个牺牲品罢了。

至于什么蓝衣社伟大的革命目标，何等遥远渺茫而不可及，又哪有金子实在呢？

"唐先生等我一下。"

罗大元说着走到里间去。

黄复一手按在枪匣子上，同时站在了唐鹤轩身前。

唐鹤轩则悠闲地抽着烟，并不在意可能存在的杀机。

一会儿后罗大元出来了，手里拿着一个大信封。

手下将大信封接过来递到唐鹤轩手里，唐鹤轩打开来一看，脸色陡地一变，眼神剧烈地晃动着。

"唐先生想不到是他们吧？"

罗大元将手提箱合上，有些讽刺地笑道。

"确实想不到。"

将资料放回信封里，唐鹤轩脸上又浮起阴沉，然后说道，"罗先生，合作愉快。"

"合作愉快。"

罗大元笑了起来，只等唐鹤轩一走他也就离开，这什么上海滩什么蓝衣社全都可以抛到脑后，去寻个地方过逍遥日子去。

正笑着，突然间黄复如闪电般蹿了过来，一枪抵在了他脑门上。

第四十七章

手足相残

"唐先生，我警告过你杀了我的后果！"

罗大元大吃一惊，连忙大声喊道。

唐鹤轩慢慢站起身走到他身前，一边抽着雪茄一边居高临下地看着他，然后耸着肩冷冷一笑，一字一句地说道："你以为我会怕蓝衣社？这里是上海滩，是我唐鹤轩的上海滩，我不怕任何人！"

话落下，他接过黄复手里的枪一下扣动了扳机。

"啊——"

罗大元惊恐地发出惨叫声，瞪着大眼睛趴在柜台上，手提箱摔落下来，金条散落一地。

他把唐鹤轩想得太过简单了，以为搬出蓝衣社就能保证安全，但哪里知道唐鹤轩的凶残和暴戾远远超过他的想象。

他不接受任何人的威胁，同时也不怕威胁。

将枪递给黄复，用手帕擦了擦衣服上的鲜血，唐鹤轩淡淡说道："找，把其他名单也给我找到，尸体留在柜台上，去把阿杰叫来。"

黄复躬躬身，吩咐手下去叫人，然后陪着唐鹤轩走出了药铺，剩下的人在屋子里翻箱倒柜找寻着其他名单。

半个小时后，待方杰来时唐鹤轩正坐在街巷拐角处的一间茶水铺子里喝茶。

"阿爹，你这兴趣也太大了，为了喝茶跑这么远？"

方杰坐下来左右观望，这茶铺破破烂烂的连茶碗似乎都很脏，更没有什么客人在。

"茶无好坏，喜好自在人心。"

唐鹤轩慢悠悠地品着茶，茶味苦涩粗糙却让人想起年少时的日子。

方杰搔搔头，觉得这话听起来很普通又有点高深，便也跟着喝起这粗茶来。

另一边，李子豪醒来时，只觉得浑浑噩噩的好似发了一场大病。

当脑袋逐渐清醒过来，残酷的回忆涌上心头，在悲伤之余他开始刨根问底起来。

昨天因为过度的悲伤他没有思考的能力，但现在不一样。

他清晰地记得是唐鹤轩说过，档案是由日本人花重金买来的，而这些档案的所有人除了罗大元外不会有其他人。

"他妈的罗大元！"

李子豪破口大骂，豁然站起身来，刚走出门就碰到唐芊芊端着热腾腾的早餐过来了。

"豪哥你醒啦，我给你做了早餐。"唐芊芊满脸关心地柔声说着。

李子豪即使有天大的火气却也不会迁怒给唐芊芊，只是深深地叹息一声道："我要出去，等我回来再吃吧。"

"那我拿去热着，等你回来。"

唐芊芊乖巧地点着头，看着李子豪脸色不佳，以为他要出去散心，才转身又立刻说道，"要不要我陪你出去？"

"不用了，我一个人就好。"

李子豪摇摇头出门而去。

看着李子豪走远，唐芊芊抿着唇，突而有些羡慕。

蓝若芸在李子豪心里必定有着很重要的位置，不然他不会伤心成这样，如果有一天自己也去了，那……他也会这么伤心吗？

李子豪几乎是飙着车到了小街，一路乘船到了河对岸的老街上。

此时在那茶水铺子里，方杰看到了李子豪。

"阿爹，子豪来了。"

以为是唐鹤轩叫来的，方杰站起身就准备招呼。

唐鹤轩突然伸手，苍老的手掌却有着千钧之力般把他一下子按回凳子上，面对着方杰诧异的表情，他沉声说道："坐下来，看戏。"

陡然间方杰有种极度不好的预感，眼前的阿爹那表情和昨天晚上处置叛徒时简直就一模一样。

然后，他远远看着李子豪怒气冲冲地走到街尾，一脚踢开了药铺的门。

屋子里一片凌乱，连所有药柜都被翻了个底朝天。

罗先生歪倒了脑袋趴在柜台上，两眼瞪凸嘴里塞满着金条，已经死了一段时间。

李子豪大吃一惊，一察觉到不妙就准备离开，突然间药铺大门被推开，只见唐鹤轩一行走了进来。

李子豪脸色大变，他万万没有料到唐鹤轩居然找到这里来了。

狠狠挫了下牙，他沉声问道："你早就知道了？"

"不，刚刚才知道。"

唐鹤轩摇了摇头，将信封丢了过去道："你差点就躲过去了，不过幸好我从来不相信一无所有的人。"

李子豪接过信封一看，信封里就两张名单，一张是自己，而另一张竟然是福生！

"是他！"

他双目瞪凸，全身都在发抖。

他万万没有想到福生竟然和自己是同样的身份，而福生如果愿意帮忙，那包括蓝若芸在内的所有卧底都绝不会死。

这是多么冷血的人才会眼睁睁看着同伴死亡，一下子李子豪觉得参加蓝衣社是这一生最错误的事情。

杀日本人没错，但是蓝衣社并不像自己想象的那样是一个真正为了民族大义为了解救天下苍生而履行着正义的组织。那里面充斥着冷血和残酷，充斥着背叛和狠辣。

看着李子豪的表情，唐鹤轩肆意嘲笑着："你们自以为救国救民，可惜只不过是一群可悲的棋子，这么多条人命在罗先生看来也不过八十根金条而已。"

"阿爹，你在说什么啊，豪哥，豪哥他……"

旁边，方杰听得脸色大变。

"你打开信封自己看看。"

唐鹤轩淡淡说道。

待到方杰将信封取过来，看到那醒目的名字时，整个人都颤抖起来。

此刻李子豪内心中充满着悲凉和愤怒，他恨罗大元被金钱迷惑出卖同伴，也悲哀于自己的命运被掌握在这个龌龊小人的手里，以往对他如何崇拜、如何言听计从，现在想来真是可笑可悲。

看了眼死状凄惨的罗大元，他又看着唐鹤轩，一时间心如死灰，他伸着手指抵在自己头上做开枪状，一脸视死如归的表情："来吧——"

"阿杰，把他的档案烧了，当做纸钱吧。"

唐鹤轩说道。

此刻方杰早被眼前这一幕惊呆了，他看着信封上的名字愣得说不出话来，只是麻木地点着火将信封烧了。

火苗在二人眼中蹿动，最后化作灰烬飘落下来。

"阿杰，你的兄弟交给你解决，对于一个背叛帮派的人没必要讲兄弟情义。"唐鹤轩吩咐道。

方杰抬起头，举着枪对准李子豪，眼泪便掉了下来。

一场场生死与共的画面在脑海中闪过，那是多么珍贵的记忆啊。

他颤抖着声音："我叫你豪哥是因为真的把你当我的大哥，我自记事起就在和别人抢东西，和孤儿院的人抢饭吃、在码头和工人抢地方住、在上海滩抢着活命，被阿爹收留以后更是带着弟兄们抢地盘，我想要的东西谁也别想跟我抢。"

话到这里，鼻子一酸，他哭出声来："可是你是我大哥，芊芊我让给你，老大的位子我也可以让给你。你为什么还要骗我，帮蓝衣社做事！你说话！你说话啊！"

他悲情地大喊着，多希望这一切都是假的。

为什么老天爷要这样残酷，要让自己视若兄弟不惜为他献出生命的人有着这样的身份，为什么要让自己做出亲手杀死兄弟的事情！

枪口颤抖着，他扭头望向唐鹤轩，眼神晃动着，怎么都下不了手。

即使知道了李子豪的身份，但要他这么做却比他杀了自己还难受。

"阿杰，动手！"

唐鹤轩冷漠地下令，语气没有任何的感情。

方杰又扭回头看着李子豪，手仍然颤抖得厉害。

李子豪静静看着他，方杰的一句句话都敲击在他心头上，字里行间深厚的兄弟情义让他感动得无以复加。

他可以辩解，但他选择不辩解。

他有千言万语想对这平日里唠唠叨叨的兄弟讲，但话到嘴边却只剩下祝福："阿杰，好好活下去，和芊芊过幸福的日子。"

一句话让方杰哭得更厉害，同时他也在心里做了一个前所未有的决定，眼神一凝他猛地将李子豪一推："不要说了，我不想再见到你！"

房子早就残破，后门也被破坏了，方杰这么一推，正好将李子豪推得撞破了后门露出外面的河道来。

"砰砰砰——"

方杰举枪射击，连着三枪将李子豪打得掉入水中。

唐鹤轩一脸漠然地看着事态结束，然后才慢慢走过来，拍拍方杰的肩膀语重心长地说道："阿杰，这是个弱肉强食的时代，你不杀人，人就要杀你。只有狠得下心肠，才能够当老大。"

方杰擦着眼泪，悲伤得说不出话。

"接下来，是他了。"

然后，唐鹤轩望着唐府的方向，冷冷说道。

第四十八章

唇亡齿寒

车辆回到唐府已是黄昏，福生躬身迎了上来。

"堂口那边怎么样了？"

唐鹤轩走下来问道。

"各个堂口听说到老爷没死的事情都积极归顺，其他帮派也都派人送来了信函，无一例外。"福生恭敬地说道，话落又道，"还有日本领事馆的高田先生也派人送来了请柬，请老爷参加晚上的酒会。"

唐鹤轩轻轻点头，说道："这一到冬天，就突然想听戏了。"

"我立刻去安排。"

福生笑了起来，走到一边叫了人。

唐府外大街就有一个戏班子，很快人就来了，在唐府里的戏台上上演起《斩马谡》来。

唐先生和福生坐在台下听戏，看着台上那熟悉但从不厌倦的情节，唐鹤轩眼神中流露出些许追忆，端起茶杯抿了口茶，淡淡说道："咱俩上次一起听戏，是什么时候的事？"

"哟，这可远了，估摸着快十年了吧。"

福生认真回忆了一下。

"一晃十年，犹在昨天啊。"轻轻叹了声，唐鹤轩又道，"我记得上次腿伤了，是你背着我去梨园的。"

一提起这事情，福生顿时义愤填膺道："当时巡捕房那边捅了篓子，结果在老爷生日那天被个混蛋混了进来，开了两枪。"

略显庆幸地笑了笑，唐鹤轩说道："幸亏你从桌子后面推了我一把，不然打着的就不是腿了，现在我就在阎王殿里喝茶了。"

福生也笑了起来，打趣道："那里的茶不知道味道怎么样？"

放下茶杯，唐鹤轩又道："不知道比清明茶室的茶怎么样。"

福生说道："是啊，那时候清明茶馆，每天这个点都去，二楼西边靠墙的位子。"

话到这里，他瞄了一下唐鹤轩，突而有些佩服起罗大元来。

为什么罗大元能够当分社头目而他只能一直潜伏在这里当卧底，因为这罗大元的手段确实厉害。

他跟了唐鹤轩二十年了，最初时唐鹤轩的城府可没现在这么深，也算是一步步历练起来的，那时的他和唐鹤轩时常这样闲谈。

只是随着时间的推移、地位的提升，唐鹤轩越发的深沉内敛，二人的关系从近乎兄弟变成了主子和奴仆，他也一直敏锐地感觉到唐鹤轩对他的提防。

但是今天，似乎除去了青帮卧底的缘故唐鹤轩对他的信任有了大幅度提升，如同老友般这样在戏台下闲聊，这样一来以后刺杀他的机会就多多了。

正这么想着，唐鹤轩说道："怎么样，上去唱个《淮河营》吧！"

"好咧。"

福生笑着上了台，起了个调，开始咿咿呀呀起来。

唐鹤轩一边喝着茶，一边手在腿上打着节拍。

待福生唱罢，喘了口气，笑言道："好久没上台唱了，唱功都荒废掉了，老爷可别见笑啊。"

这话一落心头陡地猛跳了一下，只因为台下唐鹤轩那表情突然冷漠起来。

然后，便听见唐鹤轩慢慢说道："福生，你认识一个姓罗的先生吗？"

福生顿时脸色一僵，面如死灰。

刹那间他明白过来，刚才唐鹤轩一番闲谈，那不是因为对自己解除了怀疑，而是对一个将死之人仅有的一点叙旧。

显然罗大元贩卖的情报并不止其他人，还包括自己！亏得他刚才还钦佩对方的手段，然而如今仔细一想，佩服一个连同伴都会出卖的人这本身就是一件可笑的事情。

这时他突然有些后悔，如果在唐鹤轩处理名单之前就联合卧底对他动手的话，那么哪会沦落到这地步。

他眼睁睁看着同伴死去，自己也在孤立无援的景况中将要迈向死亡。

唇亡齿寒，古人所讲的道理如此浅白，为何现在才明白过来？

雨唰唰地落了下来，湿了戏台，也让福生像个落汤鸡似的显出几分狼狈来，昔日和罗大元座谈时涌起的野心如今已经成了一个笑话。

"砰——"

一声枪响，他双目呆滞地倒在戏台上，眼神逐渐浑浊黯淡。

与此同时他的手下人也被悉数杀光，这些人并不在名单之上，但是他们都是福生的心腹，唐鹤轩不会留这样的人在自己身边。

"做奴才的，就该有做奴才的本分。"

漠然看着福生，唐鹤轩淡淡说道。

随着一个个身边人的死亡他的心肠越发硬了起来，他起身朝外走去，丢下一句话："福生最爱喝茶，别浪费了。"

手下人躬着身送他远走，然后提起茶壶将茶水浇在福生的身上。

这个曾经在唐府一人之下百人之上的大管家，如今只是一具将要被扔进黄浦江里的弃尸。

苏州河支流的一条小街上，阿泽三人正撑着伞赶路，书包塞得鼓鼓的。

"修女也太偷懒了，这么点东西还要我们买回去，走这么远的路，脚都酸死了。"

阿天年纪最小，说起话来满脸不高兴。

阿明听得好笑："以前咱们做乞丐的时候你可精神得很，我和阿泽哥都跑不动了你还要到处蹿。"

"那不一样，现在吃得饱饱只想睡觉，哪像以前天天饿着肚子。"

阿天直摇着头。

"你啊，迟早吃成肥猪。"

年纪最大的阿泽笑了笑，捏了捏他发胖的脸。

"啊——"

阿天突然大叫起来，把阿泽二人都吓了一跳。

"你鬼叫什么，我又没用力。"

阿泽一脸奇怪地盯着他。

"不，不……水……水鬼……"

阿天颤着手指着前面，惊恐地叫着。

阿泽二人顺着他目光望去，只见在河水里分明有个黑影正在往街面上爬。

"是个人。"

阿明一眼分辨清楚，连忙快步赶了过去。

三个小家伙心地善良，一见到有人落水立刻去帮忙，而待到他们把人拖上岸一看清楚面孔，顿时惊呼出声，这人居然是李子豪。

"子豪哥！"

阿明推着李子豪，但怎么也唤不醒他。

"血……子豪哥受伤了。"

阿天突然发现了李子豪的伤口，又惊慌起来。

阿泽深吸了口气，镇定地吩咐道："阿天，你立刻回学校告诉修女子豪哥受伤的事，让她带人过来把子豪哥送到安全的地方。"

"我这就去！"

阿天没了刚才的懒惰，也不顾雨天淋湿衣服，直接把伞一丢撒腿儿就朝学校跑去。

"阿明，你快去叫芊芊姐和阿杰哥哥，不要告诉其他人子豪哥受伤的事情！"

阿泽又警惕地吩咐道。

阿明点点头，也丢了伞一路狂奔。

来到唐府门外他朝着一个保镖表明了来意，这唐府里的人都知道李子豪三人将三个小乞丐送到学校去读书，而且还时常带着他们出去游玩吃饭。

一见这小孩子"芊芊姐姐"喊得亲热，保镖立刻猜到他的身份，也不敢怠慢，一边让人拿把伞过来给他遮着一边进去通报。

唐芊芊正在厨房守着粥，自从李子豪出门一守就是一整天，坐在那里都快睡着了，一听到阿明来找自己这才从厨房出来。

来到门口，一见到落汤鸡似的阿明，她顿时担心道："阿明你怎么连个伞都不打，这会得感冒的。"

想起阿泽的吩咐，阿明压低声音说道："子豪哥哥受伤了。"

"什么，受伤？"

唐芊芊大吃一惊。

"阿杰哥哥在吗？我带你们一道过去。"阿明说道。

"还等他干嘛，快带我去。"

唐芊芊心急如焚，拉着阿明跑进唐府开了车就蹿了出去，也不管后面的保镖拼命追赶。

一路来到小街上，李子豪已经不见了踪影，等在那里的阿泽告诉唐芊芊，修女已经将人转移到了附近的住处。

一会儿后，唐芊芊在一个僻静的宅子里看到了李子豪。

修女心善同时也见过世面，深知学校人多眼杂，所以把李子豪安排在了这学校租用的僻静地。

这时，请来的医生刚给李子豪治疗完毕。

看着身上缠着绷带吊着盐水却还昏迷不醒的李子豪，唐芊芊眼泪一下子涌了出来，只觉得呼吸难受双脚发软，她靠着门口喘了口气，快走几步过去扯着医生问道："豪哥……他……他的伤怎么样？"

"枪伤，但都没中要害，只要挺过了明天傍晚就能活。"

一句话让唐芊芊慌乱紧张，她颤抖着坐在床边，紧握着李子豪的手，那手好似尸体般冰凉得可怕。

如果李子豪死了那她简直不敢想象自己的人生会是个什么样子，她默念祈祷着，如果能够让李子豪活过来她都愿意付出自己的性命。

"芊芊姐，子豪哥是好人，他一定能活下来。"

阿泽说道。

唐芊芊转过头看着三个小家伙，他们此时还很狼狈，身上打得湿湿的又溅了一身稀泥，但却目光坚定，似乎有着李子豪的影子。

"嗯！"

突然获得了力量般，唐芊芊重重点头。

她坐在床边陪伴着，一整夜时间漫长得如同一年。

她不停地祈祷不停地呼唤，时不时泪水涌出来擦干了，又告诉自己要坚强。

就这样时间一分一秒如同煎熬般地过去，她按照医生的叮嘱，不时用毛巾为李子豪敷额头擦冷汗，一点都不停歇。

像她这样的大小姐何曾照顾过人，时不时手忙脚乱的但却无比用心而认真，更不曾喊过一声累，一颗心全都系在了李子豪身上。

大上午的时候老医生过来了一趟，检查了一下李子豪的伤情，说他体格好应该没有太大的问题。

这话让唐芊芊终于看到了希望，果然如老医生所言，一直到傍晚李子豪的伤势都没有恶化，而且呼吸也终于平缓了下来。

这个时候唐芊芊才松了口气，正好阿泽三人过来看望，她便让他们在这里守着，接着开车回唐府想着叫爸爸带人过来将李子豪移到家里去。

第四十九章

伪装的面孔

方杰开着车回到唐府的时候，唐府上下一片肃穆的氛围。

他脸上满是担心，因为沿着河道找了一天一夜都没有找到李子豪的身影，这让他忐忑不安。

在药铺里他有生以来第一次违抗了阿爹的命令，故意将李子豪撞到河边，开的三枪也都刻意避过了要害。在认为瞒过了阿爹之后他立刻沿途寻找，然而结果很不理想。

一想着李子豪很可能落水身亡，他心里就像塞了块石头般。

"阿杰少爷，老爷请你过去。"

冰冷的声音突然响起，他抬头一看，见到黄复神色冰冷地站在身前。

黄复似乎永远都是这个表情，但在他眼里似乎又看到了别样的东西。

这时，方杰才突然发现府邸里的气氛和平日里不太一样，虽然同样都是禁卫森严，满院子都是拿着枪的手下，甚至远处阳台上也有人盯着，但这些人的视线都是在他身上，眼神皆是森冷而戒备的，看着方杰，早没有以往的恭敬。

一下子方杰明白了什么，嘴角浮出半分苦涩，他跟着黄复朝着主楼走去。

主楼里空空荡荡的，楼道没有点灯，黑漆漆的如同深渊般。

方杰踩着阶梯走着，一步步好似踩在心口上，黄复在后面跟着，悄然无声如同一个幽灵。

推开办公室的门，唐鹤轩目光森冷地坐在椅子上，这让方杰回忆起他在废钢厂里处置叛徒时的表情。

盯着方杰，唐鹤轩冷冷问道："昨天离开药铺后，你去哪里了？"

抬头看着阿爹那熟悉又陌生的面孔，方杰苦笑了声："阿爹不都知道了吗？"

唐鹤轩冷哼了一声，敲着桌子呵斥道："昨天弟兄们在苏州河上上下下翻了三遍，都没找到李子豪的尸体。你不打死他，他就会来打死我，你是想让我死啊！"

"阿爹，他是我兄弟，我下不了手。"

方杰说着心里话，静静看着唐鹤轩，眼神是前所未有的坦然，仿佛已经知道了自己的命运般。

唐鹤轩冷笑起来："阿杰啊阿杰，我真是小看你了，你平日蠢蠢笨笨的，但没想到还真的惦记着我的位置？你想让他杀了我！但杀了自己老大的人是做不了老大的，然后你就可以做老大！"

方杰愣了愣，然后绝望地笑了起来："在阿爹眼里，我就是这样的人吗？"

他把唐鹤轩当成父亲对待，视他的话为圣旨。从小到大，无论阿爹说什么他都照着去做，不问缘由不问是非，因为他相信阿爹的话都是对的。

但此刻，眼前这个老人是何其陌生啊，他提防着任何人，包括自己，更或许他从来没有把自己当儿子看待过。

所谓父子，这之间的信任却原来薄得跟纸片似的，一捅就破碎不堪了。

唐鹤轩却从不怀疑自己的判断，他漠然地盯着方杰，好似看着一个素不相识的陌生人："我迟早要死的，这位置本来就该是你的。但可惜啊，你太心急了，这局也做得太仓促了。"

方杰不语，只是木然地看着他。

那个曾经高大得遮住了天、护佑着他成长的父亲，如今却像一个魔鬼般狰狞可怕。信仰的崩塌让他如同行尸走肉，脑袋里空空荡荡。

前面，唐鹤轩慢慢抬起手朝下挥动。

方杰缓缓闭上眼睛，想起李子豪又想起唐芊芊。

他多想再和李子豪坐下来唠唠叨叨地聊上一整天，一整月甚至一整年，再多的年月都嫌短，再多的话都说不尽心头事。

他多想再看看唐芊芊，看着她那永远都不会看腻的容颜，听着她那银铃般欢快的笑声，告诉她他永不放弃的爱恋，或许终有一天他能够牵着她的手过上幸福的一辈子。

但这辈子不行了，或许，下辈子吧。

后面，黄复举起枪。

黑暗中两声枪响，方杰跪在地上，浑身颤抖，痛苦弥漫着身体侵蚀着灵魂，但他却慢慢笑了起来。

模糊的视野间，似乎唐芊芊带着笑脸伸出手来，柔声呼唤着他的名字，前所未有的温柔，前所未有的迷恋。

他也伸出手去握着那纤细而皓白的小手，多么温暖，多么幸福啊……

看着死去的方杰，唐鹤轩闭上眼睛摆了摆手，黄复带着手下将他朝外拖去。

刚拖到楼梯口就听到楼下传来手下人的叫声："小姐你不能上去！"

黄复几人都吃了一惊，只是此刻要转移尸体已经来不及了，随着蹬蹬蹬的声音便见到唐芊芊一脸焦急地蹿上来，大喊道："阿爹……"

喊声一起，她突然僵直在原地，一双眼睛死死地盯着方杰。

方杰耷拉着脑袋，两只眼睛早无生气，鲜血顺着后背滴落下来。

"阿杰！阿杰他怎么了！"

唐芊芊回过神，连忙跑上来，几乎是从黄复几人手中抢过尸体，抱在怀里使劲摇着，见摇不醒顿时嚎啕大哭起来。

刚经历了李子豪的事情，如今一回来居然看到了方杰的死。

方杰对她而言那是除了爸爸之外最亲近的人，二十多年一起情同兄妹，他在她心目中的地位是无人可以取代的。

她难以接受这么亲近的人突然间毫无防备地死在眼前，仿佛一颗心被重重摔在地上砸得粉碎，痛得连呼吸都要停止了。

"是谁，是谁杀了阿杰？"

唐芊芊抬起头来盯着黄复几人，那眼神看得人心头毛毛的。

黄复自然不会露出任何异样表情，他微微低着头，没有回答着问题，只是几个手下欠缺些镇定，下意识地朝着黄复瞥了一眼又朝着办公室方向瞥了眼。

唐芊芊一下子明白过来，她颤抖地放下方杰的尸体，越过几人闯进办公室里，对着唐鹤轩悲痛哭喊道："爸爸，为什么要杀阿杰？"

唐鹤轩脸色阴沉，眼中涌冒着一重重的杀机。

这杀机是对手下人的，一直以来他都努力让唐芊芊远离帮派的战争，一直以来也做得很好。唐芊芊无忧无虑地长大，从来不知道帮派为何物，更不知道这些打打杀杀的事情。

然而如今手下人阻拦不力，竟让她亲眼看到了这一幕。

眼中又浮现起温柔，唐鹤轩站起身来扶起跪地痛哭的女儿，温言细语地说道："芊芊，阿杰要杀我。"

"他……他怎么会……"

唐芊芊颤抖着声音，对这答案简直难以置信。

谁都可能对爸爸有杀机，但绝对不可能是阿杰啊。

"来人，把小姐带回去。"

唐鹤轩挥挥手，几个手下连忙赶过来搀扶着唐芊芊离开。

唐芊芊一边走一边哭，时而又扑倒在方杰身上大哭起来，这样一直拉拉扯扯的，等到回屋的时候唐芊芊人都已经哭得虚脱了。

房间没开灯，她就坐在黑暗中一直不说话。

方杰傻乎乎的样子，讨好她的样子，嬉皮笑脸的样子，就好像在眼前般挥之不去，一想到他死了再也见不着他了，她的泪水又止不住地往外冒，即便昨晚为了李子豪已经哭了不知道多少次。

很久很久之后，她突然想起李子豪的事情来，这才慌张起来开了门准备出去。

才开门便见一个女佣人站在门前，正是刘妈。

看着刘妈背着的包袱，唐芊芊意外道："刘妈你要走？"

刘妈警惕地朝外看了看，拉着唐芊芊进了屋，关上门然后说道："大小姐，我是从小看着你长大的，知道你和夫人一样有一颗菩萨心肠。所以我走之前，思来想去还是该告诉你些事情。"

"什么事情啊，刘妈？"

看着她满脸慌张的表情，唐芊芊问道。

刘妈声音一沉，说道："都是老爷杀的。"

"什……什么？"唐芊芊心头一颤，手猛烈地抖了下。

刘妈一字一句地说道："子豪少爷，阿杰少爷，福生管家，赵衍兄弟……还有好多好多人，包括报纸上写的那些小青年，都是老爷杀的。"

"这……这怎么会……"

唐芊芊颤抖着后退，无力地坐在椅子上。

她摇着头，脑袋里都是乱糟糟的。

"小姐，我不会骗你。我得走了，不然留在这里连命都没了。哎，小姐和夫人都是大善人，但老爷他……却是个魔鬼啊。"

刘妈后怕地念叨着，然后匆匆关了门快步离去。

唐芊芊浑身颤抖不停，刘妈的话在脑袋里一直回放着，方杰的尸体也在脑袋里一遍遍出现，那眼神是多么的绝望啊。

雨声中突然传来几声枪响，唐芊芊豁然站起来，乘着夜色寻着枪声而去，来到靶场外便遥遥望见几个人倒在血泊中。

唐鹤轩站在一边，黄复收起枪。

"枉我一直把芊芊蒙在鼓里，你们这些奴才却让她看到了不该看到的一幕，真是该死！"

黑色的伞下，唐鹤轩阴冷冷地说着话。

那面孔，那表情，显得凶狠毒辣，好似一条毒蛇，让唐芊芊觉得怎么都和慈爱的父亲联系不到一起，而刚才刘妈所说的话也一下子变得真实起来了。

"以后谁胆敢乱嚼舌头，都给我扔进黄浦江！"

唐鹤轩继续阴冷地呵斥，犹如个凶残的暴君，那脸上五官几近撕裂般的狰狞，夜色中令人毛骨悚然。

突然间，教堂绑架事件中马三爷的那句话在唐芊芊脑海中浮现了出来，"你是最没有资格说这句话的人！"

一下子，她明白了这话的意思。

第五十章

离别的约定

唐芊芊踉跄后退，然后快速地奔跑起来。她开着车飞速逃离唐府，赶到了李子豪的住所。

雨水不停地下，唐芊芊的泪水不停地流，直到干涸再也哭不出来。

她的天空一直都是阳光明媚的，在爸爸的庇护下无忧无虑，即使回国后遭遇了些麻烦，但是李子豪却像英勇的骑士般守护着她。

然而如今李子豪昏迷不醒，阿杰死了，爸爸原来有着那么凶残的一面。她瑟瑟发抖，惶恐不安，被这些接踵而来的残酷事实击得站不起来。

第二天傍晚，李子豪终于醒了过来。

见他一睁开眼，唐芊芊立刻又哭了起来。

"我没事了。"

李子豪想勉强挤出些笑容安慰她，却怎么都笑不出来。

擦着眼泪，唐芊芊伤心地说道："阿杰死了。"

李子豪眉头狠狠皱了下，痛苦地闭上眼睛，无力地念叨道："他……他是替我死的。"

尽管他觉得蓝若芸的死已经让他对"死亡"这个字眼麻木了，但是听到这个消息后仍然心痛了起来。

一切都在预料之中，又在预料之外。

方杰为了救自己，违抗了唐鹤轩的命令，唐鹤轩不会容忍一个不听自己话的人在身边，但他没有想到唐鹤轩会心狠手辣到这地步，杀害一个视他为爸爸的人。

没有了爱人，没有了兄弟，此刻的李子豪孑然一身，心灰意冷到了极点。

一句话印证了阿杰的死因，唐芊芊抓着他颤声说道："他一直在骗我，他杀了阿杰，杀了学生，杀了好多人。"

李子豪沉声说道："他还会带着全上海滩的黑帮来杀我。"

唐芊芊娇躯一颤，哭泣道："豪哥，你……你别杀我爸爸好吗？"

她泪眼汪汪的，那般的忧伤，那般的惊恐，让人忍不住地心疼。但李子豪不说话，也不知道该怎么回答。

唐芊芊慌张地说道："我爸爸欠下的债，我用一辈子来偿还你。"

李子豪淡淡摇着头："你谁也不欠，他的债只有他自己能还。芊芊，你应该离开上海滩。"

唐芊芊立刻说道："我走，我们一起走！明天早上9点，我在码头等你！"

她带着哭腔哀求着，那表情看得人心都碎了。

只是李子豪却连心都没有了，他眼神复杂地看着她，然后点了点头："好，9点钟，你等我。"

唐芊芊这才破涕为笑，紧抓着他的手不放开。

无论爸爸怎么样，他始终是她最爱的人，是她唯一的亲人，她怎么能让两个她最爱的人相互厮杀呢？

唯一的方法就是带着李子豪走，远离这个满是纷争满是痛苦的世界。

门外，阿泽捂着阿明和阿天的嘴将他们慢慢往后拉。

待离远了，阿天张大嘴惊呼道："阿杰哥哥是被芊芊姐姐的爸爸打死的？"

"他还要杀子豪哥哥？"阿明也瞪着眼。

阿泽神色严肃地说道："我们就当没听到，大人的事情大人有解决的方法。"

阿天和阿明都点点头，想着这关系着实太复杂，但是心头又确定了一件事情，芊芊姐姐的爸爸是个大坏蛋。

等了好一会儿，估摸着里面的话结束了，三人这才敲门进去。

唐芊芊叮嘱他们照顾好李子豪，然后依依不舍地离开，她要回家准备行李。

唐芊芊一走，李子豪眼神变得决然起来，他撑着身体坐起来准备下床，伤势牵动下脸上露出了痛苦的表情。

"子豪哥，你的伤还没好，不能下床的。"阿泽连忙说道。

李子豪勉强笑了笑，摸着他的头说道："我听芊芊说了，又是你们救了我，真不知道该怎么感谢你们。"

"子豪哥，你把我们送到学校里，我们已经很满足了。不要什么谢谢，只要你好好的。"阿天天真地说道。

阿明跟着重重点头，眼神纯真。

李子豪慨叹一声，肃然说道："你们听我说，一定要好好地学习，做祖国的栋梁之才，我会为你们骄傲的。"

三个孩子都乖乖点着头，却听不出这里面已经有几分离别的味道。

李子豪又道："我想静静地休息一下，你们就先回去吧，明天还要上课呢。"

三个小孩一走，李子豪便下了床，取了纱布将伤口处又缠了几层，只是一动伤口又渗出血来。

但他已经不管那么多了，拿起床头的枪推门走了出去，消失在夜色中。

唐芊芊回到唐府时正是晚餐的时候。来到客厅里，唐鹤轩正等着她，脸上依旧如常地露出慈祥的笑容："一天都跑哪儿去玩了？这上海滩还不太平，别玩得那么疯。"

唐芊芊只觉得那面孔极其虚假，她故作着平静地说道："出去散了下心。"

"好好好，来，吃饭。"

唐鹤轩慈爱地笑着。

待上了桌，祈祷完后又亲自为她夹菜。

唐芊芊默默着吃着，看着方杰的空位，看着李子豪的空位，只觉得无比的忧伤。

再看看唐鹤轩一脸浑然不觉，根本不在意少了两个人吃饭。

什么美食佳肴都索然无味，饭菜难以下咽，唐芊芊只觉得此刻的爸爸是如此的陌生。

　　唐鹤轩拿着一张报纸，上面报道着地下组织蓝衣社被清除的新闻，他苦笑道："终究都是些外人，非要跟着那什么蓝衣社胡闹，葬送了自己的命。到头来，还是自家人靠得住。"

　　唐芊芊默然不语，她不知道蓝衣社是什么组织，但她知道爸爸不应该杀阿杰。

　　没察觉到女儿的心事，唐鹤轩又道："这好事做多了也让坏人不高兴，做好人有什么用？人善被人欺，马善被人骑。现在的社会，你不踩着别人的头，就会让别人踩着你的肩膀往上爬，做坏蛋自有做坏蛋的道理，好人有好报，这可能是世界上最骗人的鬼话！只可惜，方杰都信了……"

　　唐芊芊听到方杰的名字，强忍着不让自己的眼泪流下来。

　　她看着爸爸，不知道他的心究竟是什么做成的，为何能够这么铁石心肠，阿杰可是他的儿子啊！

　　会不会有一天自己做错了事情，爸爸也会杀了自己？

　　唐芊芊不敢再想下去，麻木地接着话："是啊，上海滩只有人情世故，哪有什么好坏之分。"

　　唐鹤轩对于女儿的这句话吃了一惊，盯着她说不出话。

　　以往若是自己这么讲，她会跟自己理论一百遍，但今天居然顺着说话了，莫不是因为阿杰的事情受了刺激。

　　抬起头来，唐芊芊努力让自己平静些，看着爸爸，只觉得比她刚回国的时候苍老了不少，想着即将离开他也不知道什么时候才有勇气回来，一时又感伤起来。

　　她给唐鹤轩盛了一碗汤，说道："爸，多喝点。"

　　唐鹤轩不免满意地感叹道："芊芊你长大了，会孝敬爸爸了。"

　　唐芊芊不说话，只是静静看着他。

　　一席饭吃下来，没有往日的热闹，即使二人偶尔聊上几句却也显得冷冷清清的。

饭后，唐芊芊回到房间，独自坐了一会儿后开始收拾东西。

末了，她拿起梳妆台上妈妈的相框轻轻擦拭着，心里想着妈妈眼中的爸爸是什么样一个人呢？或许妈妈也不知道爸爸有着那样的面孔吧……

夜里，她悄悄将行李塞进了汽车里，然后在床上静静地等待着。

一夜无眠，满脑子都是纷乱的心事，但离开的决心却不曾改变过。

第二天一大早她就到了码头，生怕李子豪来早错过了。

码头上的时钟飞快地走着，轮船走了一艘又一艘，旅客来了一拨又一拨，李子豪却迟迟未出现。

唐芊芊拿着船票站在码头前等待着，她踮着脚昂着头，直是望眼欲穿。

来路上虽然不时有汽车驶过，不时有人下车，却没有李子豪的身影。

"铛——"

码头的时钟发出准点的报时声时，一阵汽笛声随即响起，轮船马上就要开了。

唐芊芊只觉得心脏好似被一双手紧紧地攥着，快呼吸不过来了。

所有的希望在这一刻犹如浮出水面的气泡见不得光似的破裂了，绝望如同凶猛的潮水般涌来淹没了身体和灵魂，将她拖进无比黑暗的深渊中。

眼一闭，两行清泪流了下来，她的身体冰凉冰凉的，心碎得不成了样子。

李子豪不来，那只会去一个地方。

她慢慢睁开眼，眼神坚定而决然，然后快步赶到汽车里，一踩油门朝唐府飙去。

第五十一章

悲情的错杀

另一边，李子豪开着卡车高速地在道路上行驶着。

他花了一夜工夫找到了一辆卡车，并对其进行了改装，卡车的车头安装上尖锐的木头，车厢里装着数十个盛满油的油桶。

路人用惊奇的眼光看着这怪物般的卡车，直到它消失在视野中。

穿过纷繁的闹市，唐府如同一座封闭的城堡出现在眼前，巨大而厚重的铁门紧紧关闭着。

李子豪眼中迸射着怒火，猛地一踩油门，瞬间提速的卡车径直朝着唐府的大门冲去。

大门口的保镖早就发现了远处道路上这个大怪物，见到车辆突然提速冲来，一个个都警戒起来，而待卡车到了近处才发现车上是李子豪时，他们立刻高声示警，同时准备拔枪射击。

"砰砰砰——"

只是李子豪的速度更快，瞬间打死了三人，一踩油门同时点燃引线，推开车门往外一跳。

人落地时，加速后的卡车凶猛地撞破大门，顺着道路朝里面冲，首当其冲的就是居中的主楼。

主楼里的保镖听到枪声正往外奔跑，刚蹿出来就见到迎面一辆卡车飙射而来，于是纷纷惊慌地逃窜。

卡车携带着山体般的冲击力撞击在主楼的墙面上，墙面应声塌陷，守在里面的保镖顿时被埋在里面，连惨叫声都没来得及发出来。

卡车并没有停下，凶猛的余劲驱使着它疯狂冲击，门窗、桌椅、书架被碾压成渣，整个大厅里一片狼藉，而在卡车最终被粗大的水泥柱阻拦下来时，引线也终于燃到最后。

"轰——"

惊天动地的爆炸声将主楼别墅炸得塌陷大半，接近的保镖也都被气浪掀翻出去，整个唐府都受到了爆炸的波及，林木狂摇，房屋猛震，一时间惊呼惨叫声四起，混乱一片。

趁着混乱的局面，李子豪在飞速奔跑，在不断射击。他的枪法在愤怒之下提升到了精准而恐怖的地步，几乎就是一枪一个。

一把枪打完了取了尸体的枪继续射击，子弹源源不断，青帮的人也不断死去。

他犹如死神附体，眼中没有感情只有杀戮。

黄复领着人马从远处赶来，一路布设防御，试图阻拦李子豪。

爆炸产生出的气浪在空气中造成巨大的浮尘，笼罩着整个唐府。

浮尘原本是把双刃剑，既会阻碍自己的视线同时也会阻碍敌人的视线，在这样的环境里进行枪战完全就是瞎子摸象，到处模模糊糊都是黑影。

青帮的人马虽然个个也都是堂口提拔起来的精锐，但一遇到这种环境也只有靠着人马数量到处乱射，以期能够瞎猫碰到老鼠。

但对于李子豪却不一样，作为蓝衣社的刺客，他在罗大元的苛刻训练下养成了在极其艰难复杂的环境下也能战斗的能力。

因此这样的环境成了他天然的保护罩，他好似幽灵般在里面蹿来蹿去，一枪枪击杀敌人。

"老大，咱们死伤太严重了。"

一个手下带着恐惧的声调喊道。

黄复冷着脸，平日里不变的表情这时也露出了几分不安，他从来没有见识过这么可怕的对手，在这样的环境下还能够大面积地击杀对手。

以前判断李子豪只是和他旗鼓相当，但如今他发现这青年要更胜一筹，带来的二三十个手下眼下也就只剩下两三个了。

"砰——"

一声枪响，旁边哭喊着的手下被一枪爆头倒了地。

黄复眼皮跳了下却没有后退，他双手拿着枪死死地盯着前方。

突然间一个人影陡地冒了起来，几乎毫无征兆，就好像是突然出现似的。

"砰——"

枪声重叠响起时，黄复只觉得胸口被炽热的岩浆贯穿，火辣滚烫的剧痛刹那间侵袭进来，身体不受控制地后退，最后瘫靠在石头上。

眼前的人影慢慢走来，正是李子豪。

他的左手被枪打中，鲜血直冒。

李子豪举起枪，一脸漠然地对准了黄复。

"兄弟，我来陪你了……"

黄复嘴角浮起几分苦涩，闭上了眼睛，脑海里浮现着和赵衍一同出生入死的画面。

击杀了黄复，李子豪如入无人之境般在一片狼藉的唐府中穿梭，同时不时大喊："唐鹤轩你给我出来……"

没人回应，回应的只有稀稀寥寥到最后没了的枪声。

李子豪冲上楼，一脚踹开了办公室的门，屏风后面坐着一个人，戴着黑色的帽子，穿着黑色的风衣。

"唐鹤轩，若芸的命，阿杰的命，还有那么多无辜的性命，今天是你偿还的时候了！"

李子豪悲愤地大叫，用力地扣动扳机，子弹穿透椅子，准确地击中了唐鹤轩。

唐鹤轩发出一声惨叫，但这声音却是柔弱不堪，分明是个女子的声音。

李子豪如遭雷击，握枪的手猛烈地颤抖起来，他三步并着一大步撞倒屏风，豁然见到地上躺着的唐芊芊。

鲜血从她的胸口渗透出来，染红了衣服，染红了地面。

"芊芊，你怎么会在这里！"

李子豪悲痛欲绝，扑通一下跪在地上，伸手解开她的西装，看到胸脯上不断冒起的血花。

这一枪正好打中心脏，大罗神仙也救不了命了。

唐芊芊颤抖地伸着手："我在码头等不到你……我就知道你要来……我爸爸欠下的债，我来还你……"

"不不不，我不要你还！"

抓着她的手，李子豪嚎啕大哭。

蓝若芸死了，阿杰死了，他以为自己的心也死了，但此刻他才发现唐芊芊在他的心里占据着难以想象的位置，爱情早在不知不觉中就生了根发了芽，只是为何又发现得这般晚！

唐芊芊脸色苍白起来，眼神迷离着："上……上海滩真的有这么重要么？重要到我生命中最爱的两个人互相残杀。"

李子豪晃动着她的手，大声呼唤道："芊芊，你振作一点，不能死！"

"我……"

唐芊芊似乎被唤得清醒了些，她看着李子豪，费力地伸出手。

李子豪紧抓着她的小手，放在脸上，用力地磨蹭着，眼泪唰唰落下来湿了袖口。

唐芊芊的小脸上绽放起笑容来，迷离的眼神暖乎乎的，此时此刻，又仿佛回到了码头相遇时她被李子豪搂在怀里的情景，又仿佛回到了百乐门跳楼时她被李子豪抓住的情景。

一切那般的美好，就好像一场美梦让人不愿意醒过来。

"亲……亲一下……"

仿佛那夜醉酒入梦前，唐芊芊呢喃般念叨着，然后慢慢闭上了双眼。

"老天啊，你为什么要这么捉弄人！"

见唐芊芊死掉，李子豪仰天怒啸，悲凄的声音在书房里回荡，最后便是死一般的沉寂。

刹那间他觉得什么都不重要了，脑子里空白一片，万念俱灰。

他麻木地抱着她一步一步向外走去，身体轻飘飘的仿佛不属于自己。

大门口外，一排排的打手站在那里，唐鹤轩负手而立，一身气势如虹，他等待着李子豪的出现，等待着解决最后一个麻烦。

人影出现了，打手们都跃跃欲试，解决了李子豪这个大麻烦那可是大功一件。

唐鹤轩一脸平静而淡定，事情到了这地步李子豪是插翅难飞了。

只是在视野逐渐清晰，见到李子豪的刹那，他的表情一下子僵硬住了，随即而来的是极度的痛苦。

手颤抖起来，雪茄掉在了地上，他眼神剧烈地晃动着，难以相信眼前的事实。

"芊……芊芊……"

他颤声呼唤着。

只是唐芊芊再也醒不过来了，她在李子豪的怀里安静地沉睡着，胸前的血也不再流淌。

"唐鹤轩，你不是上海滩的救世主！你不过是另一个玩弄权术的恶棍！"

李子豪陡地咆哮起来，用尽最大的力气。

"砰——"

唐鹤轩满脸狰狞，夺过手下的枪，一枪打中了李子豪。

李子豪双脚跪地，低下头来看着怀里的唐芊芊，慢慢露出了笑容。

他头一次发现唐芊芊这么美丽，那圆润的脸庞，细腻的眉角，丰润的粉唇，如同那初春山野上开着的小花朵，粉嫩嫩的胜过这天下一切的美。

他倒下来，脸贴着唐芊芊的脸，双手紧紧地抱着她的身体。

这一次，至死都不再分开……

尾声

1937 年 11 月，在持续了 3 个月的战争之后民国政府从上海撤退，上海滩沦落。

从这日清晨起大量的日军从黄浦江口登陆正式接管上海，而在被视为世外桃源的租界地里也开始出现巡逻的日本兵。

暴雨从夜里一直下到这日的下午，整个城市都是湿淋淋的，仿佛一直在流着泪。寒风夹着雨点凄厉厉地呼啸着，穿过大街小巷发出悲戚的声响。

百乐门里却依旧热闹，人们躲藏在这个满是金钱和欲望的世界中醉生梦死。

大厅里插着日本国旗，舞台上歌女唱着日本歌曲，而挂在上面庆祝华董仪式的横幅还没有取下来。

昨天在这里由高田二郎主持的竞选酒会让唐鹤轩成为新一任的华董，今日的报纸上满满都是这个新闻。

此时唐鹤轩坐在大厅中央的席位上，一如以往的黑色风衣，黑色西装，还有那顶永不褪色的黑色帽子。

只是身边没了方杰，没了李子豪，没了福生，没了太多熟悉的人，他那曾经深邃内敛宛如藏着汪洋大海的眼神如今褪去，只剩下木然。

周边围坐着陌生面孔的日本人，一个个叽里呱啦地说着他听不懂的语言，分明热闹非凡但他却觉得死一般的沉寂。

他要的是和洋人平起平坐的权力，是制定这上海滩规则的权力。然而当他一路屠杀，无情地把敌人斩尽杀绝，狠辣地把身边的人清理个干净之后，这里却成了日本人的地盘。

日本兵遍布在这上海滩乃至租界地，他这个华董只不过是他们手里的傀儡，是一具被操纵的木偶和一个滑稽无比的小丑。

连整个上海滩都是日本人的，他又拿什么和日本人谈条件，讲规则?

一夜间他仿佛老了几十岁，身子比以前更佝偻了，而那原本汪洋般的雄心壮志在这时变成了破碎掉的玻璃渣子，一文不值。

眺望着舞台，视野突然模糊起来，那台上的舞女似乎一下子变成了蓝若芸。婀娜的舞姿，绝色的容颜，还有那充满魅惑的嗓音，一切如昨日般历历在目。

唐鹤轩嘴唇颤抖了下，心脏突然间抽搐般痛了起来，让他下意识地捂着胸口。

不是心脏出了毛病，而是心在泣血般地痛。

他突然想起来上次雅致离开的时候他也这般痛过，痛得难以呼吸，痛得恐惧慌张。陡然间他明白过来，却又明白得晚了。

他亲手杀了儿子，亲手杀了爱人，亲手葬送了一切。

百乐门外站着一队队的日本兵和青帮成员，一辆小车停了下来，里面坐着阿泽、阿明和阿天。

三人互相望着，眼神决然，有着几分李子豪的影子。

今天是唐鹤轩华董仪式之后的庆祝日，包括高田二郎的大量日本人都在这里，而庆祝所用的蛋糕则是由唐鹤轩投资的教会学校挑选孩子为他制作的。

阿泽三人自知道李子豪被杀后，小小年纪却铁了心要为他报仇，他们自告奋勇地领了这任务，在蛋糕里藏着国民政府军队撤退时留下来的炸药。

推开车门，阿天提着蛋糕送了进去。

他是三个孩子中年纪最小的一个，看起来也最是单纯可爱，再加上一身学生服，让人根本怀疑不起来。

日本兵没有检查，青帮成员也没有细看，蛋糕从一个人手里交到另一个人手里，缓缓送到大厅中央的桌上。

里面响起祝福声，高田二郎带头鼓着掌，周边的日本人一个个趾高气昂地笑着，唐鹤轩木然地点燃了蜡烛，同时也点燃了藏在蜡烛里的引线。